필립과 다른 사람들

Philip en de anderen

세계문학전집 194

필립과 다른 사람들

Philip en de anderen

세스 노터봄

지명숙 옮김

민음사

니콜, 그리고 백발의 우리 친구에게 이 책을 바칩니다

저 측은한 몽상가들, 저 사랑에 빠진 아이들.
— 콘스탄테인 하위헌스(1596~1687. 네덜란드 시인)

나는 꿈속에서 잠을 자고, 나는 꿈속에서 꿈을 꾼다.
— 폴 엘뤼아르(1895~1952. 프랑스 시인)

차례

첫 번째 책

1장

안토닌 알렉산더 삼촌은 이상한 사람이었다. 우리가 처음 만났을 때, 나는 열 살이었고 삼촌은 칠순 정도였다. 삼촌은 네덜란드 중부의 소도시 호이에 있는 몰골스럽고 섬뜩할 만큼 덩치가 큼지막한 집에서 살았는데, 별의별 희한하기 짝이 없는 세간들, 쓸모없는 잡동사니와 괴괴망측한 가구들이 집 안에 빽빽이 들어차 있었다. 그 무렵의 내 키는 여전히 작았기 때문에 초인종에 손이 닿지 않았다. 그런 상황에서 으레 하던 식으로 대문을 쿵쿵 친다든지 편지함 뚜껑을 덜거덕거리며 요란을 떤다든지 하는 등의 막된 행위가 여기서는 왠지 감히 엄두가 나지 않았다. 나는 어찌할 바를 몰라 그냥 집 주위를 맴돌았다. 삼촌은 등받이와 팔걸이에 노란색 덮개가 세 개 씌워진 빛바랜 보라색 플러시 천 안락의자에 앉아 있었다. 나는 여태껏 그런 기이한 생김새는 구경조차도 해 본 적이 없었다. 그는 양손에 반지를 각각 두 개씩이나 끼고 있었는데, 나중에야, 그러니까 육 년 후 그곳에 살려고 두 번째로 갔을 때에야 비로소 알아차린 사실이지만(루비와 에메랄드 장신구를 몸에 지니고 다니는 다른 삼촌이 한 분 있었기에) 반지의 금은 구리였고 홍색과 녹색의 보석은 색유리였다.

"네가 필립이냐?" 그가 물었다.

"네, 삼촌." 내가 의자에 앉아 있는 삼촌에게 말했다. 눈에는 삼촌의 두 손밖에는 들어오지 않았다. 그의 머리는 그늘 속에 묻혀 있었다.

"빈손으로 왔어?" 그 목소리가 다시 물었다. 나는 가져온 게 아무 것도 없던 터였다. "네, 그런데요……."

"뭐가 됐든 선물 하나쯤은 가지고 다녀야지."

당시 나에게 그 말은 그다지 틀린 말로 들리지 않았다. 누군가를 방문할 때는 반드시 인사를 갖추는 게 도리였다. 나는 여행 가방을 내려놓고서 밖으로 나갔다. 삼촌네 이웃집 정원에 철쭉꽃이 피어 있는 걸 보았기에 조심스레 그 울타리 안으로 들어가 몇 송이를 주머니칼로 듬쑥 베어 냈다.

내가 두 번째로 다시 테라스 앞에 와 섰다.

"삼촌 드리려고 꽃을 가져왔는데요." 내가 말했다. 그가 의자에서 일어섰고, 그리고 그 순간 나는 처음으로 그의 얼굴을 마주 대하게 되었다.

"암, 그래야지. 네 정성이 참으로 가상하구나." 하고 말하면서 그는 상체를 약간 굽혀 인사의 예를 차렸다. "우리 축하 파티를 할까?" 내 대답이 채 떨어지기도 전에 그는 양팔로 날 이끌고서 이내 집 안으로 들어갔다. 그가 어디선가 작은 등불 하나를 켜자 기괴한 방 안이 누르스름한 불빛으로 조명되었다.

방 한가운데를 의자들이 가득 메우고 있었고, 벽을 따라 나란히 놓인 세 개의 소파 위에는 연한 베이지색과 회색의 쿠션들이 수북이 쌓여 있었다. 벽 한쪽에는 테라스로 통하는 문이 나 있었고 그 앞에 피아노 비슷한 게 한 대 서 있었는데, 나중에 들은 바로는 그게 쳄발로라는 거였다.

그는 날 소파에 앉히고서 말했다. "자, 여기 좀 누워라. 폭신하게 쿠션을 듬뿍 깔고." 그러고 나서 그는 내 맞은편 벽 앞에 놓인 소파로 가서 누웠다. 그러자 우리 중간에 놓인 의자들의 높다란 등받이에 가려 삼촌의 모습이 더 이상 보이지 않게 되었다.

"우리, 그러니까 축하연을 베풀어야 할 텐데 말이야." 그가 말을 이었다. "네가 즐겨 하는 게 뭐지?"

난 독서도 즐기고 그림책 보는 것도 좋아했지만, 그렇다고 파티에서까지 차마 그런 걸 하겠다고 할 수는 없어서 나는 그 말은 아예 꺼내지도 말자고 속으로 다짐했다. 잠시 궁리한 끝에 말문을 열었다. "저녁 늦게 아니면 한밤중에 버스 타고 다니는 거요." 혹시나 그가 맞장구를 칠까 기다렸으나 아무런 반응이 없었다. "물가에 가 앉아 있는 거." 내가 말을 이었다. "그리고 또 비 맞고 쏘다니는 거, 그리고 또 가끔씩 누군가와 뽀뽀하는 거요."

"누구하고?" 그가 물었다.

"뽀뽀할 사람이 아무도 없어요." 내가 대꾸했다. 그러나 그건 사실이 아니었다.

그가 자리에서 일어서서 내가 누워 있는 소파 쪽으로 다가오는 소리가 들렸다.

"자, 그럼 우리 파티 하러 나가자." 그가 말했다. "버스를 타고 먼저 루넌으로 갔다가 다시 로스드레흐트로 되돌아오자꾸나. 거기서 호숫가에 가 앉아 있다가 뭘 좀 마시든지 하고, 그런 다음 다시 버스를 타고 집으로 돌아오자. 자, 어서 나오렴."

그런 식으로 알렉산더 삼촌과 나의 첫 만남이 시작되었다. 연로하고 파리한 그의 얼굴 위의 모든 선들이 일제히 아래를 향해 골이 나 있었다. 가느다라면서도 수려한 코, 깃털이 뒤죽박죽 엉클어진 늙은 새처럼 터부룩하고 새까만 눈썹, 큼지막하고 불그레한 입. 그리고 그는 유대인이 아닌데도 유대인이 평상시 착용하는 모자를 쓰고 있었다. 그 모자 밑은 머리카락이 하나도 남지 않은 대머리로 추측되지만 확실치는 않았다. 그날 저녁은 그야말로 나에게는 난생처음이자 유일무이한 진짜 파티였다.

버스는 거의 비어 있었다. 그리고 난 생각에 잠겼다. 야간 버스는 흡사 혼자만 살고 있는 거나 다름없는 섬과 같다고. 창에 어린 자신의 영상을 볼 수 있는가 하면, 모터 소리에 덤으로 곁들인 색깔처럼 사람들의 소곤대는 귀엣말도 들린다. 작은 전등의 노란 불빛이 버스 안팎의 사물들을 색다르게 비추는 동시에 노면의 돌에 진동되어 동전들이 덜커덕대기도 한다. 승객이 워낙 적은 탓에 버스는 거의 정차를 하지 않고 달리다시피 하는지라, 밖에서 서서 지켜보고 있을 누군가의 눈에는 버스의 모습이 얼마나 가관일까를 상상했다. 앞에 휑하게 달린 우람한 눈, 네모반듯한 노란 창들, 그리고 뒤쪽에는 빨간 불을 달고서 방파제 둑 위를 질주하고 있는 버스의 형상.

알렉산더 삼촌은 내 옆자리로 오지 않고 다른 한쪽 구석

자리에 앉았다. "부득이 맞대고 앉아 이야기를 나눠야만 한다면 필경 김빠진 잔치가 돼 버리고 말 테니까." 하고 덧붙이면서. 하기야 일리가 있는 말이었다.

고개를 뒤로 돌려 창에 얼비친 삼촌의 모습을 관찰했다. 졸고 있는 것 같았지만 한편으로 집에서 들고 나온 여행 가방 위에서는 손가락들이 옴지락거리고 있는 듯싶었다. 도대체 안에 뭐가 들었을까, 처음부터 궁금했으나 왠지 대답을 안 해 줄 것만 같았던 그 여행 가방.

우리는 로스드레흐트에 이르러 버스에서 내렸고, 플라스 호수를 향해 걸어갔다. 호수에 당도하자 삼촌은 여행 가방을 열고서 거기서 낡은 범포 조각을 끄집어내어 잔디 위에 펼쳤다. 잔디밭이 흠뻑 젖어 있었기 때문이다.

눈앞에 펼쳐진 푸르스레한 호수 속에서 하늘대고 있는 달을 마주 보고서 우리는 자리를 잡았다. 둑 건너편 들판 위에서 어슬렁거리는 소들의 걸음 소리에 귀를 기울였다. 자욱하게 서린 안개가 호수 표면을 온통 뒤덮고 있었으며, 미묘한 밤의 소성들이 이런 전경에 한데 어우러져 갔다. 그 바람에 난 처음엔 아무런 낌새도 채지 못했다. 삼촌이 설마 숨죽여 흐느끼고 있으리라고는.

내가 물었다. "삼촌, 우세요?"

"아니, 울기는." 삼촌이 대꾸했고, 그렇게 삼촌이 울고 있다는 사실을 확인한 다음 나는 그에게 다시 물었다. "왜 결혼 안 하셨어요?" 그러자 그가 대답했다. "나 결혼했어. 나 자신하고." 연이어 그는 안주머니에서 작고 납작한 병을 꺼내더니 뭔가를 들이켰다.(병에는 쿠르부아지에라는 상표가 붙어 있었지만, 그 당시에 나는 그걸 발음할 줄 몰랐다.) 그러고 나서 그는 다시 말을 이었다. "결혼했고말고. 너, 오비디우스의 「메타모르포세이스: 변형담」이라는 서사시에 대해 들어 본 적 있니?"

나는 전혀 들어 본 적이 없었지만 삼촌은 어쨌든 아무 상관없노라 날 안심시켰다. 실상 꼭 서로 어떤 밀접한 연관이 있는 것도 아니니까, 라고 덧붙이면서.

"난 나 스스로하고 결혼한 셈이지." 그가 말했다. "원래 그대로의 나 자신이 아니라, 나로 변신해 버린 추억하고 말이야. 무슨 뜻인지 알아듣겠니?" 그가 물었다.

"글쎄요, 이해가 잘 안 가는데요……." 나는 말끝을 흐렸다.

"자, 그건 그렇다 치자꾸나." 삼촌이 말을 받으며 나에게 초콜릿을 권했지만 난 초콜릿을 별로 좋아하지 않았던 탓에 삼촌 혼자 먹어 치웠다. 그런 다음 우리는 함께 범포를 접어 다시 사각형으로 작게 만들어서 가방 속에 집어넣었다. 우리는 둑 위를 거닐어 버스 정류장을 향해 되돌아갔는데, 인가 부근에 닿았을 즈음 재스민 향기가 풍겨 왔으며, 나루터에 매여 있는 보트들에 물결이 부드럽게 밀려들며 부딪치는 소리가 귓전을 스쳤다. 버스 정류장에는 남자 친구와 작별 인사를 나누고 있는 빨간 외투 차림의 소녀가 있었다. 난 그녀가 날랜 동작으로 양손을 남자의 목덜미에 얹은 다음 그의 고개를 그녀의 입쪽으로 끌어당기는 장면을 목격했다. 그녀는 남자의 입술에 자기 입술을 갖다 대었다. 아주 짤막하게. 그러고 나서는 잽싸게 버스 안으로 올라가 버렸다. 우리가 버스에 올랐을 때 그녀는 딴사람처럼 보였다. 삼촌이 이번에는 내 옆자리로 와서 앉았기에, 나는 그것으로 이제 파티가 끝난 걸로 해석했다. 힐버섬에

도착하여 삼촌은 운전사 손에 부축되어 버스에서 내렸다. 그는 지칠 대로 지쳐 기진맥진했고 또한 노쇠한 노인네 티가 완연했다.

"오늘 밤 너를 위해 피아노를 연주해 주마." 그가 입을 열었다. 어느덧 밤이 깊었고 거리는 정적에 잠겨 있었다.

"연주를 어떻게 하세요?" 내가 되물었으나 그는 아무런 반응도 보이지 않았다. 실은 그 이래로 나는 그의 안중에 없는 것 같았다. 집으로 돌아와 방에 들어설 때까지도 그는 여전히 내게 신경을 쓰지 않았다.

그가 쳄발로 앞으로 가 앉았고, 나는 그의 뒤로 가 서서 열쇠를 두 번 찰칵찰칵 돌린 다음 쳄발로 뚜껑을 들어 올리는 그의 손에 시선을 집중시켰다. "파르티타." 그가 말했다. "교향곡." 잇달아 그는 연주를 시작했다. 나로서는 한 번도 들어 본 적이 없는 생소하기 이를 데 없는 음향이었고, 그걸 연주할 줄 아는 사람은 이 세상에서 단지 우리 삼촌 한 사람밖에는 없는 것처럼 생각되었다. 그 곡은 마치 까마득한 옛날처럼 은연하게만 들리더니, 내가 다시 소파로 돌아와 앉자 또 천리만리 한없이 멀어져 나갔다.

정원에 널려 있는 갖가지 잡다한 물건들이 눈에 띄었다. 이 모든 게 마치 음악의 일부인 양, 그리고 알렉산더 삼촌이 코로 내쉬는 가느다란 호흡 소리의 일부인 양 느껴졌다.

이따금씩 삼촌은 불쑥 외마디로 토를 달았다.

"사라반드." 그가 목청을 높였다. "사라반드." 그러고 나서 말했다. "미뉴에트."

선율이 방 안을 가득 채웠고, 곡이 거의 막바지에 이르렀음을 직감했던 까닭에 난 마음속으로 삼촌이 제발 멈추지 말고 연주를 그대로 지속해 주기를 바랐다. 이윽고 연주는 끝났고, 가쁜 숨을 몰아쉬는 삼촌의 헉헉거리는 소리만 들려왔다. 그렇잖아도 고령의 몸인 그에게는 기력이 부쳤던 것이다. 의자에 붙박여 우두커니 앉아 있던 그가 잠시 후 자리에서 일어서더니 나를 향해 몸을 돌렸다. 커다랗고 짙푸른 그의 눈망울은 몽롱한 빛을 발하고 있었다. 그는 큼직하고 희멀건 양손을 너불너불 흔들어 대면서 긴장을 풀었다.

"넌 왜 안 일어나?" 그가 말했다. "너도 일어나야지."

나는 일어나서 그에게로 다가갔다.

"여기 이분이 바흐라는 분이시다." 그가 말했다.

내 눈에는 아무도 안 보였지만, 삼촌이 누군가를 보고 있다는 것에는 추호도 의심의 여지가 없었다. 그가 미소를 머금은 채 다소 서먹서먹한 어투로 이야기하고 있었기 때문이다. "이 아이가 필립입니다. 필립 엠마누엘."

내게 엠마누엘이라는 또 다른 이름이 있었다는 사실을 나 자신도 미처 모르고 있었다. 훗날 사람들이 들려준 바에 의하면 내가 태어났을 적 알렉산더 삼촌이 바흐의 아들 중 한 명의 이름이 그러했다는 명목을 내세워, 굳이 우겨서 그걸 덧붙이게 되었던 것이다.

"바흐 선생님께 악수를 드리도록 해라." 삼촌이 재촉했다. "어서, 악수를 드리라니까."

돌이켜 보건데 나는 그때 겁내지 않았던 것 같다. 나는 허공에 손을 내밀고 손을 흔드는 시늉을 했다. 바로 그 순간 나는 돌연 벽에 나타난 심한 곱슬머리의 뚱뚱한 남자를 보았다.

그는 친절하지만 어딘지 모르게 거리감을 주는 눈초리로 나를 주시하고 있었다.

그 남자 밑에는 'J. S. 바흐'라고 적혀 있었다.

"옳지, 그래야지." 삼촌이 말했다. "암, 그렇고말고."

"삼촌, 이제 가서 자도 돼요?" 내가 물었다. 정말 노곤했기 때문이다.

"자러 가? 아, 그렇지. 물론 자야지. 어서 자러 가자꾸나." 그는 날 자그마한 방으로 안내했다. 노란 꽃무늬 벽지가 발린 방에는 청동 봉우리로 장식된 구식 철제 침대가 놓여 있었다.

"저 회색 장롱 속에 요강이 있단다." 하고 말한 후 그는 방을 나갔다. 나는 금세 곯아떨어져 버렸다.

다음 날 아침 유리창을 꿰뚫고 비껴 들어온 따가운 햇살에 잠을 깼다. 나는 부동자세로 그대로 누워 있었다. 주위에 낯선 물건들이 한두 가지가 아니었기 때문이다.

내 바로 옆의 잿빛 머릿장 위에는 내가 어제저녁 때 꺾어다가 삼촌에게 드렸던 철쭉꽃이 화병에 꽂혀 있었다. 확신하건대 그 꽃병은 어젯밤에는 분명 거기에 놓여 있지 않았다. 그렇다면 내가 밤에 잠을 자고 있는 동안 삼촌이 저걸 갖다가 여기다 놓고 갔음이 틀림없다. 벽에는 네 가지 물건이 걸려 있었다. 반듯하게 오려서 압정으로 네 귀를 꽂아 놓은 신문 기사. 신문지는 완전히 누렇게 바랬지만, 글자는 아직 선명히 읽을 수 있었다. '운행 선박 명단과 위치 — 1910년 9월 12일.' 신문 기사 옆에는 케케묵은 판화 한 점이 걸렸는데, 새까맣게 옻칠된 틀의 유리 액자 속에 들어 있었고 유리와 작품 사이로 먼지가 잔뜩 끼어서 색깔이 아슴푸레해졌다. '하굣길'이라는 제목이 적혀 있었으며, 반바지 차림에 넓은 챙이 죽 둘러진 모자를 쓴 소년이 쌍두마차에서 뛰어내려 양팔을 활짝 벌린 채로 대문에 서서 기다리고 있는 어머니를 향해 내닫는 장면이었다. 집 정원에는 나로서는 어디서고 정작 한 번도 본 적이 없는 노랗고 파르스름한 색의 함박만 한 꽃들이 만발해 있었다.

맞은편 벽에는 상급 수영 합격증이 걸려 있었다. 평영과 배영. 가늘고 첨예한 글씨체로 '폴 스웨일로에게 수여함'이라는 구절도 아울러 적혀 있었다. 바로 그 위에 누렇게 빛바랜 커다란 황판지 사진 한 장이 걸려 있었다. 왕방울 같은 큰 눈에다, 내가 하고 다니던 머리 모양과 똑같은 식으로 이마에 앞머리를 가지런히 드리운 인도네시아 소년의 사진이었다.

나는 아래층으로 내려가기 위해 꾸물꾸물 침대에서 일어섰다. 방을 나가자 널찍한 복도가 이어졌고 또 다른 여러 방들도 모두 이 복도를 통하도록 되어 있었다. 삼촌이 혹시 이 중 어느 한 방에 있을까 싶어 방문마다 일일이 귀를 대고 엿들어 보았다. 그리고 또 열쇠 구멍을 들여다보려고도 시도해 봤지만 그건 여의치 않았다.

두 손으로 난간을 잡고 층계를 내려가 현관 복도에 이르러 주위를 둘러봤다. 집 안은 쥐 죽은 듯 고요했다. 나는 덜컥 겁이 났는데, 어젯밤 그 문이 어떤 문이었는지 도무지 분간이 안 되었기 때문이다.

나는 주머니칼을 꺼내 펼치고선 현관 복도 마룻바닥 위에 납작하게 눕혔다. 그런 다음 그걸 세게 돌렸고, 그게 멈추기를 기다렸다. 사방으로 나 있는 문들 중에 주머니칼이 가리키는 문으로 들어갈 작정이었다. 주머니칼이 가리킨 문은 소파들이 놓여 있던 바로 그 방의 문이었다. 문고리를 살짝 아래로 누르자 뻐끗하게 틈새가 벌어지며 삼촌의 잠자는 소리가 들려왔다. 그는 여전히 나들이했던 옷차림 그대로였다. 입은 떡 벌린 채 무릎을 옴츠려 쪼그린 자세로 누워 있었는데, 양팔은 아래를 향해 맥없이 축 늘어져 손이 마룻바닥에 닿았다. 이 기회에 나는 그의 얼굴을 찬찬히 뜯어볼 수 있었다. 그리고 그가 까만 신사복 상의에다 단이 접히지 않은 바지를 입고 있는 것도 볼 수 있었는데, 소위 줄무늬 바지라고 불리는 그런 바지는 결혼식이나 장례식에 갈 때, 아니면 우리 안토닌 알렉산더 삼촌처럼 나이가 엄청 많은 노인들이 흔히 착용하던 정장 바지였다.

행여 삼촌이 깰까 봐 걱정이 되어 나는 다시 철컥하고 닫히는 소리가 나지 않게 하려고 가만가만 문을 잡아당겼다. 그러고는 다시 위층 내 방으로 올라갔다.

나는 거기에 있는 책들, 폴 스웨일로의 책들을 구경했다. 그리 많지는 않았고 또 그 당시엔 제목들을 읽을 수가 없었다. 하지만 육 년 후 다시 같은 방에서 묵게 되었을 때 나는 그 제목들을 죄다 기록해 본 적이 있다. 일렬의 첫 번째 책은 『독일 치과 의사에 관한 1909년도 연보』였다. 책 앞쪽 면지에 다음과 같이 적혀 있었다. '폴 스웨일로에게, ……가.' 그런데 보낸 사람의 이름은 알아볼 수가 없었다. 그 책 옆에는 빌더데이크 소설 전집의 한 권이 꽂혀 있었다. '폴 스웨일로에게, 너의 친구 알렉산더가.' 난 그때 그 책이 어떤 영문으로 거기에 꽂히게 됐는지 도무지 이해가 되질 않았다. 일단 다른 사람에게 선사한 책이라면 자기가 간직하는 게 아니지 않는가.

다음은 임마누엘 칸트가 쓴 『순수 이성 비판』이었다. '폴 스웨일로에게, 너의 충실한……' 이것도 역시 그 충실한 누군가가 도대체 누군지 알아볼 수 없었다.

이런 식으로 계속되었다. 미슐레의 일곱 권짜리 『프랑스 혁명사』, 앙리 에이버스의 『건축과 그 전성기』, 스탕달의 『적과 흑』, 작가의 아내와 아들이 발간한 버스킨 휴에트의 서간집, 그리고 마침내 토마소 아켐피스의 아주 작은 고서적 『그리스도를 본받아』 이탈리아어 번역판.

이 책들에도 모두 다 한결같이 '폴 스웨일로에게'가 적혀 있었지만 '누구누구가'라는 그걸 준 사람의 이름은 알아볼 수가 없었다.

나는 도움을 청한다는 몸짓으로 사진 속 인물에게로 시선을 던졌다. 그러나 그 인도네시아 계통의 혼혈 소년은 시큰둥하게 날 노려볼 따름이었다. 불현듯 내가 지금 그 소년의 책을 들춰 보고 있음을 깨달았다. 그렇지, 네가 바로 폴 스웨일로지? 생각하면서 나는 그 책들을 다시 책장의 선반 위에 꽂았다. 한 치도 어김없이 가지런하게 책등의 줄을 맞춰서. 그러고 나서 보니 손이 온통 몽글몽글한, 뿌연 먼지로 범벅이 되어 있었다.

책장 맨 아래 선반에는 커다란 상자 하나가 놓여 있었다. 웅크리고 앉을라치면 사진 속 소년의 시야에서 벗어날 수 있었기에 나는 조심스레 상자의 뚜껑을 열어 올렸다. 그건 축음기였다.

그 안에 음반도 들어 있었는데, 바그너의 오페라 「로엔그린」에 나오는 아리아 「성배 이야기」였다. 음반 옆에는 손잡이가 놓여 있었는데, 그걸 상자의 바깥쪽 나사에 끼워서 손으로 돌려야만 음악이 나오게 되어 있었다. 나는 손수건으로 음반의 먼지에 부채질을 한 후에 손잡이를 돌리기 시작했다. 음향은 요란스레 기세를 떨쳤고, 발칙스럽게도 이내 온 방을 깡그리 점유해 버리고 말았다. 마치 나라는 존재는 더 이상 아랑곳없다는 양.

음악 소리가 워낙 기고만장했던 탓에 나는 삼촌이 내 방 바로 앞에 왔을 때에야 비로소 인기척을 알아챘다. 그는 숨을 헐레벌떡하면서 들이닥치더니 고래고래 소리를 질렀다. "꺼! 그 음반 당장 집어치우지 못해!"

그는 나를 거칠게 옆으로 떠밀더니 공포에 사로잡힌 듯 바늘이 장치된 묵직한 톤 암을 마구잡이로 밀어붙였다. 그로 인해 음반에 깊은 금이 패는 동시에 끼익 소리가 나더니 음악이 일순간에 딱 정지했다.

삼촌은 가쁜 숨이 어느 정도 진정되기를 기다렸다. 그러더니 거의 소심해 보일 정도로 신중을 다해 음반을 집어 올리더니 그걸 들고서 방 한쪽 모퉁이로 가 섰다.

"긁힌 자국이." 그가 중얼댔다. "음반에 긁힌 자국이 생겨 버렸네." 그러더니 그게 무슨 먼지나 되는 양 흰 와이셔츠 소맷부리로 문질러 대며 금을 없애려고 애를 썼다. 나는 축음기 측면의 손잡이를 빼서 다시 상자 속에 넣어 두었다. 그러고 나서 아래층으로 내려갔다.

거리에서는 아이들이 놀고 있었다. 테라스를 통해 아이들의 외침 소리가 들려왔다.

마귀할멈 놀이 같이 할 사람

마귀할멈 놀이 같이 할 사람

  울타리 뒤의 관목 사이사이로 아이들의 모습이 언뜻거렸다.
얼굴이 까무잡잡하게 탄 여자 아이가 금발 머리를 치렁치렁
길게 늘어뜨린 채로 소매 없는 하늘색 원피스를 입고 있었다.
회색빛 눈에 애티가 사라지고 지레 바라진 인상을 주는 사내
아이는 왜소하고 깡말랐으며 다리를 절룩거렸다.
  내가 서 있던 울타리 가장자리로 여자 애가 가까이 다가왔
을 때 나는 덤불 밖으로 나서며 말했다. "나도 같이 하고 싶긴
한데, 어떻게 하는 건지 몰라."
  "넌 누구니?" 여자 애가 물었다.
  "난 필립 엠마누엘이야."
  "이름 한번 괴상한데." 어느새 우리 곁으로 다가온 사내애
의 참견이었다. "더구나 계집애 머리를 하고 다니는 너 같은 애
는 꼽사리 껴선 안 돼."
  "계집애 머리 아냐." 내가 반박했다. "내가 남잔데 어떻게?"
  "계집애 머리야." 그러더니 그는 징징거리며 보채는 투로 읊
어 대기 시작했다.

    필립은 계집애 머리를 했대요.
    필립은 괴상한 이름을 가졌대요.
    필립은 꼽사리 끼어선 안 된대요.

  "야, 그만둬." 여자 아이가 다그쳤다. "빨리 가자, 이 애도 같
이 데리고 가자."

"걔는 끼어 주면 안 돼."

"그럼 넌 꺼져." 사내아이에게 호령을 한 후 그녀는 내게 물었다. "같이 갈래?"

"어디로 가는데?' 내가 되물었다. 그녀는 눈동자가 희멀겋게 커지도록 눈썹을 번쩍 위로 추켜올리며 대답했다. "어디긴 어디야, 아프리카지!"

"하지만 거긴 무지무지 멀지 않을까?"

"아유, 이런 얼간이." 사내애가 핀잔을 놓았다. "아프리카가 멀긴 뭐가 멀어. 바로 저기 모퉁이, 저 거리 하나만 건너면 되는데."

"입 닥쳐." 여자 애가 윽박질렀다. "그놈의 주둥이만 뻔뻔히 살아 가지고."

"같이 갈래?" 그녀가 나에게 다시 물었고, 나는 울타리를 타고 넘어 거리로 나서 그녀와 어깨를 나란히 맞대고 걸었다.

"쟤랑 같이 가면 난 안 가는 줄 알아." 사내애가 오기를 부렸다. "쟤는 계집애 머리를 한 데다가 아프리카가 어딘지조차도 모르니까."

난 여자 머리가 아니라고 대들고 싶었다. 그리고 또 아프리카가 어딘지도 익히 알고 있노라고, 바로 저기 저 거리 건너에 있는 모퉁이라고. 그런데 여자 애가 앞질러 똑 부러지게 몰아붙였다. "난 얘랑 같이 갈 거야." 여자 아이와 나는 함께 발길을 재촉했다. 반면 사내아이는 여전히 울타리 옆을 서성거리고 있었다. 그러다가 그는 느닷없이 목청을 한껏 높여 부르짖기 시작했다. "필립이랑 잉그리트랑 연애한대요. 필립이랑 잉그리트랑 연애한대요." 우리는 뒤를 돌아보지도 않았다. 내가 그녀에게 물었다. "정말 그래?" "나도 몰라." 그녀가 응답했다. "좀 더 생각해 봐야 해. 바로 요기 모퉁이가 아프리카야." 커다란 광고판이 꽂혀 있는 걸로 보아 그건 머지않아 집들이 들어설 모양인 주택 부지였다. 건축 현장, 주택 분양. 잉그리트는 광고판에다 대고 침을 내뱉었다. "거지 같은 광고판." 하고 덧붙이면서.

부지는 온통 구덩이투성이였는데, 진득진득한 연초록색 수초들로 그득한 커다란 물웅덩이가 하나 있었다. 그밖에도 잿빛의 거친 모래 더미가 여기저기 있었고, 부식토로 보이는 차지고 노르스름한 흙더미가 작은 언덕을 이루고 있었다. 더불어 잎사귀가 날카롭고 키가 훤칠한 갈대와 나무 덤불, 간간이 눈에 띄는 어수리와 미나리아재비도 있었다.

잉그리트가 앞장서서 작고 좁다란 길을 건너 아프리카를 헤쳐 나가면서, 막대기로 덤불의 마른 이파리를 사정없이 휘갈기자 왕파리들이 떼를 지어 윙윙거리며 날아가 버렸다.

덩그렇게 빈 공터에 이르러 우리는 자리를 잡고 앉았다.

"비상식량 가져 왔어?" 그녀가 물었다. 그러나 내게는 무엇이든 있을 리가 없었다. "그렇담 먼저 먹을 양식부터 구해야지." 그녀가 단호하게 말했고, 우리는 다시 인가에 도달할 때까지 다른 길을 통해 계속 전진했다.

"저기, 저 가게는 낱개로 파는 드롭스는 없고 둘둘 만 통으로만 팔거든. 그러니까 네가 가서 물어 봐. '낱개로 파는 사탕도 있어요?' 하고." 잉그리트가 말했다.

"왜 물어 봐야 하는데? 낱개로 파는 건 없다면서." 내가 의아해하며 물었다.

"그런 말이 아니고." 그녀가 말했다. "너 괜히 용기가 없어 딴청 부리는 거지?"

"용기가 없긴 왜 없어." 나는 발끈했다. "시키는 대로 하면 너 나랑 친구 할 거지?"

그녀가 알았다고 고개를 끄덕였다.

우리는 가게 안으로 들어갔다. 초인종이 울리자 번들거리는 까만 점퍼를 걸친 뚱뚱보 여자가 안에서 나왔다.

"저, 아주머니, 드롭스 낱개로 파세요?" 내가 물었다.

그러나 그녀는 낱개로 파는 건 없다고 했다.

그때 느닷없이 잉그리트가 밖을 향해 달음박질을 치기 시작했다. 우리가 다시 거리 한쪽 구석으로 무사히 피할 때까지 그녀는 멈추지 않고 달렸다.

"이거 봐." 우리가 멈췄을 때 그녀가 소곤댔다. 조심스럽게 손을 펴 보이면서. 그녀의 손에는 건포도가 한 움큼 쥐어져 있었다. 그녀는 그걸 원피스 주머니 속으로 살살 내려뜨렸다.

"내가 이제부터 네 짝이다." 나는 선언했다. 그러고 나서 내 여자 친구 잉그리트에게 악수를 청했다. 우리는 아프리카로 되돌아가서 건포도를 먹어 치웠다. 노란 언덕 위에 서서 아프리카 전역을, 저 끄트머리까지, 전부 한눈에 내려다보면서.

내 여자 친구 잉그리트는 잠잠히 더 이상 아무 말도 하지 않고 그저 물끄러미 나를 응시했다. 그녀의 고개가 살며시 흔들리며 머리카락이 이쪽저쪽 그녀의 팔 근처에서 찰랑댔다. 그러나 그녀의 눈동자는 못 박힌 듯 움직임이 없었다. 나도 덩달아 그녀를 주시하면서 한 손으로 오른쪽을 가리키며 말했다. "저기 있는 저 꽃이 성신 강림축일에 핀다는 황새냉이야."

그러나 내 여자 친구 잉크리트는 계속 침묵을 고수한 채로 날 응시할 따름이었다. 그로 말미암아 우리는 저 너머에서 울리는 초인종 소리마저 들을 수 있었다. 그녀가 일어섰고 나도 따라 일어섰다. "저거 우리 집 초인종이야." 그녀가 말했다. 그러고는 덧붙였다. "너 집에 데려다 줄게." 그 다음 순간, 돌연 잉그리트가 입을 벌린 채 아주 날랜 동작으로 내게 달려들더니 내 입술을 덮쳤다. 나는 입술이 촉촉해짐과 동시에 그녀의 치아를 느낄 수 있었다. 그러기가 무섭게 그녀는 냅다 도망쳐 버렸다. 나는 나중에야 뒤따라갔지만, 길 찾는 데는 별문제가 없었다. 그녀가 덤불을 헤치며 쥐어뜯어 놓았던 나뭇잎들이 사방에 뿌려져 있었기 때문이다.

삼촌 집에 돌아왔을 때 울타리 꼭대기에 쪽지 한 장이 꽂혀 있었다. 나는 쪽지를 펼쳐 읽었다. "너희 삼촌은 추잡한 호모." 바로 그때 삼촌이 정원 길을 걸어 나오고 있었고, 나는 그 쪽지를 주머니에 구겨 넣었다. "너, 어디 갔다 오는 길이야?" 그가 물었다. "아프리카요." 내가 대답했다. "제 여자 친구 잉그리트하고요." "기차 시간 다 됐다." 그가 일렀다. "여기, 네 가방." 그러고 나서 그는 다시 정원 안으로 총총히 사라져 버렸다.

내가 두 번째로 알렉산더 삼촌의 집에 간 건 계절상으로는 같은 시기였지만 육 년 후의 일이었고, 그리고 이번에는 그곳에 거주할 목적에서였다. 나는 이제 초인종에 손이 닿긴 했지만, 삼촌이 테라스에 앉아 있으리라 짐작했기에 집 뒤편으로 대뜸 발길을 옮겼다. 그의 손이 맨 처음 눈에 들어왔다.

"왔구나, 필립이니?" 그가 물었다.

"네, 삼촌, 접니다." 내가 대답했다.

"나 주려고 뭐 가져왔어?"

나는 삼촌네 옆집 정원에서 꺾어 온 철쭉꽃을 삼촌에게 내밀었다.

"참으로 고맙구나." 그가 말했다. 그리고 이젠 더욱 연로한 탓에 앉은 자세 그대로 상체만 약간 굽혀 인사의 예를 차렸다. 그 순간 그의 얼굴선이 힐끗 눈에 들어왔다.

"앉아라." 그가 말했으나 의자가 없었기 때문에 나는 그의 발 아래에 있는 테라스 나무 발판에 걸터앉았다. 그에게 등을 돌린 채로.

"그 사내 녀석, 너더러 계집애 머리라고 놀리던 그 녀석 소행도 짐짓 무리는 아니었지." 등 뒤의 목소리가 이야기를 시작했다. "그 녀석이 그런 말을 한 건 일종의 자기방어야. 내 말을 잘 귀담아듣도록 해. 인간은 체질적으로 낯선 것에 대항하여 자기방어를 하도록 되어 있단다." 그가 잠깐 말을 멈췄고, 정원의 밤이 우리 주위를 맴돌았다.

"낙원에 대한 옛날이야기가 있지. 널리 알려진, 삼척동자라도 다 알고 있는 그 이야기 말이다. 그건 그리 놀랄 만한 얘기도 아니거든. 인간이 존재하는 단 한 가지 의미가 있다면 그건 바로 그 이상향으로의 귀환이지. 비록 그게 실현 불가능한 일일 망정." 그는 숨을 몰아쉬었다. "하지만 그 근처까지는 도달할 수 있지. 암, 뭇사람들이 생각하는 것보다 훨씬 더 가까이까지. 그런데도 누군가가 그 존재하지 않는 낙원에 접근할라치면 타인들이 그에 대항하여 스스로를 방어하려 들지. 왜냐하면 낯선 건 모름지기 사람들의 눈에 거슬리기 마련이거든. 잘

못된 렌즈를 끼고 다니는 그네들의 눈에는 거슬리다마다. 게다가 접근 불가능하고도 완전한 그 무엇에 가까워질수록 난 점점 더 왜소해지기 때문이야. 마냥 왜소해져만 가는 내가 사람들의 눈에는 오히려 크게 보이고, 그게 다시 사람들로 하여금 방어 태세를 갖추도록 만드는 또 하나의 요인이 되지. 그건 사람들이 줄곧 그릇된 판단을 내리기 때문에 생기는 현상이야.

내가 반지를 끼고 다니면." 그러더니 그는 반지 낀 양손을 높이 들어 올렸다. 그게 구리와 색유리라는 걸 이제 와서야 알게 된 바로 그 반지. "이게 허영심이라고들 손가락질을 하지. 그리고 또 내가 내 허영심에게 자신을 내맡긴 노예가 되었다고 지탄하지. 하지만 허영심의 노예라는 식의 말은 성립되지 않아. 오로지 바로 그 허영심으로부터의 해방만이 존재할 뿐이거든. 그건 곧 붕괴를 의미해. 내가 내 허영심에게 희생의 제물을 바친다는 이유에서 나는 붕괴되어 가는 셈이지. 그로 말미암아 나는 자꾸 왜소해지고. 그래서 세간의 저들에게는 난 더욱 낯설고 이상한 인물로 변해 가는 것이고, 그러므로 더욱 커 보이게 되지. 반면 시간이 경과함에 따라 나는 나 스스로에게 점차 익숙해지고 그리고 그렇게 예사로워져 감에 따라 나는 또 점점 더 왜소해지는 거야. 이건 마치 섬과 같단다. 섬이란 작을수록 그 독보적 가치가 상승하는 법이거든. 하지만 가장 작은 섬은 결국 바다나 진배없지. 그리고 그 바다란 우리 주변의 뭇 사람들이 아니야. 그건 우리가 추구하는 이상, 우리가 우리 자신인 양 치부하는, 우리의 이름을 지닌 거룩한 신이 바로 바다인 거야. 그런데도 우리는 끊임없이 우리 속에 내재하는 자신의 신성함에 대항하면서 살아가고 있는 셈이지. 넌 그 점을 절대 잊어선 안 돼. 내가 의미하는 바를 이해할 수 있겠니?" 그가 물었다.

"글쎄요, 다는 이해가 안 되지만……." 나는 우물쭈물 말꼬리를 흐렸다.

"무척 고단하구나." 그가 말하고 나서 다시 말을 이었다. 그러나 이제는 기력이 부처 아주 느릿느릿하게. "우리 인간은 신이 되기 위해 이 세상에 태어났어. 그리고 동시에 또 죽기 위해서. 이거야 말로 진짜 이율배반적인 명제라서 환장할 노릇이지. 우리네 같은 사람들 입장으로는 무릇 두 번째 목적만이 비참하게 여겨지는데, 왜냐하면 그로 말미암아 단연코 첫 번째 목적도 달성할 수 없다는 결론에 이르게 되니까. 그러나 다른 부류의 사람들에게는 첫 번째 목적이 두려운 과제란 말이야. 신이란 두렵기 이를 데 없는 대상인데, 그건 신이 완전무결하기 때문이야. 완전무결한 것, 낯선 것만큼 인간이 두려워하는 건 없지. 그 낯섦이란 곧 신성의 반영이야. 즉 극치의 낯섦을 포함한 무한한 가능성을 의미해. 그럼에도 우리는 시종일관 어딘가 한군데에만 매달려 급급해하지. 그리고 한탄스럽게도 우리는 이를 부득이 인정하지 않을 수가 없어."

그는 더 이상 말을 이을 수 없는 지경에 이르러 말을 멈추었다. 그러나 얼마 지나지 않아 다시 또박또박 덧붙였다. "그리고 열락의 무아경 같은 것도 또 존재하잖아. 알겠니?" 그가 물었다. "내가 무슨 말을 하는지?"

나는 속으로는 그렇지 않다고 생각하며 대답했다. "조금요."

그는 무릎에 올려 두었던 꽃다발을 들고 자리에서 일어섰다. "자, 가자. 우리 축하 파티를 열자꾸나." 나는 내 소파로, 그는 그의 소파로 가 누웠다.

"원, 젠장." 그가 중얼대는 소리가 들려왔다. "필경 다 죽지 않으면 안 될 숙명이라니, 심지어 너마저도. 하지만 넌 절대로 단념해선 안 돼. 약속해라, 광상을 버리지 않기로 그리고 신이 되도록 부단히 노력을 다 하겠노라고."

나는 그의 허탈한 웃음소리와 나직하게 속삭이는 노랫소리를 들었다.

그대여 어디로 가시나이까?
낙원을 향하노라!
낙원으로 가시는 그대의 길에 저도 동행하오리다.

"그러겠다고 내게 다짐해라." 그가 독촉했다. "자, 어서 하라니까." 그래서 나는 첫 구절을 낭송했다. "그대여 어디로 가시나이까?" 그러자 그가 아주 진지하게 다음 구절을 받았다. "낙원을 향하노라!" 그에 잇달아 내가 다시 "낙원으로 가시는 그대의 길에 저도 동행하오리다."라고 덧붙였다. 그러고 나서 알렉산더 삼촌은 작은 여행 가방을 꺼내 왔고 우리는 루넌행 버스를 탔다. 그리고 거기서 다시 로스드레흐트행으로 갈아탔다. 저지의 호수 일대는 여느 저녁때와 다름없이 고즈넉했다.

습기로 인해 잔디밭이 축축했기에 우리는 준비해 온 범포를 깔고 앉아 꾸브와지에 코냑을 한 모금씩 들이켰고, 그런 다음 정적 속으로 침잠해 버렸다. 한참 후 이윽고 사방에 어둑어둑 땅거미가 내린 후에야, 우리는 둑 위의 버스 정류장으로 향했다. 이번에는 빨간 외투를 걸친 여자 애가 그곳에 보이지 않았다. 버스에 올라 삼촌이 내 옆에 와 앉으면서 말했다. "이번에는 개가 없구나. 어떤 사내 녀석 입술에다 대고 입맞춤을 하던 그 여자 애 말이야. 우리를 둘러싸고 있는 사물들에 우리의 추억들이 그득히 배어 있기에, 그 여자 애가 마치 아직도 저기 실재하는 양 생생하게 느껴지지 않니? 그럼에도 불구하고 무릇 가장 중요한 건 입이 아니거든. 그건 누가 뭐래도 역시 손이야. 손이야 말로 가장 숭고한 거지."

버스에서 내린 후 거리를 거닐면서 그가 말했다. "오늘 밤 너를 위해 연주해 주마." 집에 도착하자마자 그는 쳄발로 앞에 가 앉았다. 그에게서 지친 기색이라곤 찾아볼 수가 없었는데, 마치 더 이상 피곤이 뭔지 모르는 것처럼 보였다.

"파티타 제2번." 그가 목청을 돋우었다. "교향곡." 그리고 털이 어수선하게 헝클어진 커다란 새처럼 건반 위로 깊숙이 몸을 숙이며 소곤댔다. "그레이브 아다지오."

나는 소파로 가 누웠다. 머리는 삼촌 쪽을 향해 돌린 채로, 현을 울리는 건반의 가느다랗고 애수에 찬 선율과 알렉산더 삼촌이 푸푸 코로 내쉬는 호흡 소리에 귀를 모았다.

"알망드." 그가 말했다. "알망드, 쿠랑트, 사라반드. 저기 사람들이 춤추는 걸 좀 봐. 얼씨구, 좋다."

론도를 연주하는 그의 모습을 보면서, 그리고 불쑥 나를 향해 고개를 돌리더니 크게 치켜뜬 파란 눈으로 "비바체, 그지? 맞지?" 하고 속삭이는 그를 대하는 순간, 불현듯 난 이 세상의 그 누구도 우리 안토닌 알렉산더 삼촌만큼은 사랑할 수 없을 거라는 생각이 뇌리를 스쳤다.

종결부인 격정의 광상곡을 마친 후 그는 양팔을 아래로 내려뜨린 자세로 그저 가만히 앉아 있었다. "맘 같아선 계속 더 치고 싶지만, 기운이 없어 안 되겠다." 그가 입을 열더니 곧 자리에서 일어섰다. 나도 소파에서 몸을 일으켜 똑바로 섰다. 그의 눈망울은 다시금 그 몽롱한 빛을 발하면서 바다처럼 오묘해졌다. 그가 말했다. "이분이 바흐 선생님이시다, 요한 제바스티안 바흐."

나는 허리를 굽혀 인사하고 악수하는 시늉을 해 보였다.

"그리고 이분은 또 비발디 선생님이시고." 삼촌이 방 안을 가리켰다. "안토니오 비발디 선생님, 도메니코 스카를라티 선생님." 그는 음악가들의 이름을 모조리 주워섬겼다. "제미니아니 선생님, 본포르티 선생님, 코렐리 선생님……." 나는 일일이 허리를 굽혀 인사를 치렀다. "아이고, 이거 정말 행운입니다, 이렇게 만나 뵙게 되다니……. 전 필립인데요, 필립 엠마누엘 반데를레이라고 합니다. 뵙게 되어 영광입니다. 반갑습니다." 그들 모두와의 악수가 끝난 후 나는 이제 자러 가도 괜찮겠느냐고 삼촌에게 허락을 구했다. "그럼." 삼촌이 선선히 수락했다. "그럼, 어서 가 자야지. 이렇게 여러분들께서 모두 다 왕림해 주신 통에 밤이 그만 늦어져 버렸구나. 자, 이제 위로 올라가거라. 위층 복도의 네 번째 방이다."

방은 예전 모습 그대로였다. 아침에 잠에서 깼을 때 나는 전에 내가 꽂아 뒀던 형태 그대로 책들이 꽂혀 있는 것을 발견했다. 그뿐만 아니라 철쭉꽃 화병 역시 침대 옆에 놓여 있었다. 그러자 삼촌이 한밤중에 내 방으로 와서 늘어지게 자고 있는 내 꼴을 봤으면 어쩌나 하고 일순 심기가 불편해졌다. 그러다 그 다음 순간, 밤새도록 벽에 선 채로 같이 있었을 사진 속의 소년이 문득 떠올랐다.

그 소년은 같은 자리를 고수하고 있었는데, 어딘가 좀 근사해진 듯한 인상을 제외하곤 나머진 여전했다. 그가 불쑥 내게 말을 걸어오는 성싶었다. "내게 실은 비밀이 하나 있는데." 하면서.

나는 다시 그에게로 시선을 집중시켰으나, 그는 어느 틈엔가 안면부지의 사람으로 돌변하여 저 멀리 동떨어져 있었다. 그가 지금 막 자기 손으로 머리를 휙 훑어 올리면서 시치미를 뚝 떼고 있는 것처럼 느껴지기도 했다.

나는 축음기 뚜껑을 열고서 손잡이를 꺼냈다. 그런 다음 그걸 축음기에 끼워서 태엽을 감았고, 음반 위에 바늘을 얹은 후 문가로 가서 섰다. 알렉산더 삼촌이 다가오는 소리에 귀를 기울이기 위해. 잔뜩 악에 받친 듯한 테너의 가성과 금이 난 음반의 혐오스럽도록 찍찍대는 잡음 사이사이로, 계단을 오르는 삼촌의 성급한 발소리가 들려왔다.

그가 문을 휙 열어젖혔다. 핏기 서린 반점들로 얼룩진 얼굴에, 손 안쪽은 땀으로 흥건해 있었다. 그렇다, 이번에도 역시 그랬다. 그의 입은 떡 벌어졌고, 심지어 입 모퉁이로 거품까지 뿜어낸 상태였다.

그럼에도 불구하고 삼촌은 고함을 치진 않았다. 내가 음반을 끄자 그가 말했다. "내 자초지종을 다 얘기해 주마."

벽에 붙어 있는 소년이 뭐라고 입을 옴지락대는 것 같았지만, 그건 어쩌면 내 착각일 수도 있었다. 우리는 아래층 정원으로 내려가 벤치에 앉았다. 질척하고 무성하게 자라난 잡풀 위에 우리의 발을 딛고서.

"저 아이의 이름은 폴 스웨일로란다." 삼촌이 입을 뗐다. "자기 아버지랑 함께 인도네시아에서 이리로 와 긴 휴가를 보냈지. 어머니는 원주민 출신 여자였는데, 아마 진즉에 세상을 떠난 눈치였어. 어찌 됐든 어머니는 그때 같이 없었고 폴은 자기 어머니 얘기를 한 번도 꺼낸 적이 없었으니까.

그 애가 살았던 집이 바로 이 집인데, 그때는 정원이 어찌나 컸던지, 요즘 집들이 새로 들어서고 있는 저쪽 거리에 살고 있던 나와 서로 이웃할 정도였지. 나는 이따금 그 애가 정원을 거니는 걸 봤는데, 걔는 아무도 없는 줄로 알고 시종 뭐라고 큰 소리로 혼잣말을 중얼대곤 했어. 걔가 울타리에서 하도 멀리 떨어져 있었기 때문에 무슨 말을 하는지는 알아들을 수가 없었어. 그런데 그 애는 절대 웃는 법이 없었지. 늘 뭔가를 손에 쥐고 조몰락조몰락하거나 나뭇잎을 쥐어뜯는 등의 거동들이 유난히 내 신경을 끌곤 했어. 난 본래 숫기가 없어 목청에 힘을 줘 뭐라고 외쳐 본 적이 한 번도 없었거든. 한번은 그 애가 우리 정원에 사뭇 가까이 와서 웅얼대는 소리를 우연히 듣게 되었단다. '한 명도 없구나.' 하면서 그가 한숨을 쉬는 거였어. '원, 세상에 정말 아무도, 누구 한 사람도 없구나.'"

알렉산더 삼촌은 벤치에 앉은 채로 상체를 앞뒤로 왔다 갔다 움직이며 아울러 풀밭 위로 두 발을 흔들댔다. 잡풀에서 바스락거리는 소리가 났다.

"그렇지." 그가 말을 이었다. "내가 그때 한마디 거들었어. '아냐, 그렇지 않아, 내가 있잖아.' 하고. 바로 그 말 때문에 내가 지금 이 벤치에 앉아 있게 됐는지도 몰라.

소년이 뒤를 돌아봤고, 그 순간 난 소년의 눈동자에서 야수의 흑색 눈빛을 언뜻 보았단다. 일단 나를 발견한 그의 눈은 집요하게도 나를 놓아주지 않았지. 소년은 입을 삐죽 내밀더니 고개를 사납게 내저었어. 그러곤 '거기 누구야?' 하고 물으면서 내게로 다가왔어. '생판 모르는 사람인 것 같은데.'

'난 여기 옆집에 사는 사람이야.' 내가 대답하고선 울타리를 타고 넘었지. 내가 무사히 착지할 수 있도록 걔가 날 부축해 줬어. 담을 기어 넘는다든가 하는 따위의 일은 원래 체질상 나와는 완전 거리가 멀거든.

'아유, 늙은 아저씨네.' 그 애가 말했어. '머리가 벌써 희끗희끗하잖아요. 그런데도 왜 내게 말을 거는 거죠?'

'너 그렇게 맨발로 다니면 안 돼.' 내가 타일렀어. '풀밭이 상당히 척척할 텐데.'

'쳇, 그게 무슨 상관인데요. 자, 보세요.' 그 애는 내게 자기 발바닥에 못이 박힌 것을 과시하듯 보여 주었단다. '인도네시아에서는 언제나 맨발로 다니는걸요.' 그러더니 느닷없이 발로 땅을 쿵쿵 쳐 보였어. '자, 우리 정원에서 빨리 나가세요! 아저씨는 나이가 너무 많단 말이에요!' 그러니까 지금으로부터 벌써 사십 년 전 일이었지. 그리고 그 애 나이는 당시 열 살이었으니까 그에 비하면 내 나이가 상당히 지긋했던 편이라 할 수 있지.

'그럼 내가 울타리 넘어가는 것 좀 도와줘.' 내가 부탁했어.

'싫어요.' 녀석의 대답이었어. '혼자 잘해 보세요.' 그러나 울타리는 높았고, 자칫하다간 그만 떨어져 버릴 게 뻔했어. 그 아이의 웃음거리가 될 게 걱정되더구나. 그래서 핑계를 댔지. '실

은 내 다리에 이상이 좀 있거든.'

그 애가 날 거들어 주려고 선뜻 양손을 포개어 내 발밑에 디딤판으로 받쳤을 때엔 그 애의 건장함이 내 피부로 짜릿하게 전해 오는 듯했단다.

'내 신발 때문에 네 손이 더러워질 텐데.'

'그럼 신발을 벗든지 하세요.' 그가 성마르게 일렀어. '혹시 발이 젖을까 봐 겁이 나서 그러는 거 아니에요?' 실은 그게 아니라, 그 아이의 발에 견주어 터무니없이 늙어 버린 그리고 허옇다 못해 애련하게 보일 것 같은 내 발 꼴이 수치스러워서 신발을 벗지 못했던 거야.

'관둬라.' 내가 말했어. '나 혼자 힘으로 넘어 보도록 할 테니까.' 나는 응당 굴러 떨어지고 말았지. 우리 집 쪽으로 말이야. 그런데 그 아이가 혹시 웃지 않나 해서 고개를 들고 살폈으나 어디로 종적을 감췄는지 보이질 않았어. '이봐.' 내가 불렀지. '어서 나와. 너, 어디 있는지 내 다 알고 있단 말이야! 네가 나올 때까지 여기서 기다릴 거다.' 내가 다시 외쳤어. '그때까지 줄곧 여기 서서 기다리고 있을 테니 그런 줄 알아.'

정말이지.” 알렉산더 삼촌이 말을 이었다. “그렇게 그 자리에 서 있자니, 덤불 속에 잠복해 있는 사냥꾼처럼 어디에선가 나를 훔쳐보고 있을 그 아이의 눈에 내 꼬락서니가 얼마나 초라하게 비칠까 하는 생각이 머릿속을 맴돌더구나. 바지는 찢어진 데다가 비조차 부슬부슬 뿌리기 시작했던지라, 난 비에 젖은 생쥐처럼 추위에 떨며 더 없이 초췌한 모습을 하고 있었거든. 게다가 설상가상으로 바람이 냅다 불어닥치더니 내가 서 있던 자리의, 내 머리 위의 나무가 불현듯 흔들리면서 빗방울

들이 후드득 내게로 떨어졌단다. 그런데 묘하게도 그 아이네 정원에 서 있던 나무들은 아무런 요동도 보이지 않았지. 그래서 주위를 한번 자세히 살펴보니 우리 정원에 서 있는 나무들도 자욱한 안개비 속에서 꼼짝 않고 서 있는 거였어. 급기야 그가 내 머리 위에서 웃음을 터뜨리며 나뭇가지들을 더욱 힘껏 마구 흔들어 댔어.

'이리 내려와, 당장.' 내가 외쳤지. '그러다 떨어질라.'

'난 절대로 떨어지지 않아요.' 그 아이가 큰 소리로 대꾸하면서, 무슨 유연한 짐승이라도 되는 양 단숨에 스르르 미끄럼을 타고서 아래로 사뿐히 내려왔어.

'식사 시간이 됐네요.' 그 아이가 말했어. '방금 아저씨네 집에서 종이 울리는 소리가 났거든요.'

'우리 집에 가서 같이 먹을래?' 내가 청했어. 으레 사양하리라 지레짐작하고서 그냥 인사치레로 해 본 말인데 글쎄 그가 대답하기를 '그러죠, 뭐.' 하는 거였어. 그래서 같이 우리 집으로 갔지. 식탁 앞에 앉아 그는 침묵으로 일관했고, 나 역시 그 애한테 무슨 말을 해야 할지 몰랐단다. 그런데 한창 식사를 하던 도중 그 애가 벌떡 일어나더니 말했단다. '이제 그만 우리 집으로 가서 저녁을 먹어야겠어요. 안녕히 계세요.' 그렇게 훌쩍 자기 집으로 돌아가 버렸어. 다음 날 나는 그 아이네 집 정원에 면한 다락방으로 가 앉아 있었는데, 그를 볼 수 없었단다. 그리고 그 다음 날도, 또 다음 날들도 역시 마찬가지였단다. 나는 그가 아마 귀국한 모양이라고, 인도네시아로 돌아가 버린 거라고 체념해 버렸지. 그렇게 일주일이 지난 어느 날 그가 뜻밖에 또다시 모습을 드러냈어. 정원 한구석의 정자에 앉아 있던 내 귀에 녀석이 부르는 소리가 들리더라고. '야호-오.' 처음엔 그냥 외쳐 대다가, 곧 어린아이들 목소리를 흉내 내더군. 아이들끼리 서로 장난칠 때 하는 식으로 말이야. '야호-오-오, 어디 있게?'

예사롭지 않은 그의 차림새에 난 좀 어리둥절했단다. 번들번들하게 광을 낸 굽 높은 구두에다 검은색 긴 양말을 신고, 새로 산 빳빳한 세일러복을 입고 있었거든.

'어쩜 그렇게 근사하게 차려입었지?' 내가 물었어.

그는 어깨를 으쓱 추어올렸어. '내 생일이라면 좋겠어요. 오늘이요.'

'그럼 오늘이 생일날이야?'

'아유, 답답하시기는. 당연히 아니죠. 그러니까 내가 말했잖아, 내 생일날이라면 좋겠다고요. 아저씨도 오늘 오후에 꼭 와야 해요. 그리고 사람들을 전부 다 데리고 와야 해요. 우리 아버지가 집에 없으니까 사람들을 동원해서 다 함께 와야 해요. 생일날에는 원래 손님들이 많아야 기분이 나잖아요. 게다가 손님들이 다 선물을 가지고들 올 테니까요.'

'대체 누구를 데리고 오라는 말이니?' 내가 물었지.

'친구요. 아저씨 친구들 있잖아요. 그러니까 그 친구들이 다 같이 오면 될 거 아니겠어요. 그리고 그 사람들은 아마 다 아저씨 나이 또래일 테고요.'

'그렇지만 난 친구가 없는데.' 난 절망 상태였어.

'거짓말쟁이.' 그가 말하고 나서 성마르게 두 발로 땅을 쿵쿵 쳐 대더구나. 그렇게 잔뜩 토라진 녀석의 모습이 새삼스레 너무 예뻐 보였는데, 눈을 왕방울만 하게 활짝 부릅뜨고 있었기 때문이야. '아저씨, 거짓말 마세요. 친구 없는 사람이 세상에 어디 있어요?'"

알렉산더 삼촌은 한숨을 내쉬었다. "차마 입이 떨어지진 않았지만, 그래도 그때 어쩔 수 없이 뭐라고 하긴 해야 했어." 삼촌은 말을 계속했다. "구태여 꼽으라면 친구가 아마 몇 명 있기는 있을 테지만, 아무래도 이런 평일에는 다들 여러모로 오기가 좀 어려운 형편이라고 둘러댔지. 네가 그때 그 녀석의 자태를 봤어야 하는 건데. 화를 낼수록 그는 점점 더 아름다워져만 갔거든. 그러곤 그가 큰 소리로 악을 쓰더구나. '그러니까 날더러 아저씨한테서만 선물을 받고 말란 말이죠!'

'아니지, 절대 그런 말이 아니야.' 내가 성급하게 말을 받았어. '내 친구들은 자기들이 직접 올 수 없는 경우엔 대신 선물을 전해 달라고 내게 주곤 하거든.' 그는 고개를 갸우뚱하게 기울이고서 입술을 깨물었단다.

'정말요?' 그가 다그쳤지. '그럼 어떤 선물을 주는데요? 난 책을 받았으면 좋겠는데, 맨 첫 페이지에다 나한테 선물한다고 멋있게 쓰여 있는 책 말이에요.'

'어떤 책을?' 내가 되물었어. 그러나 그는 어깨를 으쓱 들어 올렸지. '글쎄요, 뭐든 상관없어요.' 그러고는 다시 잠깐 생각에 잠겼다가 말했어. '가장 욕심나는 건 아주 커다란, 아니면…… 독일 책이요.'

'그럼 너 독일어도 할 줄 알아?' 내가 물었어.

'아유, 관두세요.' 그러고는 자기 집으로 가 버렸어. 가다가 뒤를 돌아보며 외치더구나. '3시 30분이에요!'

'그럼 3시 30분에 보자!' 나도 응대했어.

그날 오후 그는 세일러복을 다시 벗어 버렸더구나. '목이 아프고 온몸을 쿡쿡 찔러 대는 것 같아서요. 게다가 올 손님이라곤 아저씨 한 사람뿐이잖아요. 그런데 그 가방 안에 도대체 뭐가 들었어요?'

'내 친구들이 준 선물들.'

'그렇게 많아요?' 그가 물었어. '가방이 엄청 큰데, 그 안에 설마하니 선물이 가득 든 건 물론 아니겠죠?' 나는 가방 열쇠를 철커덕 열었어. 가방에는 책들이 가득 차 있었지. 그게 바로 네가 위층에서 본 그 책들이란다.

그가 한 손으로 책들을 쓰다듬었어. 그러면서 '이걸 다.' 하고 속삭였어. '이걸 다.' 그러고는 몸을 일으키더니 이리저리 몸을 흔들었어. 그가 내게 물었어. '이걸 정말 다 주실 거예요?'

그는 가방에서 책을 꺼내기 시작했고, 그걸 한 줄로 나란히 세웠지. 그러고는 다시 물었지. '이걸 준 사람들이 다 누구예요?' 나는 친구들, 존재하지 않는 친구들의 이름을 꾸며 대기 시작했어. 그리고 친구들이 직접 올 수 없어 아주 애석해하더라고 전했어. 그동안 그는 책을 하나하나 세고 있었어. '아유, 하느님 맙소사.' 그가 감탄했어. '이거 너무너무 많은데요. 그런데 이건 일곱 권이 다 같은 거예요? 이 독일어 책 말이에요.'

'그건 프랑스어 책이야.' 내가 설명해 주었지. '그리고 다 같은 게 아니라 한 저작의 각각 다른 권으로, 이건 그걸 전부 다 한데 모은 거야.'

'정말요?' 그가 물었어."

알렉산더 삼촌은 나를 응시했다. 마치 내가 뭐라고 대응하기를 기대하는 것처럼. 그러나 나는 아무 반응도 보이지 않았다. 자칫 잘못했다가 삼촌이 행여 축음기에 대해서는 더 이상 언급하지 않을까 봐 걱정이 되었기 때문이다. 그렇게 침묵이 흘렀다. 그가 다시 입을 열 때까지. "이게 이야기의 끝이야."

"그럼 축음기는요?" 내가 물었다.

"그건 아냐." 알렉산더 삼촌이 대답했다.

그런 뒤 그는 아주 한참 후에야 말을 이었다. "그날 오후 우리는 그 애의 생일 축하 잔치를 했어. 그가 선물받은 책들의 책장을 낱낱이 다 세어 보는 동안, 난 그저 실없이 창가 의자에 앉아만 있었어. 자기를 도와주면 안 된다고 어찌나 고집을 피우던지. 내가 혹시 실수를 할지도 모른다는 노파심에서 그렇게 자기 혼자서 꼼꼼히 수효를 헤아리고 있었어. 난 그의 모습을 계속 지켜보았지. 이제 그에게 난 완전히 망각된 존재인 듯했어. 그는 윗니로 아랫입술을 지그시 깨물고서 이따금 나지막하게 끙끙 신음 소리를 내기도 하고 발로 탁자를 차기도 했단다.

한 달 후 그의 집 앞에 집을 판다는 팻말이 걸렸단다. 그들이, 그러니까 그의 아버지와 그가 다시 인도네시아로 돌아가야 했기 때문이지. 그래서 내가 그 집을 샀어. 그리고 그가 떠난 다음에 그 책들을 발견했어. 방에 있는 다른 물건들과 함께."

"그럼, 그 축음기는요?" 내가 물었다.

"그건 아냐." 알렉산더 삼촌이 대답했다.

"그 뒤 소년의 행방은요?"

"그건 잘 몰라." 삼촌이 말했다. 그러고 나서 일어서더니 집 안으로 들어갔다. 그는 테라스 문을 뒤로 굳게 내닫았다.

나는 알렉산더 삼촌 집에서 이 년간 머물렀다. 우리 삼촌이야말로 깊은 연륜의 상징이었기에 난 삼촌으로부터 정말로 많은 걸 배웠다. 그러니까 꼭 이 년 후 5월의 어느 날 저녁, 난 삼촌에게 승낙을 구했다. 이제 떠나도 괜찮겠느냐고. 프랑스를 향해서.

떠나기 전날 밤, 나는 아연히 쳄발로가 사라진 걸 발견했다. "쳄발로는 어디 있죠?" 내가 물었다. 안토닌 알렉산더 삼촌은 쳄발로가 서 있던 그 자리에 서 있었다.

"연주를 하고 나면 어떤 땐 어찌나 기운이 달리는지." 그가 말했다. "매사가 한결같이 힘겹단다. 이젠 내가 정말 늙어 버린 거야. 네가 집을 오래 비울 텐데, 나중에 네가 돌아오는 그때까지 내가 살아 있을지도 모르겠구나. 그럼 가서 푹 쉬어라."

다음 날 아침 나는 다시 내 침대 옆에 철쭉꽃 화병이 놓여 있는 것을 발견했는데, 보라색 꽃이었다. 그리고 100길더짜리 지폐 한 장도 놓여 있었다. 브레다행 첫 기차를 타기 위해 집을 나섰다. 아래층 방을 지나면서 나는 알렉산더 삼촌이 입을 반쯤 벌리고 무릎을 옴츠려 쪼그린 자세로 소파에 누워 자는 모습을 보았다. 동시에 그의 한 손이 마룻바닥 위에서 옴지락거리는 것도 내 시선을 끌었다.

밖은 사방이 칙칙하고 안개가 자욱했다. 삼촌의 집은 온 우주 만물 가운데에 고고하고 추한 모습으로 버티고 서 있었다.

그리고 난 그 아프리카 부지 위에 신축된 주택가를 따라 걷지 않았다.

2장

오오, 남의 차 얻어 타기! 프로방스까지 가는 길은 한결같이 수월치만은 않았다. 벨기에 안트베르펜 직전에서 만난 고물차 스코다를 끌고 다니는 어떤 사내가 그런 사례 중의 하나였다.

"저기 소가 몇 마리나 되지?" 그가 물었다. "저기 벌판에 말이야."

"글쎄요, 잘 모르겠는데요." 내가 대답했다. "그렇게 빨리 셀 수가 없는걸요."

"서른여섯 마리." 그가 의기양양하게 외쳤다. "너, 내 담뱃불 좀 붙여 줘라."

나는 먼저 그의 회색 입술 사이에 담배를 끼워 넣었고, 그런 다음 불을 붙였다. 그는 심호흡으로 연기를 길게 빨아들였다가 다시 몽글몽글한 연기를 앞창과 내 얼굴에 대고 내뿜으면서 말했다. "이게 소위 그 연막이라는 거다. 하하하. 그런데 말이야, 방금 그 소가 몇 마리 있는지 숫자 세는 거 말인데, 그거 아주 간단한 방법이 있거든." 그는 자기 손가락 마디를 눌러 똑똑 소리를 내려고 했으나, 손가락이 너무 굵은 탓에 제대로 되지가 않았다. "아주 간단해. 먼저 소의 다리를 전부 다 더해서 총계를 낸 다음에, 그걸 다시 넷으로 나누면 되거든." 그러고 나서 내가 웃는지 보려는 듯 그가 내게로 시선을 던졌기 때문에 난 웃어 보였다.

"하하." 그는 깔깔대면서 "너 그거 몰랐지? 농담 재밌지? 근데 말이야, 네 장발 머리 기똥차게 폼 나는데. 이봐……, 너 가끔 사내들하고도 그거 하지?" 하고는 내 다리를 꼬집기 시작했다. 살그머니.

"나 내릴래요." 내가 말했다.

그가 어찌나 갑작스레 브레이크를 밟았던지 나는 그만 이마로 앞창을 받고 말았다.

"내려." 그가 고래고래 소리쳤다. "꺼져 버려, 이 개새끼야. 어서 당장!"

난 뒷좌석에 놓여 있던 배낭을 덥석 움켜쥐긴 했는데, 그게 공교롭게도 어딘가에 걸려 쉬이 빠져 나오질 않았고, 그걸 눈치챈 그가 배낭을 밖으로 힘껏 내동댕이쳤다. 나를 향해서. 나는 배낭을 집어 들고 냅다 뛰기 시작했다. 그가 꽝 하고 차 문을 닫는 소리가 들릴 때까지. 그러나 그는 여전히 창문을 열고서 한바탕 악을 토하고 있었다. "야, 이 얼간이 새끼야. 이 개새끼야!" 하면서 나름대로 직성을 풀고 나서야 그는 부릉부릉 자취를 감췄다. 새삼 돌이켜 보건대 나는 그때 사시나무 떨듯 몸서리를 쳤다. 그렇지만 갈 길이 멀기에 난 다시 마음을 고쳐 먹고 편승을 시도하지 않으면 안 되었다. 제발 누구도 내게 더 이상 아무것도 묻지 않기를 바랄 따름이다. 그 일이 벌어지고 난 며칠 후에 내가 어떻게 해서 고작해야 그 이름밖에 모르는 여자 재클린하고 아를의 포럼 광장에서 춤을 추게 되었는지를. 그녀의 이름은 재클린이었다. 우리 주위에서 춤추던 사람들이 모두 "봉스와르, 재클린." 하고 그녀를 향해 인사를 건네던 걸로 미뤄 보아서. 그럴 때마다 그녀 또한 "봉스와르, 니네뜨. 봉스와르, 니콜." 하면서 응대했다. 그러고 나서 그녀는 나를 향해 웃음을 지었고, 우리의 춤은 마냥 지속되었다. 아울러 치렁치렁 풀어헤친 그녀의 불그레한 머리채도 춤을 추었다. 우리는 한시도 숨 돌릴 겨를조차 없이 오로지 춤만을 위해 전념했다. 그리고 이슥히 깊은 밤 그녀가 내게로 밀착해 와서는 그녀의 손을 내 등에, 아니 내 목덜미에 얹었다.

"필립, 내일 떠날 거야?"

"응."

"기나긴 여로에 오르는 건가?"

"글쎄, 나도 몰라."

이제 사람들은 대부분 자리를 떴고, 남아 있는 몇몇 다른 쌍들과 더불어 우리는 시인 미스트랄의 커다란 동상 옆에서 아코디언 음악에 맞춰 다시 춤을 추었다. 음악은 몹시 구슬펐다. 수많은 추억 속으로 묵묵히 잠적해 버리곤 하던 여느 밤들과 달리, 음악의 선율과 합세한 아를의 밤이 질식할 듯한 향수와 비애를 총동원하여 우리 속으로 점점 더 깊숙이 침투해 오는 까닭에. 등불 아래서 춤추고 있는 작은 무리의 우리들 내면으로.

"이따가 집에 데려다 주면서 나한테 키스하면 안 돼." 그녀가 말했다. "내 부탁 들어줄 거지?"

"그럼." 내가 말했다. "너한테 키스 안 할게."

"그리고 거리 이름도 눈여겨봐선 안 돼." 그녀가 속삭였다. "또 주소도 주목해선 안 되고. 넌 결코 날 잊어선 안 되지만 나한테 절대로 편지는 쓰면 안 돼. 우린 번잡한 거리에서 서로의 옷깃을 스치며 지나는 행인일 뿐이야. 그리고 절대로 다시 돌아와선 안 돼. 넌 불행을 갖다 주니까."

"왜 그렇지?" 내가 물었다.

"내 생각인데." 그녀가 설명했다. "넌 이미 태어날 때부터 조숙한 애늙은이였어." 그녀가 손가락으로 내 입술을 어루만졌다. "넌 더는 경험할 일이 하나도 없어. 한갓 회상할 일만 남았을 뿐이지. 넌 더 만나야 할 사람도 없어. 이별을 나누기 위한 예외적인 만남을 제외하곤. 그리고 넌 한나절도 제대로 살아가지 못할 거야. 같은 날 저녁이나 밤에 찾아올 종말을 예기하지 않고선 말이야."

우리는 음악의 원을 깨뜨리고 나와 내가 미처 찾아 보지 못한 거리를 누비고 다녔다. 그녀가 부탁한 대로, 나는 그녀가 마침내 걸음을 멈춘 거리의 이름이 적힌 표지판으로 시선을 주기는커녕 아예 고개도 들지 않았다.

그녀가 날 끌어당기면서 말했다. "넌 이제 그만 돌아가야 해. 난 안으로 들어가지 않고 이대로 서서 네가 이 거리를 완전히 벗어나는 모습을 지켜보고 있을 거야." 잇달아 그녀는 양손으로 내 얼굴을 꼭 감쌌다. 그런 식으로 내 얼굴을 하나의 형상으로 손에다 고이 간직함으로써 마치 그녀가 그걸 영영 잊지 않기를 바라기라도 한다는 양. 그런 다음 그녀는 내가 그녀로부터 족히 팔 길이 정도 되는 간격으로 떨어져 나갈 때까지 날 슬그머니 밀어붙였다.

"돌아가 줘." 그녀가 호소했다. "자, 이젠 정말 네가 떠나야 할 차례야." 다음 순간 그녀의 얼굴이 불현듯 집 앞에 설치된 황색 가로등 불빛 아래로 사라져 버렸다. "돌아가 줘." 그녀가 거듭 부탁했다. "돌아가 줘." 나는 몸을 돌려 걸음을 내딛으면서도 여전히 그녀의 머리카락이 바람에 살랑살랑 위아래로 흔들리고 있음을 감지했다. 그럼에도 나는 나의 가느다란 그림자를 쫓아 유유히 한 발짝 한 발짝 걸음을 옮겼다. 줄지어 선 주택들을 따라 계속 전진했고, 그 거리를 벗어나 프롬나드데리세로 향했다. 거기서 나는 다시 유서 깊은 로마 시대 공동묘지로 이어지는 완만한 내리막길의 알리스캉으로 향했다. 공동묘지엔 삼나무들이 버티고 서 있었다. 위풍당당하고 동시에 불가사의하게. 그리고 묘비 위로 푸르스름한 달빛이 위태롭게 비치고 있었다. 나는 어느 무덤에 기대서서, 그 돌의 냉기가 피부 속으로 스며드는 것을 느꼈다. 그때 별안간 뒤쪽에서 영문 모를 늙수그레한 음성이 들려왔다.

알리스캉이 자리한 고도, 아를에서,
장미꽃 향연과 쾌적한 기온 아래
황혼이 불그레하게 드리워질 즈음

삼라만상의 세미함에 귀를 기울여 보렴
이유 없이 뛰는 네 침울한 심장의

고동 소리를 듣기 위하여

비둘기마저 입 다물고 있거늘
아주 조그맣게 속삭여다오, 무덤의 언저리에서
사랑 이야기를 들려주고 싶거든.

　그건 남자의 목소리였다. 구수한 프로방스 지방 말씨로 유음을 세게 굴리는 것은 물론 남쪽 지방 특유의 둔탁한 억양을 지니고 있었다. 내가 뒤돌아보지 않았는데도 그는 내게로 다가와 내 팔을 붙잡더니 나를 조심스레 끌어당겼다.

경건과 신비가 두렵다면야,
묘지는 아랑곳 말고 지나가거라.

　그러고 나서 그가 소곤댔다. "자, 어서 나와 함께 가세. 자네에게 긴히 들려줄 이야기가 있다네." 그는 나이가 지긋했는데, 어쩌면 상당한 비만형이었던 그의 체구로 인해 외관상으로만 그렇게 보이는 건지도 몰랐다. 이마 아랫부분에 빙 둘려 있는 지방층에 짓눌려 이지러진 덥수룩한 회색 눈썹, 그 눈썹 아래로 깊숙이 파묻혀 버린 회피적인 실눈 등, 이목구비가 무정형으로 흐리멍덩했고 안면 전체가 아래로 축 처져 있었다. 여전히 내 팔을 붙잡고 있는 그의 한 손은 스펀지처럼 푹신했다. 시커멓고 때가 찌든, 일종의 수도복 같은 데서 희멀겋고 맨송맨송한 그의 팔이 솟아 나와 있었다.
　"나 자신도 잘 알고 있네." 그가 말했다. "내가 무척 비대한 편이라는 걸. 사람들은 날 프로방스 지방에서 제일가는 뚱뚱보라고들 부르지. 하지만 난 자네한테 필히 이야기를 들려주지 않으면 안 될 처지라네. 오늘 밤에는 포럼 광장에서 자네를 봤고, 어젠 생트로팽 교회에서부터 자네를 줄곧 지켜봤어. 그래, 실은 내가 자네를 미행한 셈이라네."

나는 그와 나란히 걸으며 뭐라 반응해야 할지 몰라 그저 말문을 닫고 있었다. 우리는 재차 포플러 나무와 삼나무 아래로 되돌아왔다. 걷는 게 고역스러운 듯 그가 숨을 헐떡이기에, 비탈길을 따라 위로 오르는 동안이나마 나는 팔을 내밀어 그를 부축했다.

내가 머무는 호텔 앞에서 그가 걸음을 멈췄다.

"들어가 어서 짐을 가지고 나오게나." 그가 말했다. "우리 함께 떠나세."

"어디로요?" 내가 물었다. 그는 아연해하는 표정으로 나를 물끄러미 바라보더니 다시 말을 이었다. "어디긴 어디겠어, 바로 이야기한테로 가야지." 난 그저 그가 말하는 대로 그의 뒤를 따랐다.

그는 낡은 차 한 대를 가지고 있었다. 그날 밤 우리는 죽음의, 저주의 나라를 향해 질주했다. 불 꺼진 불그레한 지면으로부터 달이 장엄하게 떠오르고 있었다. 안개가 산골짜기를 이리저리 도도하게 누비면서 위협적으로 우리를 포위했으며, 우리는 그때마다 매번 그 위험을 피해 덤불을 헤치고 도망을 쳤는데, 그건 마치 태고 적에 멸종된 야생동물 떼가 밤빛에 피어나는 기암절벽을 향해 산 중턱을 오르는 것처럼 보였다.

미적지근한 기체 한 무더기가 간헐적으로 훅 하고 우리에게 불어닥쳤는데, 대낮의 삭막한 무더위로 인해 함축되었다가 밤이 되자 사방으로 방출해 나온 이 훈기는 오다가다 백리향과 라벤더의 은은한 향기를 실어 주곤 했다.

우리는 잠잠히 서로 아무런 이야기도 나누지 않은 채 프로방스 지방을 가로질러 달렸다. 우리가 통과한 그곳의 크고 작은 모든 마을들은 하나같이 이젠 사람들이 영영 등져 버린 저 조그만 산촌 레보의 신세가 되고 말았다. 유령의 우연한 장난으로 가로등이 여태껏 껌뻑대기도 하고, 벽시계가 실없이 종을 치기도 하는 몰락한 촌락들.

나는 잠이 들었다. 그리고 차가 멈췄을 때에야 비로소 잠에서 깼다. 우리는 아래를 내려다봤다.

"저기가 계곡이야." 그가 설명해 주었다. "그리고 저기가 바로 마을이라네."

"네, 알겠어요." 내가 대꾸했다.

먼동이 밝아 오고 있었다. 우리의 발치 밑으로 멀리 마을의 가옥들이 초라하게 놓여 있었다. 마치 한데로 몰아넣은 가축의 무리처럼 교회를 빙 둘러싸고 옹기종기. 그러나 조만간 태양이 무자비하게 섬멸해 버릴 돌투성이인 불모의 언덕바지 사이, 계곡 한가운데를 관통하지만 이미 바싹 메말라 버린 시냇가에 자리한 마을의 존재란 정녕 황홀한 생명의 입김과도 같은 것이었다.

"자, 자넨 여기서 내려야 하네." 그가 말했다. "그리고 난 마반테르라고 하네. '마'는 라틴어의 마그누스 즉 크다는 뜻이고, '반테르'는 배(腹)를 의미하지. 내 원래 이름은 아니지만, 여기서는 다들 날 그렇게 불러."

"수사님이세요?" 내가 물었다. "아니네. 난 수사가 아닐세." 그러고 나서 마반테르라는 별명을 지닌 그는 내 배낭을 땅에 내려놓더니 차를 회전시켰다.

"그럼 말씀하신 그 이야기는요?" 내가 물었다.

"자네는 마을로 내려가도록 하게나." 그가 일렀다. "거기 호텔이라곤 셰실베스트르라는 곳 한 군데밖에 없다네. 내가 다음 주에 그곳으로 찾아감세. 하지만 내 이야기를 미리 꺼내선 안 되네."

"네." 내가 약속했다. "아저씨에 대해서 한마디도 언급하지 않겠습니다." 뒤이어 나는 내 배낭을 집어 들었고, 언덕바지를 내려가기 시작했다. 그가 출발하면서 외쳤다. "그럼 며칠 후에 다시 만나세. 내 생각으론 아마 이삼 일 후쯤이나 될 것이네." 하지만 나는 걸음을 멈추지 않았다. 내 발밑에서는 작은 열풍처럼 소용돌이치는 길가의 장밋빛 먼지가 극성스레 신발과 양말 속으로 마구 파고드는 참이었다. 언덕 아래로 내려갈수록 바위 틈바구니의 백리향 꽃들은 차츰 빨간색과 자주색으로 변해 갔고, 덤불은 점점 더 푸른빛을 발했다. 급기야 마을에 이르자 하얀색과 분홍색의 집들로 말미암아 꽤 정겨운 분위기가 감돌았다. 언뜻 보기에도 무계획하게 마구잡이로 지은 게 분명해 보이는 집들, 그리고 노송나무와 삼나무 그늘 아래 푹 덮여 있는 정원들.

'실베스트르의 집에'라는 뜻의 이름을 지닌 그 호텔을 찾는 건 어렵지 않았다. 호텔 여주인이 막 창의 덧문을 내리는 중이었는데, 그런 식으로 맹렬한 햇볕을 차단시켜 건물 내부로 침입하지 않도록 하기 위해서였다. 나는 그녀와 대충 얘기를 끝낸 후 그녀를 따라 안으로 들어갔다.

"여기 홀란데즈요, 네덜란드 사람이래요." 그녀가 남자 주인에게 알렸다. 그러자 카운터 옆에 서 있던 사내 둘이 뒤를 돌아다봤다.

'역시 산간벽지라 어쩔 수 없군.' 하고 나는 생각했다. 이방인이라곤 평생 한 번도 구경하기 힘든 그런 두메산골. 그때 문득난 이 마을의 이름이 뭔지도 모르고 있음을 새삼 깨달았다.

사내들이 프로방스 사투리로 말을 주고받는 바람에 나는 그들이 무슨 얘기를 하는 건지 전혀 파악할 수가 없었다. 건물 바닥에는 물론 층계에도 온통 다 육각형의 빨간 타일이 깔려 있었으며, 번들거리는 흰색 벽에는 프로방스 지방 일대에서는 어딜 가나 보기 마련인 선전 광고지들이 붙어 있었다. 헤네시, 노일리 프라트, 생라파엘, 깡끼나 등과 같은 코냑, 혼성주 양조 회사들.

호텔 주인 실베스트르 씨가 호텔 앞면에 위치한 방으로 나를 안내해 주었다. 그 방에서 옛날식 분수대와 우거진 나무 그늘 아래의 돌 벤치가 놓인 마을 광장의 모습을 한눈에 내려다볼 수 있었는데, 그가 즉각 덧문을 닫아걸었다.

"햇볕이라면 지긋지긋합니다. 자, 이리로." 그의 말에 내가 대답했다. "늘 그렇지요."

"네, 여름에는 한층 더합니다." 그가 고개를 끄덕였다. "제가 물을 좀 갖다 드리지요." 잠시 후 그는 이 지역 특산품인 독한 혼성주 파스티스를 이 고장에서 마시는 특유한 방식대로 큼직한 유리잔에 담아서, 물을 담은 양동이와 함께 들고 왔다. 그러고는 물 항아리에 물을 조금 붓고 나서 양동이를 나무 세면 대 아래 놓았다.

"괜찮으세요?" 그가 물었다.

"트레비앙. 아, 좋습니다." 내가 대답했다. "메르시." 그러자 그는 미소를 지어 보이더니 방을 나갔다. 나는 거추장스러운 침대로 가 몸을 눕혔고, 그러곤 혼자 실소를 금치 못했다. 몸을 돌리자 침대가 우지끈우지끈 소리를 냈기 때문이다. 무명천으로 된 뻣뻣한 침대 시트에서는 강에서 헤엄치며 놀다 막 걸어 나오는 아이들의 냄새가 나는 듯했다.

느지막한 오후에 나는 잠에서 깼다. 누가 들어와서 약간의 빵과 포도주를 내 옆에 두고 나간 모양이었다. 냅킨으로 그 위를 덮어 놓고서. 밖을 내려다보면서 그제서야 나는 이곳의 어떤 집들이 왜 성곽처럼 건축되었는지 비로소 납득할 수 있었다. 이 지역 혹서는 저녁녘에 들어서서는 불가항력적인 무자비의 극치에 이르기 때문에 사람들은 물론 짐승들도 집 안의 어두컴컴한 구석을 찾아 숨어 있다가 거기서 땅거미가 내릴 때까지 기다리는 것이었다.

내가 밖으로 나갔을 때 마을은 예상했던 대로 모든 게 완전히 정지된 상태였다. 분수에서 나오는 미지근한 온수를 마셔 볼 양으로 나는 천천히 광장을 가로질렀다. 살아 있는 자들은 흔적조차 눈에 띄지 않았기에, 나는 숫제 죽은 자들을 향해 발길을 돌리기로 마음먹었다. 그들의 커다란 무덤은 조야한 나무 십자가 둘레에 어수선하게 뒤섞여 있었다. 교회를 중심으로 살아 있는 자들의 집이 모여 있는 것과 동일한 방식으로. 죽은 자들은 산사나무와 서어나무의 울타리로 평화롭게 에워싸여 있었다.

　나중에 산 자들을 차차 더 잘 알게 되었을 때, 나는 죽은 자들이 그들과 별로 큰 차이가 없다는 사실을 알았다. 그뿐만 아니라 그들의 침통한 묵묵무언의 성향도 죽은 자들과 서로 상통하는 바가 있었다. 워낙 척박하여 일구기 힘든 자갈투성이의 불그레한 토양에 시달린 비통함이 그들의 골육에 속속들이 사무쳐 있었다. 그리고 무더위가 마지못해 마을에서 물러날라 치면, 그 뒤를 이어 나타나 밤마다 마을을 순회하면서 달콤한 말로 꼬여 만물을 감염시키는 침울증도 그들의 비통함과 쌍벽을 이루고 있었다. 쇠로 만든 육중한 공끼리 부딪치는 어른들의 포환 놀이 소리가 실베스트르 씨의 유리잔 부딪치는 소리, 짐승들 소리, 삼나무에 이는 초저녁의 바람 소리 그리고 아이들이 주춤주춤 부르는 노랫소리와 더불어 이따금씩 귀청을 울리는 거의 유일한 음향이었다.

　　나의 사랑하는 여자 친구, 알릭스가
　　이제 먼 길을 떠날 때가 왔다네
　　이 세상을, 그리고 그녀의 음모와
　　그녀의 허영을 마저 동원하고서

　아이들이 부르던 노래였다. 지금도 그 노래 가사가 생생히 떠오른다. 밤마다 난 실베스트르 씨 호텔 방 창가에 앉아 동네 어른들과 아이들을 유심히 관찰했기 때문이다. 그들은 날 보지도 못하고 알지도 못했던 반면, 난 그들의 이름을 들어 죄다 외웠으며 이틀이 지난 후에는 누가 마을에서 포환 놀이를 제일 잘하는지 심지어 누가 주량이 제일 센지도 알게 되었다. 아이들은 분수대 근처에서 무슨 놀이를 하고 있었는데, 그들의 노는 태도가 어딘지 수상쩍게 보였다. 그건 그들이 거의 아무 소리도 내지 않고 놀고 있었기 때문이다. 환자가 있으니 조용히들 하라고 마치 누군가가 그들에게 불호령을 내리기라도 한 것 같았다. 남자들과 아이들은 그런 식으로 소일했던 한편, 좀 더 어둑해지면 아낙네들이 물동이와 양동이를 들고서 물을 받으러 나왔다. 그런 모든 광경을 난 호텔 방 창으로부터 한눈에 관망할 수 있었다. 청색 등나무 가지 사이로. 등나무는 짐짓 겸손한 척 생색을 내면서, 미풍의 손에 의해 신비롭게 조종되는 살아 움직이는 커다란 짐승처럼 호텔 건물을 향해 숨을 내쉬었다. 그리고 내 앞에는 자나 깨나 교회가 꿈쩍 않고 버티고 있었다. 내가 살펴본 바로 교회 내부는 썩어 붕괴되었고, 제단을 덮은 빨간 융단으로 된 휘장에는 먼지가 수북했는데, 거기에 금실로 글자가 수놓아져 있었다. 마기스터 아데스트 에트 보카트 테. '주님이 저기 계시면서 너를 부르노라.'라는 구절이었다. 교회와 교회에 딸린 묘지는 이 마을의 일부였고, 마을 사람들의 삶 깊숙이 침투해 있었다. 술집이나 샘터에 모여 앉은 살아 있는 자들의 이름이나, 묘 앞에 걸린 누렇게 변색한 커다란 초상화 아래 표시된 죽은 자들의 이름이나, 이들의 이름은 어딜 가나 동성동명이었다. 그뿐만이 아니었다. 무엇보다도 인상적인 건 이들 사이에서 유행하고 있으며 이들의 무덤을 통제하고 있는 듯한 구태의연하고 음울한 미신이었다. 거친 머리카락으로 꼬아 만든 타래들, 빛바랜 조화들, 말라비틀어진 새끼줄이 주렁주렁 걸린 초상화들. 그리고 더러워진 유리 뒤에 잔뜩 낀 먼지와 거미줄, 너울너울 물결치는 파도 무늬로 장식된 얇은 철판으로 만든 동그란 사진틀. 이런 식의 온갖 에나멜 또는 마분지의 초상화를 대할 때마다 난 그런 인상을 받곤 했다. 그리고 이 초상화들의 엄숙함 뒤에서 난 쉽게 살아 있는 자들의 얼굴을 발견하곤 했다. 이야기하고 술 마시는 모습을, 내가 호텔 방 창가에 서서 지켜본 바로 그 사람들이었다. 오후 나절, 태양이 몰사한 가옥들을 완전히 제 손아귀에 집어넣었음을 확인하고 나면, 난 페루 씨네, 라페 씨네, 반투어 씨네 등등과 같은 집안의 죽은 조상들과의 내왕을 시작했다. 새벽녘에 꺾어다가 물 항아리 속에 담가 뒀던 꽃다발을 들고 가서 어린아이들 묘지 앞에 꽂아 놓곤 했다. 그러나 굳이 그렇게 해야 할 이유가 뭔지는 나도 몰랐다. 그저 괜히 그렇게 하고 싶기 때문이라는 이유밖에는.

마반테르라는 아저씨가 오기로 한 날 오후에 교구 목사가 날 기다리고 있었다. 그는 페루 씨네 가족묘 위에 앉아 있었다. "저분들은 모두 날 이해해 주실 겁니다." 그가 설명했다. "나와는 아주 절친한 사이였거든요. 게다가 머지않아 이 몸도 결국에는 저기 저 한 구석 어딘가에 묻힐 차례니까요. 멀찌막한 저 자리가 괜찮아 뵈는데, 어떻게 생각하세요? 해가 찾아 들기 힘든 응달이라서, 설령 어떤 이방인이 내 무덤 앞에다 꽃을 갖다 놓는다 칠 경우, 누가 압니까? 꽃들이 약간 더 오래 생기를 유지해 줄는지도."

목사관 안으로 나를 청해 놓고 나서 그는 실베스트르 씨처럼, 기다란 유리잔 두 개에 와인을 가득 부었다. 잔이 철철 넘치도록.

"우리 지방 출신 미스트랄 시인의 작품을 접해 보실 기회가 아직 없으셨겠지요." 그가 말을 이었다. "그러나 특별히 이 와인으로 말씀드리자면 그가 그의 서사시 「미레유」에서 찬미한 적이 있는 이름난 술이랍니다.

자 보아라, 프로방스 지방의 자랑거리
영혼의 안식을 위한 최고의 기호품
봄머의 사향포도주는 역시 루 흐리골레가 그만
자 보아라……

'봄머의 사향포도주'!" 그가 통쾌하게 웃었고, 그러곤 자기 잔을 내 잔에 부딪쳤다. "망인들과 가깝게 지내시는 모습을 그간 지켜보고 있었습니다." 그가 말했다. "그렇죠, 그게 최상의 방법일지도 모르겠습니다. 어떤 면에서는 돌아가신 분들이 살아 있는 자들보다 훨씬 더 상대하기가 쉽다고나 할까요. 특히나 이 고장 사람들은 그다지 나긋나긋한 편들이 아니라서 말이지요."

"저도 그걸 느꼈습니다." 내가 말했다. "그래도 저는 이 고장 사람들을 사랑합니다."

"물론, 그러실 수도……." 그가 멈칫했다. "그러실 수도 있을 겁니다. 하지만 이곳에서의 삶은 고통과 역경의 연속이랍니다. 온갖 정성을 다 쏟은 끝에야 겨우 거두어들이게 되는 얼마간의 토마토와 멜론, 식량 부족에 허덕일 지경으로 소출이 각박한 이곳 토양만큼이나 가증스럽기 짝이 없는 삶이기도 합니다. 또한 야산으로 방목하러 가는 계절이 오기 전, 양과 염소가 들판에서 뜯어 먹고 살아야 하는 풀처럼 여지없이 쓰디쓴 경우도 허다하지요. 이곳에서의 삶은 숙명적입니다. 신, 주변의 몇몇 다른 인간들 그리고 농토가 있을 따름입니다. 그리고 가혹하다는 면에서는 셋 다 똑같지요.

나는 이곳 실정에는 아주 훤하답니다." 그가 계속했다. "그럼요, 응당 밝을 수밖에 없는 처지라고 해야겠지요. 실은 저기." 그러면서 그는 거리 쪽으로 난 창의 덧문을 열고서 비탈길을 가리켰다. 그 순간 목사관 뒷전에 놓인 비탈길에 쨍쨍 내리쬐고 있는 광선이 어찌나 맹렬한지 부신 눈을 손으로 가리지 않으면 안 될 지경이었다. "저기 저곳에 바로 내가 먹을 토마토와 멜론이 자라고 있습니다. 그리고 흉년이 들지 않는다면 교회에 바칠 카네이션도 가꾸고요. 그게 전부는 아니랍니다, 암, 아니고말고요. 이곳엔 남부보다 훨씬 더 혹독한 겨울이 찾아오곤 하는데, 그 역시 태양에 못지않게 맹위를 떨치곤 하지요. 그뿐만 아니라, 하느님 맙소사, 설상가상으로 저 유명한 미스트랄이라는 게 또 있잖겠습니까!

미스트랄 강풍을 아시죠?" 그가 물었다. 그러나 나는 한 번도 들어 본 적이 없었다. 아니 어쩌면 어디선가 들어 본 적은 있는지 몰라도 아무튼 전혀 기억이 나질 않았다. 그래서 그가 강풍에 대해 설명해 주었다. 태양이 예사롭고도 무감각하게 계속 내리쬐고 있는 가운데 계곡과 사람들을 채찍질하듯 강타하는 센바람이라고, 그 어디에 몸을 숨기더라도 기필코 사람들을 찾아내고야 마는 바람이라고, 어떤 피신처라도 제아무리 꼭꼭 잠근 문 뒤라도 어김없이 찾아오는 바람이라고.

"그리고 이곳엔 간혹 기이한 사건들이 생기곤 하는데." 그가 말했다. "그건 바람이 특히 사람들의 정신 상태에까지 영향을 미치기 때문입니다. 신경 쇠약이 될 정도로 말이지요. 사소한 시비나 불화거리가 번져 뇌우처럼 폭발하는가 하면, 건초에 불꽃 튀기듯 날뛰고 걷잡을 수 없는 격분 상태로 변해 버리지요. 우리 자신들도 너 나 할 것 없이 다들 그걸 인정하고 있답니다. 여기 생존자들도, 저기 망인들도." 그러면서 그는 산사나무 뒤의 묘지 쪽을 향해 고갯짓을 해 보였다.

"미스트랄이 벌써 일주일 정도 마을을 휩쓸고 있던 어느 날 일이었습니다. 복수심에 들끓는 남자가 흔히 그러기 마련이듯, 클라우디우스 페루가 잔인하게도 무지막지하게 자기 처를 때려죽이고 자신도 목을 메달아 죽는 변고가 생긴 게 말입니다. 그리고 마반테르라는 사람이 이 고장에 처음으로 발을 디딘 때도 미스트랄이 한창이었지요. 후에 그가 성으로 이사 오게 됐는데, 그것도 역시 미스트랄이 불던 계절이었답니다. 그런가 하면 후작의 딸 마셀 아가씨가 성을 떠난 시기도 그 무렵이었고요."

"마반테르라는 분은 누구시죠?" 내가 물었다.

"그의 이름은 실제로 마반테르가 아닙니다. 이를테면 현대판 수사학자라 할 만한 어떤 사람이 우연히 지어낸 별명이랍니다. '마'는 마그누스의 약자고, '반테르'는 라틴어로 배라는 뜻이지요. 그의 몸집이 상당히 크거든요. 그의 진짜 이름이 뭔지는 나도 모릅니다. 예전에 베네딕투스 수도회에서 성가대 수사였다고 합니다. 가톨릭 신자세요?" 그가 물었다.

"아뇨." 내가 대답했다. "하지만 베네딕투스 수도회에 대해서라면 저도 어느 정도 상식은 있습니다."

"아, 그러세요." 그가 말을 이었다. "마반테르 씨는 진짜 사제가 아닌 예전 성가대 수사 중의 한 명이었답니다. 당시 수도원엔 논밭에 나가 노동일도 하고 집과 의복 등을 관리하는 평수도사들이 있는 한편, 성가대에서 합창도 하고 재정, 행정과 같은 분야에 보직을 맡거나 혹은 다른 직위를 담당하는 사제들이 있었답니다. 엄격히 말해 직분상으론 사제는 아니라 할지라도 옛날엔 성가대에 동참할 수 있는 권리가 주어졌다 해서 그런 사람들을 성가대 수사라고 했답니다. 그러나 요즘엔 제도가 변해서 그런 예는 더 이상 보기 힘들지요. 아무튼 마반테르 씨는 수도원에서 탈퇴했는데, 그게 나로서는 그를 비난할 하등의 이유가 되지 않습니다. 왜냐하면 그는 너무 젊은 나이에, 그리고 또 주위의 말에 의하면 그의 친족들이 옆에서 압력을 가한 통에 억지로 입회했기 때문이지요. 뭇 사람들 입에 자주 오르내리지만, 실제로는 아는 게 지극히 제한된 누군가에 대해서 뭐라 언급하기란 여간 어려운 일이 아닙니다. 왜냐하면 결국." 그러면서 그는 나의 눈을 빤히 주시했다. 숱 없는 흰머리 위에 얹어 쓴, 챙 없는 헝겊 모자를 새로 고쳐 쓰면서. "궁극적으로 우리는 피차 서로에 대해서 아는 게 너무 없는 셈이니까요.

마반테르 씨는 일찍이 나그네로 세상을 방랑하고 다녔습니다. 잔치하는 곳이라면 어디라도 얼굴을 내미는 단골이었고, 이 주변 일대에서는 그 명성이 대단했답니다. 또 그의 하모니카 솜씨가 대단히 인기였지요. 카바용과 카팡트라스에서 버찌를 수확할 때에도, 뒤랑스 계곡에서 포도를 수확할 때에도 그가 반드시 나타나곤 했지요. 언제나 한결같이, 왜 계속 입고 다니는지 이유를 알 수 없는 그 닳아빠진 수도복 차림으로 말입니다. 하지만 이 이야기는 모두 삼 년 전의 상황이고, 그 이후에는 여기서 그리 멀지 않은 엑스페르라는 마을로 와 거주하게 되었답니다. 그 이래로는 결혼식이나, 지방 유지들과 성직자들의 집에서 더 이상 그의 모습을 볼 수 없게 되었지요. 워낙 여러 방면에 두루두루 박식했던 까닭에 예전엔 그런 자리에서 대환영을 받곤 했거든요. 그의 토마스 아퀴나스에 대한 학식은 내가 이제까지 축적해 온 모든 지식을 다 통틀어도 못따라 갈 정도지요. 그리고 아를에서, 또 심지어는 아비뇽에서 개최하는 어느 경연 대회가 됐든 간에 그가 일단 출전하는 날에는 고대 시인들은 물론 예전 프로방스 출신의 음유 시인들에 대한 해박한 지식을 겨루어 낼 상대가 없었죠. 항간의 풍문에 따르면 그는 호라티우스의 송시와 서정시를 전부 빠짐없이 줄줄이 외고 있다고 하는데, 사실일 가능성이 농후하지요.

그런데 난 그를 자주 보곤 했답니다. 주로 한밤중에, 그와 더불어 후작의 어린 딸도요. 암, 그럼요. 두 사람이 서로 어지간히 잘 어울리는 편이었는데, 그 후작의 딸도 엉뚱한 구석이 있고 여간 독특한 사람이 아니었지요. 가끔 어느 야밤에 둘이서 함께 이곳으로 와 거리를 거닐곤 했어요. 그녀는 무척 여위고 키가 작았는데, 시쳇말로 파리 여자들이 입고 다닌다고들 하는 그런 폭이 좁은 맘보바지에다 작고 굽이 낮은 신발 차림이었습니다. 그녀는 무척 잽싼 걸음으로, 바로 여기 이 광장을 가로질러 가곤 했어요. 아무 소리도 내지 않고서 말입니다. 그런데도 나는 창문 뒤 어둠 속에 서서 그런 걸 다 목격하곤 했습니다. 나이가 들고부터는 숙면을 취하지 못하고 자다가 깨는 버릇이 생겼거든요.

그들은 엑스페르 방향에서 오는 길이었는데, 성(城)을 그렇게들 불렀죠. 그는 약 10미터 간격을 두고 그녀의 뒤를 따랐지요. 침통하고 다소 불길을 예기하는 수심 어린 분위기에 휩싸여, 그리고 자신의 거대한 그림자로 말미암아 어둠 속에 묻힌 채로 말입니다. 그는 서둘러 걷는 바람에 헉헉 숨을 몰아쉬었죠. 그런데도 후작의 딸은 으레 그에게는 전혀 아랑곳하지 않는 눈치였고, 고개를 아래로 푹 숙인 채 걸으면서 혼잣말을 중얼대곤 했어요. 그녀가 홀로 올 때도 더러 있었는데, 그럴 때는 아주 천천히 거닐면서 분수대로 가서 물을 마시기도 했어요. 그러고 난 다음 날 아침엔 묘지에 꽃이 놓여 있는 게 눈에 띄곤 했지요. 한번은 그녀와 얘기를 나눈 적이 있답니다. 그녀는 그날 밤도 혼자였고 분수대에 가서 물을 마셨어요.

'아가씨.' 내가 말을 건넸지요. '제가 와인이라도 한 잔 대접해도 될까요?' 나는 한밤중을 위해 늘 준비해 두는 와인을 들고 나왔고, 우리는 목사관 현관의 디딤돌에 걸터앉았지요. 그러나 그녀는 말이 없었어요. 그래서 내가 그녀에게 다시 말을 시켰지요. 깊은 밤에 그렇게 홀로 돌아다니면 혹시 무서운 생각이 들지 않느냐고. 그러자 그녀가 되묻는 거였어요. '무섭기는 뭐가 무서워요?'

그러고 나서 그녀는, 나로서는 단연코 그 정곡을 꿰뚫을 수 없는 신기한 동양 사람의 눈초리로 날 주시했답니다. 나처럼 살아왔고 또 그렇게 틀이 잡힌 여기 사람들의 표정은 가히 완벽하게 읽어 낼 수 있었지만, 그녀의 얼굴에서는 어떤 격의 같은 게 느껴졌고 또 왠지 모르게 신비스러웠지요. 그녀가 나지

막하게 속삭였습니다. '나는 이야기를 만들어 내거든요.'

'음, 그렇군요.' 내가 응했어요. '이야기를 만드신다 이거죠! 아가씨의 이야기니까 내 입장으로서는 참견하고 싶지가 않군요.' 하고서 내가 말을 이었습니다. '다만 훌륭한 이야기가 되도록 해야 해요.' 그녀는 단지 고개만 끄덕이고 있었지요."

그는 말을 끝냈다. "그 아가씨가 동양인 얼굴을 하고 있던가요?" 내가 물었다.

"어머니가 라오스 태생인데, 죽었다 하더군요. 아버지는 프랑스 외인부대에서 장교를 지냈고, 여기 머문 적은 거의 없었다고 합니다. 인도차이나 전쟁에서 전사했다고 하더군요. 친척이라곤 딱 한 사람, 우리들은 한 번도 본 적이 없는 고모가 살아 있다고들 합니다. 그밖에 또 성 관리원들도 있고, 물론 마반테르 씨는 두말할 나위가 없겠고요. 사람들이 저마다 이러쿵저러쿵 말이 많지만 진짜 내막을 아는 자라곤 실제로 아무도 없답니다. 내가 여기 와 산 이래로 줄곧 사람들 입에 오르는 화제였지만 아직 우리 중엔 어느 누구도 그 성 안에 들어가 본 적이 없거든요."

그날 저녁 호텔 방으로 돌아온 나는 마반테르 씨가 올 것을 예감했다. 여느 때와는 달리 방 안의 가구들이 다가오는 밤의 뒤로 가서 몸을 숨기려 들지 않고, 득의양양하면서도 초조하게 나를 빙 둘러싼 채 그대로 서 있었기 때문이다. 그들이 나의 일부를 이루는 것이 그날로 마지막임을 고하는 것처럼. 게다가 케케묵은 나무 냄새, 경질의 시골 비누로 시냇물에 빤 침대보에서 나는 냄새 등 이 방에 찌든 모든 냄새들도 덩달아서

평소보다 한층 힘차고 자립적으로 들고 나섰는데, 내 몸의 체취와 내 옷에서 나는 냄새가 거의 사라져 버린 지금, 분명 외세를 정복한 승리감에 도취해 있는 기세였다.

항상 벽시계 소리를 자장가 삼아 잠들었다가 똑딱거리는 시계 소리가 정지하면 그만 잠에서 깨 버리는 사람처럼, 쇠로 만든 육중한 포환들이 부딪치는 소리가 느닷없이 멈추면 나는 자리에서 일어나 마반테르 씨가 도착했는지 보기 위해 가만가만 창가로 걸어가 밖을 내려다보곤 했다. "네덜란드에서 온 청년." 그가 밖에서 외쳤다. "네덜란드에서 온 청년, 이리 나오게나. 자네한테 이야기를 들려줘야 하거든."

우리는 비탈길을 따라 한참을 걸었다. 그리고 오솔길을 넘어서 가파른 길을 올랐다. 밤이 불현듯 덤불 속에서 그리고 커다란 자갈들 사이에서 언뜻언뜻 선을 보이기 시작했다. 알프드프로방스 일대를 자주색 사슬로 연결한 연산, 루베롱과 반투의 산맥이 멀찌감치 우리를 빙 둘러싸게 될 정도의 높이로 우리가 올라갔을 무렵까지 밤이 우리와 보조를 맞춰 동행해 주었다. 밤이 몽땅 집어삼켜 버리기 직전 연산의 암석들, 보클뤼즈 산맥, 뤼르 산, 쇼브르 산 등등이 어디어디 위치하는가를 마반테르 씨가 내게 소상히 지적해 주었다.

성은, 아니 그 이름이야 어쨌든 상관없이, 아무튼 그 건물은 산속에 장엄하고 생동감 넘치는 모습으로 서 있었다. 마반테르 씨가 동일한 강도의 색깔을 띤 흙이 사방에 고르게 깔린 평지로 날 데리고 갔다. 거기엔 까만 돌들도 널려 있었는데 그 자리엔 걸맞지 않고, 달나라 아니면 생명체가 살지 않는 어느 다른 위성에 훨씬 더 어울릴 법한 유형의 돌들이었다. 누군가가 그 돌들을 원래의 장소로부터 운반해 가지고 와서, 거인의 난로에서 떨어져 나온 듯 완전히 타 버린 석탄 덩어리와 같은 커다랗고 새까만 바위를 중심으로 하여 이미 사전에 계획되고 지정된 배치에 따라 이곳에 그대로 진열해 둔 것처럼 여겨졌다. 우리는 바위 위로 가 앉았다.

"이곳이 동물들 묘지라네." 마반테르 씨의 설명이었다. "여기가 이야기의 실마리가 되는 지점이지. 어느 날 내가 여기 앉아 있었는데, 그녀가 나에게 접근해 왔어. '마반테르 선생님이시죠?' 그녀가 말하더군.

'그렇소.' 내가 대답했지.

'영어 책 읽을 줄 아세요?'

'그럼.'

'그럼 영어로 쓰실 수도 있나요?' 그녀가 물었네. 그리고 내가 영어로 쓸 줄도 아노라고 하자 그녀는 내 앞에 와서 앉더군. 땅바닥에 털썩. 지금 자네가 있는 바로 그 자리에 말이네.

'옷을 버릴 텐데.' 내가 말하고 나서 다시 덧붙였지. '되도록이면 돌 위로 와서 앉도록 하지 그래.' 그러나 그녀는 막무가내로 고집을 부리며 내 말에 전혀 아랑곳하지 않았고, 단지 다리를 쭉 뻗어 발꿈치로 자기 둘레를 빙 둘러 동그라미를 그리는 거였네.

'난 이제 원 안에 들어와 있네요.' 그녀가 말했어. '아저씨는 원 바깥에 나가 있잖아요. 어서 아저씨도 발을 원 안으로 들여놔야만 해요. 왜냐하면 내가 물어볼 말이 있으니까요.'

나는 자리를 옮겨 내 발도 그 원 안에 들어가도록 했는데, 그녀가 내 발 위에다 잔모래를 뿌리는 거였네.

'장난치지 마.' 내가 타일렀어. '그러다가 너 때문에 다 더러워질라.'

'아저씨가 편지를 한 장 써 줘야 해요, 영어로요.'

'누구한테?' 내가 물었다네.

'이 사람한테요.' 그녀는 외투를 벗더니 먼저 자기 옆 땅 위에다 내려놓았고, 그걸 다시 자기 앞으로 끌어당기더니 거기서 《선데이 이브닝 포스트》 신문을 끄집어내는 거였네. '이 사람한테요.' 그러면서 그녀는, 내 이제 잊어버리고 만, 어느 영국 발레단 발레리나의 사진을 손가락으로 가리켜 보이는 거였네. '이 여자한테 편지를 쓰셔야 해요. 그녀에게 여기 와서 같이 살자고 부탁을 해야 돼요.'

'안 돼.' 내가 대꾸했다네.

그녀는 입을 삐죽거렸고, 골이 나서 자기 앞머리를 향해 훅하고 입김을 불어 대더구먼.

'왜 안 돼요?' 그녀가 물었어.

'아무리 사정해도 그 여자가 안 올 테니까.'"

마반테르 씨가 날 빤히 바라보면서 말했다. "내가 현재 그녀를 알고 있는 만큼 그 당시에 그녀를 알았던들 그런 실수는 결코 저지르지 않았을 것을. 하지만 어찌 됐든 그때는 내가 그녀를 아직 모르는 상태였고, 따라서 나는 다시 말했지. '아무리 사정해도 그 여자는 절대 안 올 테니까.' 그러자 그녀는 그저 무턱대고 웃기만 하더군. 그렇지 않다든지 혹은 대드는 투의 말도 한마디 하지 않고서, 다만 자신을 향해 그리고 늘 그녀 주위를 맴돌지만 우리 눈에는 보이지 않는 몇몇 사람과 사물을 향해 웃어 젖히더군. 그러더니 드디어 입을 열었지. 나더러

바보라고 꾸짖으면서. '왜냐하면요.' 그녀가 말했지. '그 여자가 안 올 건 너무 당연한 일이죠. 그렇지만 만약 아저씨가 먼저 그 여자를 초대하는 영어 편지를 써 주지 않는다면, 내가 지금 어떻게 그 여자를 여기 오게 하는 놀이를 할 수가 있겠어요.'

무슨 말인지 감이 잡히나?" 그가 내게 물었다. 나는 그 말의 저의를 완벽하게 이해할 수 있을 것만 같았다. 그래서 대답했다. "이해할 것 같은데요."

"늘 그런 식이었다네. 그녀는 항상 장난을 잘 했거든. 게다가 그녀는 또 얼마나 독특했던지." 내 옆의 목소리는 그런 식으로 마냥 계속되었다. 이야기는 끊이지 않고 꼬리에 꼬리를 달고서 잇따라 이어져 나갔다. 하지만 난 그녀를 보고 있었다. 그리고 그와 동시에 문득, 이게 지금 더 이상 실제의 세계가 아님을 확신했다. 요컨대 갑작스레 식별되고 가시화된 제2의, 또 하나의 다른 현실 속에서 사물들이 생기발랄하였고, 사물 그 자체로 충만해 있었다. 내가 마반테르 씨의 목소리를 타고서 둥둥 떠다니게 될 때까지 그 현실이 와서 나를 어루만지다 다시 놓아주었고, 그러는 동안 마반테르 씨는 동물 묘지의 비석 사이를 빙빙 걸어 다녔다. 그녀는 저기에 주저앉아서 흙먼지 속에서 그림을 그리고 있었다. 그리고 그녀는 마반테르 씨가 계속 들려주고 있는 이야기 속 그의 목소리를 통해 — 아마 내가 잘 모르긴 해도 — 그녀 자신이 하고 있는 이야기 소리를 듣고 있었다.

"마반테르 아저씨, 언제 다시 시내로 나가실 거예요?"

"왜 묻지?"

(그가 물었다. "내 말 듣고 있나?" "그럼요, 듣고 있고말고요." 내

가 대꾸했다.)

"우리는 사 개월에 한 번씩 은행에 다녀오곤 했는데, 그녀는 거기서 늘 계산기 구경에만 정신이 팔려 있곤 했네.

'나 더하기해 보고 싶어요.' 그녀가 말했네. 함께 시내에 있는 은행에 간 날, 한번은 그녀가 은행 창구 직원에게 사정하더군. 거기 있는 한 기계에서 더하기를 한번 해 보게 해 달라고. 그래도 좋다는 승낙이 떨어졌을 때 그녀는 구두 속에서 작은 종잇조각을 하나 끄집어내더니 그 위에 적힌 숫자를 낭독하면서 그걸 계산기에 치더군. 연이어 그녀는 더하기 버튼을 누르고 나서 손잡이를 철컥하고 아래로 긁어내리곤 했어.

그 후 며칠 간 그녀가 종적을 감추었는데, 그건 그리 특이한 일이 아니었다네. 그녀가 성 안에 있는 그녀의 전용 구역에 틀어박혀 두문불출하는 경우는 그전에도 허다했거든. 그런데 이번에는 종래에 비해 그녀가 다시 모습을 드러내기까지 시간이 더 걸렸지. 그러다 마침내 그녀가 도서관으로 날 만나러 찾아왔더군. '마반테르 아저씨.' 그녀가 말했지. '나, 다시 돌아왔어요.' 그녀는 내 옆으로 와서 섰어. '나, 그동안 어딜 좀 갔다 왔거든요.'

그 무렵 난 이미 풍부한 경험을 쌓았기 때문에 언사에 각별히 조심해야 한다는 걸 누구보다도 잘 알고 있었다네. 그녀가 어디 여행을 다녀 온 게 아니라 방에만 죽치고 앉아 은둔 생활을 한 것을 안다는 입바른 소릴랑 아예 삼가야 한다는 걸 말이네. 그녀가 말을 이었어. '아저씨, 그 종잇조각 아시죠?'

'그래.' 내가 대답했네. '그럼, 알고말고. 네가 더하기 연산을 써 놓은 그 종이 말하는 거 아냐?'

그녀가 고개를 끄덕였어. '바로 그날 밤이었어요.' 그녀가 귀엣말로 속삭였어. 그리고 마치 우리가 무슨 음모자들이나 되는 양 그녀는 내 곁으로 바짝 붙어 섰지. '그날 밤에 바람이 불어서 내가 그 종잇조각을 밖에 내다 놨거든요. 그런 다음 내 방으로 갔어요. 내가 소원한 일이 이뤄졌는지 보려고요. 그런데 그 소원이 진짜로 이뤄졌지 뭐예요! 내가 글쎄 바람을 타고 훨훨 날게 된 거였어요.' 우리가 밖으로 나오자 그녀가 말했다네. '나는 나에다 나를 더하기했어요.' 그러곤 그녀는 내게 그 종잇조각을 보여 줬지.

거기에 적혀 있던 숫자들을 지금 내 전부 다 기억하지는 못하네만, 다만 한 가지 아직도 머리에 남아 있는 건 152라는 숫자라네.

'152, 이게 뭐지?' 내가 물어봤지.

'그게 내 키예요.'

'아, 그래.' 내가 말했어. '네 키가 152로구나. 그런데 이게 뭘 어쨌다는 거지? 네 키가 지금 무슨 상관이 있는 거니?'

'그 말은 안 해 줄래요. 하지만 아저씨, 나와 악수를 나눠야 해요. 왜냐하면 내가 지금 막 떠나려고 나서는 길이거든요.'

'어디로?' 그러나 그녀는 그저 어깨만 들썩 올려 보이더군. 그녀 자신도 행선지를 미처 모르고 있다는 듯이 말이야.

'그날 밤에는요, 미풍이 일었어요. 위층 내 방 창턱에는 아직껏 인동덩굴 향기가 배어 있어요. 내가 그 나라에 도착했을 때부터 떠날 때까지 그 향기들이 계속 내 곁에 붙어 다녔거든요.'

'어느 나라에?'

'아, 외국이었어요. 내가 나 자신을 더하기한 그 종이를 바람이 데리고 간 곳이에요. 내가 그 나라 안으로 들어가자 사람들이 나와 악수하려고 몰려들었어요. 사방에 인동덩굴이 가득했어요. 그리고 그곳의 모든 사물이, 온천지의 만물이 하나같이 다 인동덩굴 냄새를 풍겼어요. 그런데 이상하게도 그곳 주민들은 비애에 찬 표정을 하고 있었어요. 그래서 내게 모든 걸 소개해 주는 안내자에게 물었지요. '왜 이곳 사람들이 이토록 슬퍼하고 있는 거지요?'

'네, 그렇습니다.' 그가 말했어요. '저들은 아주 슬퍼하고 있지요. 내가 당신에게 그 이유를 보여 드리겠습니다.' 그리고 주민들이 자고 있는 한밤중, 우리는 시내로 나가 거리를 활보했어요.

'여기가 서점입니다.' 그 안내자가 말했어요. 그러나 서점의 진열창은 거의 비어 있었어요. 고작해야 아주 얄팍한 책 한 권밖에는 그 안에 들어 있지 않았어요. 그리고 인동덩굴이나 다른 꽃들도 찾아 볼 수가 없었어요. 또 다른 가게들이나 집들과는 딴판으로 깃발 하나도 꽂혀 있지 않았어요.

'책이 딱 한 권밖에 없는데요.' 내가 말했어요. 그러자 그가 동의했어요. '네, 그렇답니다. 저기 저 안을 좀 들여다보세요.' 우리는 나란히 이마를 진열창 유리에 맞대고서 안쪽을 들여다봤어요. 나는 가게 앞에 서 있는 가로등 불빛을 통해 책들이 마땅히 꽂혀 있어야 할 책꽂이가 텅 비어 있는 것을 봤어요. 한 가지 예외라면 아까 그 얇은 한 권의 책이 다시 그곳에 덜렁 놓여 있는 것이었지요. 책꽂이 뒤쪽 구석에 말이에요.

'자, 그럼 우리 국립 도서관으로 한번 가 봅시다.' 그가 제안

했어요. 우리는 다시 시내로 들어가 국립 도서관까지 걸었어요. 그 안내자가 용케도 도서관 문을 열었기에 우리가 안으로 들어 갈 수 있었는데, 마치 우리의 발소리가 대리석 바닥에만 부딪쳐 나는 게 아니라 벽에도, 천장에도, 네, 그래요, 사방에 부딪쳐 갈수록 더 크게 진동되는 것 같았어요.

'좀 겁이 나는데요.' 내가 말했어요. 그렇지만 그 안내자는 자기가 옆에 있으니까 아무렇지도 않을 거라고 대꾸했어요. 그러고서 열람실로 들어갔지만 어딜 봐도 책이라곤 한 권도 눈에 띄지 않았어요. 오로지 텅텅 빈 책꽂이들, 오로지 텅텅 빈 커다란 책장들. 그리고 오로지 그 작고 얇은 한 권의 책만이 덜렁 거기에 놓여 있었어요. 그리고 여기, 그리고 또 저기에도.

아아, 난 정말 겁이 나던걸요. 왜냐하면 책장 위의 천장은 한없이 높고 하얗기만 했거든요. 더구나 우리는 우리 자신들의 소리만을 듣고 있었으니까요. 책도 없이 텅 비어 있는 공간이라서 우리의 발소리만 메아리쳐 들려오더라고요.

'왜 책이 없나요?' 내가 물었어요. '도서관이라면 반드시 책들이 있어야 하는 거 아니에요?'

'실은 그렇긴 한데.' 그가 대답해 주었어요. '그런데 애석하게도 그만 세상을 하직하고 말았답니다!'

누가 죽었단 말일까? 나는 속으로 되뇌었지요.

'한 소년이 있었지요.' 그가 말을 이었어요. '원래부터 머리가 약간 센 작은 소년이었어요. 그런데 그 소년의 몸이 아주 허약했답니다. 소년은 이곳 주민 중에서 글을 쓸 줄 아는 유일한 사람이었어요. 이 나라 사정은 다른 나라들과는 판이하게 달랐거든요. 이곳의 어떤 주민들은 아이를 낳는 일을 맡고, 어떤 주민들은 집을 짓는 일을 맡습니다. 그런 한편 아가씨처럼 찾아오는 방문객을 위해 깃발만 전문으로 만드는 사람들도 있고요. 하지만 이곳에 사는 주민 중에는 시를 쓰거나 이야기를 지어내거나 또는 책을 쓸 줄 아는 사람이라고는 그 소년을 제외하곤 단 한 명도 없었지요. 그런데 소년은 항시 시름시름 앓았기 때문에 자신이 쓰던 책의 제1장밖에는 제대로 끝내지 못한 채로 세상을 떠나고 말았답니다. 저게 바로 그거지요.' 그러고 나서 그가 그 작고 얇은 소책자를 가리켰어요.' 그녀는 잠시 침묵을 지키더니 얼마 후에 다시 말문을 열더군. '그런 후, 그 모든 자초지종이 너무 애처롭고 서글퍼서 난 그 나라를 떠나 와 버렸어요.'"

마반테르 씨는 내 눈을 빤히 주시했다.

"자네도 혹시 그런 나라에 가 본 적이 있나?" 그가 물었다.

"아뇨." 내가 대답했다. "하지만 언젠가는 그런 나라에 가 보게 될지도 모르죠."

이제 주위가 조용해졌다. 난 그가 더 이상 아무 말도 하지 말기를 바라는 동시에, 그녀가 땅바닥에 그리고 있는 그림이 무엇인지 보고 싶었다.

"뭘 그리니?" 내가 물었다.

"플라타너스." 그녀가 대답했다. "저기 네 뒤에 서 있는 나무들이야." 나는 뒤를 돌아다보았다.

"뭘 그렇게 보는 건가?" 마반테르 씨가 물었다.

"저 나무들을요." 내가 대답하고 나서 물었다. "저게 무슨 나무들이지요?"

"흰무늬가 있는 플라타너스라는 나무들이지." 그가 대답해 주었다.

"너 지금 무슨 글자들을 쓰고 있는 거니?" 내가 그녀에게 물었다.

"이건 케이(K)." 그녀가 소곤거렸기 때문에 난 이게 틀림없이 비밀일 거라고 판단했다.

"케이(K) 그리고 알(R), 유(U), 에스(S), 에이(A) 그리고 에이(A)가 또 하나 더."

"그런 단어가 어디 있어?" 내가 말했다. "크루사아(KRUSAA)?"

"그런 단어도 있단 말이야." 그녀가 우겼다. "이런 걸 바로 희한한 단어라고 하는 거야."

"자네 뭐라고 하는 건가?" 마반테르 씨가 물었다.

"아무 것도 아네요." 내가 말했다. 그러자 그는 나를 수상쩍다는 눈초리로 바라보면서 말했다. "자네가 뭐라고 하는 것 같았는데."

"아뇨." 내가 말했다. "아무 말도 안 했는걸요."

그는 다시 이야기를 계속했다. "그런 일이 있고 얼마 지난 후 그녀는 또다시 어디에 다녀왔더군. 우리가 언젠가 차로 아비뇽에 간 적이 있었어. 그리고 난 만나 봐야 할 사람들이 여럿 있었기에 그녀는 그동안 도서관 열람실에 가 있기로 했지. 그런데 내가 저녁때가 돼서야 그녀를 데리러 가서 그간 뭘 읽었느냐고 물었더니, 그녀가 대답을 안 하는 거였어. 왠지 낌새가 심상치 않더라고. 또 그녀의 머리카락도 축축하게 젖어 있었고. 아무튼 그녀는 차 뒷좌석으로 가 앉더니 집까지 오는 동안 한마디도 하지 않더라고. 엑스페르에 도착하자마자 그녀는 곧장 자기 방으로 내달아 버렸지. 이틀이 지난 후에야 그녀가 다시 아래로 내려왔어. 이번에는 내가 성문 옆에 앉아 있었지. 그녀가 내 뒤로 다가와 내 등을 만졌을 때 나는 소스라치게 놀랐다네.

'마반테르 아저씨.' 그녀가 날 부르더군. '나 돌아왔어요. 이번에는 무척 멀리 다녀왔거든요.'

그럴 리가 없지, 나는 속으로 자신했어. 그리고 능청을 부렸지. '하지만 이번에는 종이 같은 것도 없었을 텐데……. 어디를 다녀오셨나요?'

'아 정말, 이번에는 전과는 완전히 다른 곳이에요. 어떻게 떠나야 할지 그 방법을 몰라 아쉬워하던 중이었는데, 열람실의 문 안쪽에 안내판이 하나 붙어 있었어요. 독서하러 또는 공부하러 오는 자들은 누구든지 출석부에 이름을 기입하지 않으면 안 된다고 적혀 있더군요. 들어올 때도 그리고 또 나갈 때도.

그래서 그 안에 들어갔을 때 내 이름을 출석부에 적었는데, 나올 때는 적지 않았어요. 그러니까 나는 아직도 그곳에 남아 있는 셈이 되는 거지요. 비록 마지막 사람이 나간 뒤에 열람실 문을 꼭 잠갔다고 하더라도 말예요.

내가 그 나라에 갈 때는 비가 내리고 있었어요. 나는 실제로 더 이상 존재하지 않는 셈이었기 때문에, 홀가분한 마음으로 여행길에 오를 수 있었어요. 비가 부슬부슬 내렸고, 그리고 또 밤이었어요. 나는 역으로 가서 전차를 탔어요. 내 앞자리에 어떤 남자가 앉아 있었어요.

'뭘 그렇게 쳐다보세요?' 그가 물었어요.

'아저씨 손을요.' 격투를 벌이는 야수들처럼 손들이 서로 엎치락뒤치락 야단법석을 부리더라고요. 지속적으로 말예요. '여기에 너무 신경 쓰지 말아요.' 그 남자가 말했어요. '이건 아무 것도 아닙니다. 내가 공연에 출연하기 직전에는 손들이 늘 이 모양이거든요. 그런데 아가씨한테 무료 입장권 한 장 줄까요?'

우리는 시내 한복판 복잡한 대로에서 내렸어요. 그는 인파를 헤치면서 앞장서 걷다가, 느닷없이 뒤를 휙 돌아보면서 고함을 쳤어요. '늦겠어요. 난 어서 서둘러 가야 해요.' 그러더니 그는 쏜살같이 달려가 어느새 저만치로 멀어져 버렸어요. 그와 동시에 그의 손들은 공포에 질려 갖은 앙탈을 부리는 거였어요. 마치 닥쳐올 재난에 항거하는 듯한 기세로 말예요. 섬광이 흡사 깊고 거뭇한 호수의 수면 위에서처럼 아스팔트 위를 부유하고 있었던 까닭에, 나는 솔직히 말해 거리에 그대로 남아 즐기고 싶었어요.

하지만 그 손의 주인인 남자한테서 표까지 선사받은 처지라서 마지못해 콘서트홀 안으로 들어갔지요. 복도에는 나 말곤 아무도 없었고, 마침 문이 막 닫히고 있던 참이라 나는 가까스로 안에 들어갈 수 있었어요.

그런데 콘서트홀이 얼마나 기괴했던지! 그랜드 피아노가 아마 100대는 족히 넘을 것 같았어요. 영구차 앞에 깍듯한 차려 자세로 서 있는 장의사 직원들처럼 그랜드 피아노들이 거기 그 몽롱한 오렌지색 조명 아래 엄숙하게 놓여 있었어요. 콘서트홀에서 흔히 보듯이 피아노 뒤에 앉은 연주자들끼리 서로 이야기를 주고받았고, 그런 웅성웅성하고 술렁이는, 억눌린 음향들로 장내가 넘쳐날 듯했어요.

안내양이 날 나의 그랜드 피아노 앞으로 데려다 줬는데, 콘서트홀의 거의 앞쪽이었어요. 보아하니 순전히 백지로만 되어 있기에 난 애초에 공연 프로그램을 사지 않았지요. 콘서트홀 뒤쪽에서 사람들이 '쉿! 쉿!' 하고 소리를 내기 시작했고, 그 순간 나는 그 남자가 등장했는지 보려고 무대 쪽으로 고개를 돌렸어요. 그런데 무대 위에는 그랜드 피아노가 한 대도 서 있지 않고 오직 의자 한 개만이 처량하게 놓여 있는 거었어요.

남자가 무대에 등장하자 우리는 자리에서 일어나 박수를 보냈어요. 그의 손들은 이제 진정되어 더 이상 법석을 피우지 않았지요. 그는 청중들을 향해 묵례를 하더니 자리에 앉았고, 그리고 우리 모두가 박수를 멈추기를 그래서 주위가 조용해지기를 기다렸어요.

우리는 연주를 시작했어요. 마치 한 개의 피아노만 연주되고 있는 듯한 기분이었어요. 심금을 울리면서 은은하게 콘서트홀의 이곳저곳을 배회하고 있는 그 달콤한 멜로디가 더없이 깊은 인상을 남긴 건 두말할 필요가 없지만, 그 곡의 이름과 작곡가의 이름은 더 이상 떠오르질 않아요. 아무리 생각을 해 봐도 속수무책으로 말예요. 어떤 종류의 음악을 연주했는지, 어느 시대의 작품인지조차도 기억해 낼 방도가 없네요. 연주가 끝났을 때, 순식간에 폭풍우처럼 들이닥치는 박수갈채에 감사를 표하기 위해 그가 자리에서 잠깐 일어섰다가 다시 의자에 앉았어요. 누가 언제 그토록 법석을 떨었냐는 듯이 시치미를 딱 떼고는 다소곳하게 있는 양손을 단아하게 합장한 자세로 말예요. 연달아 우리는 다시 연주를 시작했어요. 그 곡들 중의 그야말로 단 한 곡도 이름이 생각나지 않지만 그건 아무 상관 없어요. 그 따위가 무슨 상관이 있겠어요! 아아, 단지 그게 황홀한, 옛적의 고전 음악이었다는 사실만 기억에 새겨져 있어요. 그는 저만치 무대 위의 의자에 숙연하게 앉아 있다가 우리가 연주를 하고 나면 자리에서 일어서서 우리가 그에게 보낸 박수에 감사를 표했어요. 그리고 공연 끝머리에 우리가 그에게 열광적인 갈채를 보냈더니 그는 우리들의 재청을 받아 주기까지 했어요. 아, 마반테르 아저씨.' 그녀가 말했지. '그런 나라를 떠나 이리로 되돌아오자니 도통 기분이 내키지 않았어요. 언젠가 다시 떠나거든 그때는 영영 돌아오지 않을 거예요.'

'저런, 저런.' 내가 말을 받아 반복했지. '영영 되돌아오지 않겠다, 언젠가 일단 출가하는 날에는 그로써 영원한 이별이 될 것이다, 이건가요?'

'아저씨, 날 영지까지 좀 태워다 주실래요? 아직 해가 밝은데.' 그녀가 부탁했어. 그 영지라는 데는 여기로부터 약 7킬로미터 떨어진 곳인데, 일전에 그녀가 그곳을 발견했고 마음에 든다면서 자기의 점유지로 점찍어 두었던 곳이었다네. 그녀가 단독으로 거처하고 있는 성 안의 한쪽 구역처럼 말이네. 물론 그곳을 제외하고도 성 안의 식당, 복도, 정원 등등의 몇 군데, 아무튼 어디가 됐든 간에 그녀가 발을 디디거나 혹은 갔다 온 곳의 어느 한 곳을 그녀만의 점유지로 정해 놓곤 했지. 처음엔 그 모든 장소들을 일일이 다 외워야 하는 게 여간 번거롭지 않더군.

'아유, 마반테르 아저씨.' 그녀가 번번이 내게 핀잔을 주곤 했다네. '아저씨, 그리로는 제발 좀 지나다니지 말아 주세요.' 그녀가 그 이유를 밝힌 적은 한 번도 없었는데 ─ 거기에 아마도 그녀의 눈에만 보이는 뭔가가 서 있는 듯한 낌새였지만 ─ 어쨌든 그 이유야 크게 문제될 게 아니라고 보네.

좌우간 그날 저녁 우리는 영지로 갔다네. 우리가 차에서 내릴 때 그녀가 예고하더군. '나, 내일 떠날 거예요. 그럼 다시는 돌아오지 않을 거고요. 이제 가서 엄청나게 즐거운 유희를 벌일 생각이거든요.'

그날 밤 그녀가 내게 수많은 이야기를 들려줬어. 그런데 진솔하게 털어놓자면, 이야기는 전부 다 기억나지 않는다네. 단지 그녀의 형상만 아직도 눈앞에 삼삼할 뿐이지. 저기 앉아 있던 그때 그대로의 초연한 자태가 말이야. 그녀는 마치 나무와, 그녀가 그토록 믿던 모든 물체의 — 독자적인 혹은 의식적이라고도 표현할 수 있는 — 생명을 그녀 내부로 흡수해 버린 듯한 인상이었어. 그녀는 그림자가 되기도 하고, 또 저기 자라고 있는 은빛 전나무의 흔들림으로 변하기도 하고, 그리고 또 물이 고갈된 하천 밑바닥에 침적되고 찌든 무광택의 핏빛과 동화되기도 했다네. 그녀는 자꾸 팽창되어만 갔지. 밤을 포위하기 위해 몇 배로 불어났다고밖에는 내 재간으론 다른 말로 형용하기가 힘들군. 그뿐만 아니라 그녀는 월계수의 향기는 물론이고, 마침내는 저 골짜기까지도 두루두루 포위하려고 들었지. 그날 밤, 저 골짜기는 새로이 창조되었어. 달의 꼭두각시가 되어 버린 어떤 광인의 손에 의해서. 그 광인은 그녀와 함께 달빛으로 바위와 나무들을 채색하고 두드려 댔지. 걷잡을 수 없는 광란의 물결이 풍경을 철두철미하게 손아귀에 넣을 때까지. 그러곤 믿을 수 없는 광경이 벌어졌는데, 온 누리의 삼라만상이 생명을 얻어서 그녀와 아울러 호흡을 하는 거였네.

'아저씨, 겁내고 있군요.' 그녀가 말하더군.

'응.' 내가 말했지. 그러나 그녀는 내 말에는 아랑곳없었어.

'아저씨들의 세계가, 온갖 사물을 일목요연하게 자리매김해 둘 수 있는 아저씨들의 안전한 세계가 사라졌기 때문에 겁이 나는 거지요. 사물이 매 순간 스스로를 재창조하고 있음을, 그리고 그들이 살아 움직이고 있음을 지금 인식하게 되었기 때문에 아저씨는 겁이 나는 거예요.

아저씨들은 당신네들의 세상만이 진정한 세계라고 항상 자만에 차 있었지요. 그러나 그건 사실이 아니에요. 진정한 세계는 나의 세계예요. 그건 일차적이고 가시적인 현실 즉 실제로 만져 볼 수 있고 또 움직이는 삶의 이면에 자리한 삶이에요. 아저씨가 보는 것은, 아저씨와 같은 아저씨들이 직면하는 것은 하나같이 죽음이에요. 죽음.'" 마반테르 씨가 한숨을 내쉬었다. "그녀가 땅바닥에 반듯이 드러눕더군. 그 순간 난 그녀가 왜소할 뿐만 아니라 흡사 야위고 깡마른 사내애 같다는 걸 새삼 깨달았지." 그는 말을 멈췄다.

"그런 다음은요?" 내가 물었다.

"아." 그가 대답했다. 그러면서 그는 손을 천천히 무릎에서 흘러내리게 했다. 비애 혹은 무기력함의 몸짓으로서. "난 마법의 영력을 깨뜨려 버렸는데, 요컨대 허겁지겁 그 자리를 빠져나와서는 저만치 서 있던 차를 향해 걸었어. 거기서 그녀가 뒤따라오기를 기다리고 있었다네. 바로 그 다음 날 그녀는 떠나 버렸어. 그녀는 이젠 다시는 되돌아오지 않을걸세.

나 자신의 얘기를 덧붙이자면, 노부가 되기로 내 멋대로 맘을 굳혔다네. 난 그렇잖아도 애당초 나이는 먹을 만큼 먹었고, 또 체험도 할 만큼 한 마당이었지. 하지만 그녀가 여기에 머물러 있던 동안에는 늙는다는 게 불가능했어.

그런데 그녀가 이렇게 가 버렸고, 대신 자네가 이곳으로 찾아왔네. 나로 하여금 이야기를 하도록 만들려는 의도에서 말일세. 그리고 내 이처럼 이야기를 전부 다 털어놨으니 난 이제 실컷 늙을 수 있을 것 같구먼.

그 후에 난 한 차례 더 그 영지에 다녀왔다네. 모든 게 그저 예사롭게만 보이더군. 말라비틀어져 핏빛이 된 하천 밑바닥의 진흙, 몇몇 암반과 수목 등등 모든 게 실로 겁을 내야 할 하등의 이유가 없다 싶을 정도로.

그런데 어딘지 조금 어색한 데가 있어. 내가 노부가 되리라는 착상에 말이야. 그건 또 죽음에 바짝 다가섰다는 의미이기도 하지." 그가 일어섰다.

"자, 이제 자네가 떠날 시간이 됐구먼. 내가 차로 디뉴까지 데려다 주겠네."

약속대로 그가 날 디뉴까지 데려다 주었다. 그르노블로 꺾어지는 길 어귀에 있는 건널목에서 우리는 작별 인사를 했다. 그는 스펀지처럼 푸석푸석한 그의 손 사이에다 내 손을 넣고서 정겹게 감싸 쥐었다. 그러면서도 그의 눈길은 종전과 다름없이 여전히 내 시선을 기피하고 있었기 때문에 그의 눈이 어떤지 관찰할 수 있는 기회가 내게는 영영 주어지지 않고 말았다. 그러므로 난 결코 그를 알지 못하고 헤어지게 되는 셈이었다. 구부러진 길로 접어들고 나서는 그의 모습이 더 이상 보이지 않았으나, 나는 그의 차가 회전하고 연이어 모터 소리가 점점 약해지다가 완전히 사라져 버리는 것에 신경을 기울이며 서 있었다.

이윽고 주위가 온통 교교하게 가라앉았다. 어쩌면 그녀를 발견해 낼지도 모른다는 생각이 들었다. 분명히 어딘가에서.

두 번째 책

1장

"무슨 집이 이래? 집 같지도 않은데." 차가 집 앞 마당으로 들어섰을 때 내가 말했다. "게다가 난 여태껏 네 이름도 모르고 있다고."

"페이야." 그녀가 대꾸했다.

그건 폐허였다. 가까이서 보니, 그리고 눈물을 한바탕 쏟아 버릴 기세로 하루를 시작한 광선 아래에서 보니 모든 게 한결 더 석연하게 판명되었다. 다년생 고비, 희끄무레하고 파르댕댕한 독풀, 그리고 무색의 돌무더기 위에 무성하게 우거진 야생화들이 눈에 띄었다. 썩고 곰팡이가 슨 창틀은 희괴하고 기형적인 형태를 띤 채, 공포에 떠는 작은 기둥들을 향해 기대고 있었다. 마치 적의 성을 함락시킨 뒤에 자동적으로 부녀자들마저 덤으로 탈취하게 된 병정들처럼.

줄줄이 벗겨져 나간 페인트 칠 사이사이에 불결한 이끼가 생식하고 있는 문들은 몸체에 홈이 패어 있었고, 고여 있는 죽

은 녹물이 무릎까지 와 닿은 채로 구제받을 수 없이 흉흉하게
서 있었다. 그리고 또 단말마적인, 필사적인 투쟁 끝에 완전히
탈진 상태에 빠진 망가진 가구들과 매트리스들이 덤불 속에
내팽겨져 있었다. 파멸의 달콤한 냄새를 발산하면서.

작은 탑의 반절이 폭격에 맞은 듯 허물어져 버렸기에, 마치
해부대 위에 놓인 사람의 몸통처럼 그 내부를 훤히 다 들여다
볼 수 있었다. 총알로 절단된 나선형 계단의 디딤돌이 푸르스
름한 빛을 번쩍 발하였다.

페이가 앞장서서 계단을 올랐다. 계단의 중간쯤 높이에 낮
고 알량한 문 하나가 있었다. 그녀가 발로 그 문을 툭 걷어차
열어젖혔다.

"쓸 만한 방이라곤 이거 하나밖에 없거든." 페이가 설명해
주었다.

길쭉하긴 했지만, 너비는 그리 넓지 않은 공간이었다. 그녀
가 촛불을 붙이자 매끈하게 닳은 금빛의 룬 문자 비슷한 무늬
가 있는 진자주색 가죽으로 벽 여기저기가 도배되어 있는 것
이 눈에 들어왔다. 창문이 두 개 나 있었는데, 그중 하나는 널
빤지와 레코드판만 한 마분지를 대고 못질이 되어 있었다. 창
문들은 둘 다 문의 왼쪽에 있었다. 그 정반대편 벽에는 약 스
무 장가량의 사진들이 가로로 들쑥날쑥 불규칙하게 줄지어 걸
려 있었는데, 대부분은 남자들 혹은 청년들의 사진이었으나,
젊은 여자들 사진도 몇 장 끼어 있었다. 어떤 사진들은 상당히
큰 반면 어떤 것들은 그림엽서 크기만 했고, 심지어 증명사진
도 서너 장 있었다. 모든 사진마다 빨간 십자가가 수학적인 정
확성으로 하나씩 그려져 있었다. 보아하니 내가 아는 얼굴이

라곤 한 명도 없었다. 사진 밑에는 꺼칠꺼칠한 널빤지로 엉성하게 만든 기다란 선반이 놓여 있었고, 선반 위에는 각각의 사진을 위해 바치는 꽃이 꽂힌 잼병들이 늘어서 있었다. 어느 병에도 동일한 종류의 꽃이 꽂혀 있지 않았다. 나는 사진 쪽으로 등을 대고 앉았다.

"커튼 뒤 구석에 매트리스가 두 개 있어."

그녀의 목소리는 쉰 듯 허스키했으나, 그런데도 과히 귀에 거슬리지 않고 도리어 낭랑하게 느껴졌다. "내 생각으론, 너 그만 가서 자는 게 좋을 거 같다. 이 정도면 오늘은 서운치 않게 실컷 마신 거니까. 게다가 내일 또 다른 사람들이 오거든. 그런데 한 가지, 목사하고 신부를 깔아뭉개지 않도록 조심해."

나는 늘 벽에 바짝 붙어 자는 버릇이 있었기 때문에, 매트리스 위의 고양이들을 한구석으로 밀어붙이려 했다. 그런데 두 마리 중 한 마리 — 나는 나중에야 그 이름이 목사라는 것을 알았다 — 가 사나운 콧김을 내뿜으며 갈고리 발톱으로 내 손을 할퀴는 바람에, 난 그저 다른 매트리스로 옮겨 가 누웠다.

페이가 커튼을 당겨 열어젖히고선 내게로 뭔가를 휙 던졌다. "그거 테이블보야." 그녀가 말했다. "그거라도 잘 둘러쓰고 자도록 해. 여기 이놈의 거지 같은 집은 사시사철 외풍이 극성이고 습기가 꽉 차거든."

잠에서 깨었을 즈음 몇 시나 됐는지 도무지 감이 잡히지 않았다. 암흑과도 같은 비의 휘장이 끈질기게 대지를 뒤덮고 있었기 때문이다. 두통으로 머리가 천근만근 무거운 데다 현기증이 나서 약간 비척거리며 창문으로 걸어가서 빗속을 내다봤다.

불현듯 짤막하고 건조한 쇳소리 — 뭔가를 자르는 가위질 소리 — 가 들려왔는데, 그와 동시에 페이가 눈에 띄었다.

그녀는 돌가루가 가득한 날카로운 바위 위에 맨발로 서서 들장미를 자르고 있었다. 그녀의 단발머리가 비에 젖어 이제 푸르뎅뎅한 까만색으로 변해 있었다. 그녀는 보라색 비옷을 걸쳤고, 그 밑에는 다소 짤막하다 싶은 검은색 원피스 차림이었다. 용모로 따지자면 내가 여태껏 본 여자를 다 통틀어 그녀만큼 아름다운 여자는 없었다. 심지어 바로 그 중국 여자 애보다도 더 빼어난 미모였다. 비록 칼레에서 내가 중국 여자 애를 실제로 대한 시간은 고작해야 일 분 정도 밖에는 안 되었을망정. 나중에, 우리가 섬에서 머물렀던 시절, 페이에게 눈독이 올라 뭇 사내들의 눈자위가 야수처럼 충혈되어 가는 장면을 목격한 적이 있다. 그녀의 환심을 사기 위해 혹은 그녀를 잠자리로 꼬이기 위해 그들은 별의별 추태를 다 부리곤 했다. 설사 그들이 성공을 거두었다면 그건 그녀가 우연히 마음이 동했거나, 아니면 늘 그렇듯이 그녀가 고주망태로 술이 잔뜩 취한 상태였기 때문일 것이다. 좌우간에 그런 성공적인 사례일지라도 남는 건 오직 날카롭고 강한 그녀의 치아와, 다음 날도 또 그 다음 날도 변함없는 그녀의 철저한 비정에 대한 사뭇 씁쓸한 추억일 뿐이었다. 그녀가 매번 엄정한 심사숙고 끝에 자를 들장미를 선정할 때마다 나는 그녀의 입술 특유의 움직임을 관찰하곤 했다. 그녀는 윗입술을 윗니에다 대고 야무지게 밀착시킨 채로 끌어당김과 동시에 아래턱을 약간 앞으로 내밀곤 했던 것이다. 어린아이들도 그런 식으로 입을 오물대곤 하는데, 흔히 곤충을 잡아 발기발기 찢어 댈 때 그러했다. 반드시 꽃을 자를 때가 아니어도 난 그녀가 그렇게 입을 움직이는 걸 자주 보았던 까닭에, 그녀의 얼굴이 어떤 잔인함을, 어쩌면 악의에 찼다 해도 무리가 아닌 그런 특색을 지니고 있다고 단정했다. 그리고 그런 특색은 신랄히 비난하거나 혹은 빈정거리는 평상시의 표정들로 그녀의 눈 속에 이미 터를 굳혀 버렸고, 그녀의 눈매는 한층 더 작고 더 단단해져 갔다. 내 생각으론 눈빛도 까만색으로 그 농도가 점점 더 짙어져 갈 뿐만 아니라, 이전보다 더욱 접근하기도 어렵게 되는 것만 같았다.

"안녕!" 내가 외쳤다.

그녀는 뒤로 돌더니 위를 올려다봤다. 그녀가 웃어 보였다. 페이가 웃는 건 극히 드문 예외적인 일이었다. 그녀의 안면에 어쩌다 언뜻 스쳐 가는 그런 우아함은 기껏 혼동을 자아낼 뿐이었다. 왜냐하면 그것은 그녀와 정반대되는 것이었기 때문인데, 그녀의 시선 속에 자리한 빈정거림으로도 감출 수 없는 어떤 응어리진 애한으로 말미암아 그녀는 언제나 한결같이 표독스럽기만 했다.

"잠깐만 기다려." 내가 외쳤다. 그러고는 곧 아래로 뛰어 내려갔다. 나는 계단 밑에서 겉옷과 양말을 벗어서 예전에 일종의 회랑이었음에 틀림이 없어 보이는 공간의 마른 바닥 위로 휙 내던졌다.

"내가 도와줄 거 없어?" 내가 물었다. 빗방울이 내 얼굴을 때렸고, 머리카락이 이마에 척척 달라붙었다.

페이는 대답하지 않는 대신, 철쭉꽃 덤불을 지적하면서 허공에 손가락 세 개를 꼽아 보였다. 그녀는 다시 수염패랭이꽃 다발 위로 몸을 굽혔고, 내게는 더 이상 신경을 쓰지 않았다.

난 돌부리에 걸려 넘어지지 않기 위해, 또 돌에 낀 미끌미끌한 이끼나 나무 조각에 미끄러지지 않기 위해, 조심조심 철쭉꽃을 향해 기어올랐고 거기서 세 송이를 잡아당겼다. 마지막 줄기는 어찌나 질기던지 이로 물어뜯어 잘라 내지 않으면 안 되었다. 줄기에서 나온 시큼하고 쓰디쓴 즙을 뱉어 내 버렸으나, 그 시금떨떨한 뒷맛은 가시지 않았다.

나는 페이 쪽을 향해서 묵직한 꽃송이들을 높이 들어 올렸다. 그녀는 잘했다는 표시로 고개를 끄덕여 준 다음, 양손을 확성기 모양으로 만들어 입으로 가져다 댔다. 그녀의 외침이 내 귀청을 진동시켰다. "라일락 네 송이."

내가 사방을 두리번거리며 찾았으나 라일락꽃은 눈에 띄지 않았다. "라일락꽃은 안 보여." 내가 외쳤다. 그러나 비가 너무 퍼붓는 통에 그녀는 내 말을 알아듣지 못했다. 그래서 나는 다시 고함을 쳤다. "아무 데도 라일락꽃이 안 보여."

"담을 타고 넘어 가도록 해. 그런 다음 다리를 건너가면 있을 거야."

나는 일단 담쟁이덩굴에 몸을 내맡기기는 했으나, 담을 무성하게 뒤덮고 있는 넝쿨과 이끼가 그만 떨어져 나가면 어쩌나 하는 생각에 덜컥 겁이 솟았다. 다리를 허우적거리며 발을 받쳐 줄 만한 지점을 찾느라 더듬더듬 발짓을 계속했지만 아무 소용이 없었다. 그리고 이젠 담쟁이덩굴에 매달려 있던 손들마저 얼얼하게 아려 오기 시작했다. 더 이상 지탱해 낼 수 없겠다 싶어 이젠 떨어질 수밖에 없다고 포기하려는 순간 듬직하고 따스한 손이 내 다리를 떠받치더니 날 위로 쑥 밀어 올리는 것이 느껴졌다.

나는 그렇게 가뿐하게 담 위에 올라섰다. 이내 허물어지고 말 것만 같은 담 위에 서서 균형을 잡으면서 뒤를 돌아보니 페이가 자기도 위로 끌어올려 달라고 한 손을 뻗쳐 내밀고 있는 것이 눈에 들어왔다. 하지만 내가 고작 한 손을 내민 것 이외엔 그녀는 날 더 이상 필요로 하지 않았다. 그녀는 담쟁이덩굴 속에서 묘한 빛을 발하고 있는 불그레한 마디에 두 발을 턱 얹더니만, 고양이처럼 날렵하게 위로 기어올랐다.

반대편을 내려다보니 물 한 방울 없이 말라 버린 하천이 보였다. 그 주변으로 변화무쌍한 부채꼴 모양의 굴곡이 펼쳐지더니 이윽고 잡풀이 무성한 하천 끝의 소택지가 못에 가 닿았다. 눈이 아프도록 시퍼렇고 끈적끈적한 물질들과, 못의 표면을 덮고 있는 융단 위로 경고하듯 불쑥 솟아나 있는 악독스러운 침수 식물들이 살기등등하게 못을 온통 점유하고 있었다.

우리는 담 아래로 스르르 미끄러져 내려가 다리에 가 닿았다. 다리는 그 일부가 이미 썩어 버린 짤막한 들보 몇 개로 구성된 나무다리였는데, 습기로 말미암아 색깔이 진하게 변해 있었다. 두 개의 울퉁불퉁한 나무줄기가 강변 양쪽을 서로 연결해 주고 있었고, 그 나무줄기 위에다 짝을 맞춰 찍어 내 만든 구멍에 들보들이 헐겁게 걸려 있었다.

페이가 다시 앞장서 나아갔다. 그녀가 유연하게 한 들보에서 다른 들보로 펄쩍 뛰어 건너자 돌멩이들과 오물 덩이들이 아래로 떨어지기 시작했다. 그것들이 일제히 한꺼번에 작은 눈사태가 되어 와르르 쏟아지며 우리 눈앞의 흐르지 않는 하천을 요동시켰다. 나는 그녀의 뒤를 따랐으나, 들보 하나가 삐꺼덕 흔들리는 걸 본 순간 즉각 그 자리에서 걸음을 멈췄다. 손톱이 손바닥에 박히도록 나는 불끈 힘주어 주먹을 쥐었고, 그녀가 훨씬 먼저 저쪽 강변에 이르러 뒤를 돌아보기 전에 제발 걸음을 지속할 용기가 솟아나기를 속으로 기도했다. 연이어 나는 담 위에서 발견했던 막대기를 오른쪽 나무줄기의 옹이에다 대고 안간힘을 다해 단단히 누른 다음 껑충 뛰었다. 들보가 한쪽으로 기우뚱하긴 했지만, 그래도 거기서 미끄러져 떨어지기 직전에 난 다음 들보로 건너뛰는 데 간신히 성공했다.

페이와 거의 동시에 나는 강가에 도착했다. 숨이 헉헉 막혔는데, 관자놀이와 목에서 혈액이 헐떡거리는 소리가 들릴 정도였다. 반면 그녀는 한결 더 빠른 속도로 벌써 저만치 앞질러, 하천의 최종적인 발악이자 바로크적인 과시로서의 굴곡으로 생겨 난 일종의 반도 위를 걷고 있었다. 그리고 내가 도착했을 즈음 그녀는 어느새 라일락꽃을 심사하고 있는 중이었다.

그녀는 내게 가위를 건네고서는 덤불을 사면팔방 철저하게 검토하고 나서 내가 잘라야 할 줄기를 하나하나 지적했고, 나아가서는 내가 가위를 대야 할 줄기 위의 지점까지도 지정해 주었다. 그러고는 원숭이가 무색할 정도의 자신만만한 손놀림으로 떨어지는 꽃을 사뿟이 받아 내곤 했다.

나는 네 송이를 다 자른 후, 고개를 푹 숙이고서 덤불 속을 관찰하고 있는 그녀의 모습을 바라봤다. 들쑥날쑥 자른 그녀의 단발머리 아래로 미려한 목선이 돋보였다. 그녀의 목 오른쪽 앞에는 길쭉한 직사각형의 흉터가 있었다. 수술 자국. 감추려고 들면 어려울 게 없음에도 불구하고 그녀는 그 흉터를 절대 감추는 법이 없었다. 그건 또한 뭔가 야성적이고 잔인한 그녀에 대한 아혹한 인상을 굳히는 데에 적잖은 역할을 했다. 화가 발끈 치밀어 오른다든지 혹은 다른 방식으로 격정의 도가니에 빠진 그녀를 볼 때마다 난 언제나 그 흉터에서 피가 흘러내릴 것만 같은 기대감으로 가슴이 두근거리곤 했다.

그녀가 거기에 그렇게 서 있던 순간, 나는 지금 돌이켜 보면 어딘지 좀 어줍은 자세로 팔을 잠시 그녀의 어깨에 얹었다. "자, 그만 가자." 하고 말하면서. 그러자 그녀가 흠칫 놀라는 듯한 기색이었다. 그러나 그건 그저 일찰나에 지나지 않았다. 그녀는 곧 뒤로 몸을 돌리더니 손으로 내 목을 감싸 안았다. 그때 나는 그녀의 손톱이 내 살 속을 파고드는 걸 느꼈다. 그녀는 날 응시했다. 잔인과는 너무도 거리가 먼 모양새, 가냘픈 입매, 그로 인해 그녀의 안면 전체가 일종의 비애 어린 느낌을 자아냈다. 거기서 일찍이 자리를 굳히고 있었던 신랄함마저도 그만 공격할 힘을 고스란히 다 잃어버린 상태였다.

그녀가 입을 떼자 그녀 목의 흉터가 살며시 떨리는 것이 눈에 들어왔다. "너 이제 그만 돌아가는 게 좋을 거야." 그녀가 말했다. "다른 사람들이 도착하기 전에 미리 이곳을 떠나는 게 현명해. 이건 뭐라 해도 역시 패자들만의 유희가 아니겠어?" 그러는 그녀의 눈망울은 자꾸만 더 비애 속으로, 아니면 나로선 전혀 갈피를 잡을 수 없는 어떤 연약함 속으로 빠져들었다. "물론 네 스스로가 알아서 할 일이긴 하지만 말이야."

"승자들의 유희 같은 건 나로선 아는 게 없거든." 내가 응답했다.

그녀의 손톱이 더 깊이 내 살 속으로 파고들었다. "그러니까 너도 다 알고 있다 이거지." 그녀가 말했다. 방금 전의 연약하고 애틋했던 정서는 어느덧 자취를 감춰 버려 대관절 존재한 적이 있었는지 그 흔적조차도 더 이상 추적할 길이 없었다. 그녀는 웃기 시작했다. 과장에 가까울 정도로 지나치게 큰 소리로. 그녀의 몸이 충격적으로 진동했고, 그리스 화병에 나오는 바커스의 여자 사제처럼 고개가 뒤로 심하게 젖혀졌다.

그녀의 눈동자에 반짝이는 건 거의 광기에 가까운 무엇이었다. 그녀는 꽃을 풀 속으로 내팽개치더니 내 얼굴을 두 손으로 꽉 움켜쥐고는 대뜸 물기 시작했다. 내 입과 목을 물어뜯었고, 그녀의 치아로 내 치아를 죄어 비틀어 댔다. 그러나 내가 아프다고 날카로운 비명을 지르자 그녀는 즉시 날 다시 풀어 주면서 느릿느릿 뒷걸음질을 쳤다. 한 발자국, 한 발자국. 그녀의 입에 약간의 피가 묻어 있었다. 그녀는 마치 놀란 개처럼 고개를 옆으로 갸우뚱하게 기울이고 있었다. 그러다가 양손을 펼쳐 감전된 듯한 동작을 작게 지어 보이더니 다시 웃어 젖히기 시작했다. 그러나 이번에는 얼추 자제에 가까울 정도로 작은 소리로, 그리고 그녀의 본래 음성인 알토 그대로.

나는 라일락을 다시 주워 들었고 그걸 크기에 맞춰 잘 간추렸다. 그러다 다리 쪽을 향해 발걸음을 내딛으며 표범처럼 민첩하게, 아니 살쾡이처럼, 아니 하느님 맙소사, 아무튼 그 무엇이 됐든지 간에 들보를 건너뛰는 그녀의 뒷모습을 바라보면서 나는 악을 썼다. "떨어져 버려라, 떨어져 버려라."

그녀가 흔들거리는 들보 위에 걸음을 멈추고 서 있었다. 해를 거듭하여 그렇게 기우뚱거려 왔던 탓에 이젠 매끈하게 닳아 버린 그 들보 위에. 그녀는 왼쪽 나무줄기 쪽으로 한쪽 발을 옮겼고, 그렇게 양발을 떡 벌린 채로 강을 등지고 버티고 서더니 흔들대는 들보를 빼내 아래로 떨어뜨려 버렸다.

나는 한 손엔 라일락을 들고서 갖은 고초 끝에 반대편 강가로 건너간 후, 다시 담쟁이덩굴을 따라 아래로 스스로를 미끄러져 내리게 했다. 실은 떨어지게 했다는 표현이 더 적합하긴 하지만.

집으로 돌아온 나는, 그녀와 장난치고 있는 목사와 신부의 으르렁거리는 소리를 통해 그녀가 위층에 와 있는 것을 알 수 있었다.

난 아직 위로 올라가 볼 마음이 내키지 않았다. 그래서 옷을 입기 위해 회랑 안에 비가 들지 않는 곳을 찾았다. 그간 옷을 만한 일이 없다고 아쉬워했다면 이윽고 그럴 기회가 찾아온 성싶었는데, 그건 죠슨 우드 스타일의 다채로운 색채로 채색된 원숭이 그림들이 거기 한 모퉁이에 무더기로 쌓여 있는 것을 발견했기 때문이다. 좀이 약간 슬고 고풍스러운 액자에 들어 있긴 했을망정.

밖에는 여전히 비가 뿌렸다. 나는 머리에서 빗물을 빗어 냈다. 딘너에서 룩셈부르크까지는 정말 장거리였다는 생각이 새삼 뇌리를 스쳤다. 게다가 중도에서 파리와 칼레도 거쳤으니까.

그 경로 중에는 겁을 먹게 하는, 기껏해야 잿빛 색연필로나 그릴까 말까 하는 그런 대도시들, 지저분한 도시들이 있다. 이른 새벽 여명과 함께 도심에 도착할 경우 혹은 도심에서 출발할 경우, 회색빛 햇살이 점점 환하게 퍼지며 전차와 버스로 첫 승객들이 몰려든다. 그들은 서로 무언의 손짓을 통해, 아니면 한 거리 건너 어딘가에서 왁자지껄 떠들며 자기네들끼리 뭐라고 인사를 나누기도 한다. 그리고 나는 그 광경 속을 그저 의

연하게 지나치며 그 소음들을 비켜 간다.

처음으로 파리를 행선지로 정하고 가던 길에, 그르노블의 어느 공원 벤치에서 하룻밤을 새운 적도 있었다.

"저기 루티에에 가면 말이죠." 나를 그곳에서 내려 준 사내가 이르던 말이었다. "분명 파리나 리옹까지 데려다 줄 큰 화물차들이 수두룩할 겁니다."

수두룩하기는커녕 화물차라곤 한 대도 없더라는 결론을 내려야 했는데, 그건 날 태워 주겠다고 나서는 사람이 한 명도 나타나지 않았기 때문이다. 그런 식으로 나는 새벽 2시까지 도로변 휴게소의 바에 죽치고 앉아서 보졸레산 적포도주를 마셨고, 그러는 동안 많은 운전사들이 심심찮게 안에 잠깐 들러서는 리큐어 페르노나 코냑으로 입가심을 하곤 했다. 그들은 기름과 땀의 역겨운 악취에 배어 있었다. 그들이 대형 화물 트럭의 브레이크 거는 소리와 시동 거는 소리가 연속해서 귀청을 때렸다.

나는 틈틈이 밖으로 나가 바람을 쐬곤 했다. 휴게소에서의 야경은 참으로 황홀하기만 하다. 저 멀리 두 개의 어마어마한 헤드라이트를 앞에 달고서 화물차가 다가오는 것이 보인다. 그리고 운전석 앞 유리창 위의 세 번째, 독기를 뿜는 눈도 있다.

오렌지색 방향 표시등이 널찍하게 좌우로 긴 팔을 휘둘러 대기 시작한다. 이어서 빨간 신호등이 깜빡깜빡 켜졌다 꺼졌다를 반복하며 속도 조절을 하는 것은 누구나 상식적으로 알고 있다. 그도 그럴 것이 이런 게임에는 반드시 지켜야 할 법규가 따르기 마련이며, 한 번의 실수는 치명적일 수도 있기 때문이다. 모터가 다시 한번 부릉부릉 울부짖고 나서 쥐 죽은 듯한 고요가 뒤를 잇는다. 하지만 운전석 문이 밤의 정적을 뒤흔들며 또다시 소란스레 열리고, 거기서 내리는 수염이 텁수룩한 험상궂은 인상의 사내가 지치고 성마른 눈초리로, 파리까지 가는 자리가 없느냐고 묻는 자를 꼬나본다.

실은 그런 행위는 금지되었더란다. 자칫하다 혹시 회사 사장이 그걸 아는 날에는 어떻게 될까? 또 사고가 나면 책임은 누가 질까? 그들은 안으로 들어가고, 자기들끼리 서로 악수를 하고, 목을 축이고, 얼마간 잡담을 나눈다. 그들은 카운터 뒤에서 일하는 아가씨로부터 운송 회사의 동료 운전사들에 대한 소식을 듣고 나서, 잠시 후 다시 여행길에 오른다. 밤과 잠에 항거하면서, 동시에 그들의 거물급 화물차로서는 늘 진땀을 빼기 마련인 폭 좁은 도로와 고독한 결투를 벌이면서.

그럼에도 불구하고 나는 다음 날 파리에 무사히 도착했다. 휴게소를 떠나 공원 벤치에서 얼마간 눈을 붙인 뒤 잠에서 깼을 때 나는 새벽의 썰렁한 냉기와 함께 온몸이 뻐근한 걸 느꼈다. 걸어서 그르노블을 막 벗어나려던 참인데 한 화물차가 내 뒤에 바짝 다가왔다. 엄지를 들어 올리는 관례적인 방식 대신에 나는 양팔을 펼쳐 흔들어 댔다.

화물 트럭이 우뚝 멈췄다.

"파리요." 내가 외쳤다. 그러나 운전사는 모터 돌아가는 소음 때문에 내 말을 알아듣지 못했다. "파리요." 내가 다시 외쳤다. "파리 가세요?"

그가 위에서 소리쳤다. "네, 파리. 어서 타요. 내 바로 뒤에 다른 트럭이 또 하나 따라온다고요."

그러니까 그때가 새벽 5시경이었다. 나는 드디어 파리까지 가게 되었다는 생각에 이만저만 행복한 게 아니었다. 요전번 남부로 내려갈 적엔 랭스를 거쳐 가느라 파리를 오른쪽에 두고 지나쳐야만 했기 때문이다. 돌이켜 보면 정말이지 그때의 기분은 아테네를 처음 방문하는 로마인만큼이나 어깨를 으쓱 올릴 정도였다.

그러나 막상 도착해 보니 도시 자체는 후덥지근하고, 나 같은 이방인들에게 환대를 베풀어 주지 않았다. 블러바르 브뤼너 근처에 있는 유스 호스텔로 가야 했기에, 나는 트럭 운전사가 내려 준 알에서부터 포르트도를레앙행 지하철을 탔다.

번잡한 데다, 지하에서 풍기는 갑갑하고 적대감을 느끼게 하는 분위기가 나 자신의 께저분함과 피로를 새삼 절감케 했다. 지하철은 따분하도록 오래 걸렸다. 다시 지상으로 올라오자 후련하고 살 것만 같았다. 유스 호스텔은 지하철역에서 약 십 분 거리에 있었다. 마침 제시간에 도착했기에 짐을 맡길 수 있었는데, 오전 10시부터 문이 닫혀 오후 5시에야 다시 열리기 때문이었다. 그날 나는 파리의 거리를 배회하고 다녔고, 화기애애하게 대화를 나누면서 내 곁을 지나치는 수많은 행인들의 대열 속에서 다만 소외감과 패배감을 맛보았다. 급기야 나는 시테섬으로, 그곳에 있는 앙리 4세의 동상 뒤로 피신하고 말았다. 센 강의 뿌연 물이 섬의 첨단에서 와서 다시 합류하였으며, 보트가 지나갈 때마다 파도가 바위에 부딪쳐 부서지곤 했다.

파리에 대해서 이런 식으로 묘사하는 것이 공정하지 않다는 점은 나도 알고 있다. 왜냐하면 페이네 집 회랑에 있던 무렵만 해도 그렇게 생각하고 있지 않았기 때문이다. 그건 이를테면 아테네에 당도한 로마인의 맨 처음 희열이 한풀 꺾이고 그러다가 그게 결국은 사라져 버리고 난 뒷날의 생각이며, 그리고 더 나중에 이 도시에서의 나의 가난한 삶, 이방인을 엄습해 덮치는 그런 빈곤 속에서 갖게 된 생각이기 때문이다.

하여튼 그 당시는 아직 그렇게 악화된 상황이 아니었다. 나는 난생처음 파리에 와 있었고, 파리는 한마디로 거룩했다. 해는 중천에 떠 있고, 나는 섬의 부둣가로 가 누웠다. 눈앞에 흐르는 센 강의 강변에 즐비한 커다란 수목들 뒤에서 숨 쉬고 있는 도심의 호흡 소리에, 파도 소리에 귀를 기울였다. 그런 뒤나는 비비안을 만났는데, 그녀는 나를 칼레로 연결시키는 고리 역할을 해 주었다. 세상의 모든 일들이 다 사전에 조작된 것임과 동시에, 이건 여전히 한낱 이야기에 불과하다.

그녀는 유별나게 크게 웃었는데, 바로 그거였다. 오베르즈에 서였고, 그녀의 유난스레 커다란 웃음소리가 주목을 끌었다. 그러나 내가 그런 웃음에 어울리는 얼굴을 찾아 두리번거렸을 때엔 단지 평범한 얼굴밖에는 발견하지 못했다. 설움을 안고 살거나 혹은 슬픔을 겪은 사람들에게서 흔히 보게 되는 눈가의 잔주름들이 극성을 피우는 그런 얼굴밖에는.

그런 얼굴을 한 사람이 그처럼 유쾌할 수 있다는 것이 내게는 도무지 납득이 안 되었고 마냥 엉뚱하게만 여겨졌다. 그날 밤, 나는 그녀에게 그런 내 느낌을 털어놓았다.

흥겨운 밤이었다고 기억한다. 오스트레일리아 사람들이 있었고, 비비안의 여자 친구 엘렌, 그리고 또 네덜란드 위트레흐트에서 온 사람이 한 명 있었다. 술집 한구석에서 누군가 하모니카 연주에 맞춰 노래를 불렀고, 술집 주인이 바에 서서 아연으로 된 홈통에 요란스레 잔들을 씻어 댔다. 담배 연기가 자욱했고, 밖에서는 뇌우가 도처에 도사리고 있었다.

"무슨 생각을 하고 있니?" 비비안이 물었다. 그 물음과 동시에 문득, 그녀가 내 손을 애무하고 있음을 지각했다.

나는 그녀를 응시했다. 외모는 매우 평범한 타입이고 나이든 티가 완연했다. 오스트레일리아 사람들과 엘렌은 자리를 떴지만, 비비안은 동행하고 싶지 않다고 했다. 야간 열쇠를 가지고 있다는 구실을 내세우며 위트레흐트에서 온 사내도 눌러앉아 있었다.

"왜 대답을 안 해?" 그녀가 귀엣말을 속삭였다. 약간 갸우뚱하는 고갯짓으로 위트레흐트 사내를 가리키면서 동시에 그녀는 내 앞으로 상체를 기울였다. "셋은 좀 번잡한 감이 들잖아?"

그래서 우리는 술집을 나섰다. 지하철에서도, 포르트도를레앙으로 돌아가는 길에서도, 그녀는 끊임없이 내 손을 애무하고 있었는데, 보아하니 그녀는 그걸 사뭇 즐기는 눈치였다. 나는 그녀가 제발 그걸 요구하지 않기를 원했다. 그런 건 모조리 가소로운 일로만 치부하고 있던 시절이었으니까. 구태여 꼭 그렇게 못 박을 수도 없는 형편이기 때문에, 정직한 표현이 될 수 없을 것 같다. 하지만 아무튼 최소한 그 순간에 난 그런 인상을 받았다. 내가 키스하고 포옹해 주기를 그녀가 간절히 원하고 있다는 인상을. 난 그 요구를 썩 근사하게, 아니면 적어도 무던하게라도 해치울 만한 자신이 없었다. 왜냐하면 그녀는 연상인 데다가, 그녀가 이미 수많은 남자와 잠자리를 같이한 경험이 있음을 나는 그녀가 말하지 않아도 가히 짐작할 수 있었기 때문이다.

신경 쓰지 말자. 열쇠가 밖에 걸려 있는 걸로 보아 위트레흐트 사내가 안으로 들어온 모양이었다. 나는 그녀에게 키스를 했으며, 화끈 달아오른 그녀의 체온이 내 피부로 전달되었다. 그러나 내가 그녀에게 키스를 하는 게 아니라, 그녀가 나에게 키스를 해 주고 있음을 불현듯 깨달았다. 또 그녀가 날 그녀의 가슴에다 품어 주고, 잇따라 날 어루만져 주고 있음도.

그녀가 입을 뗐다. 목소리를 피부로 느낄 수 있을 정도로 그녀는 나와 밀착해 있었다. "넌, 넌 말이야, 좀 희한한 애야. 네 눈동자는 정말⋯⋯." 그녀는 더 이상 말을 잇지 않았고, 숨을 가쁘게 몰아쉬더니 날 다시 놓아주었다.

우리는 다시 블러바르 브뤼너 방향을 향해서 천천히 되돌아 걸었다. 도중에 우리는 한 술집에 들러 커피를 마셨다. 젊은 노동자끼리 모여 실내 축구 경기를 하고 있다. 그들의 모습이 아직도 생생하게 떠오르는데, 거기엔 그럴 만한 깊은 사연이 있다. 일행 중 둘은 작업복 차림이었으며, 나머지 셋은 경박한 싸구려 옷을 걸치고 있었다. 우당탕 쿵쾅 난리를 피우며 경기하는 소리와 그들의 조야하고 알아들을 수 없는 와자지껄한 아우성이 상송 가수 파타슈의 가요를 뒤덮어 버렸다.

그중의 두 사내가 내 곁으로 와서 섰다.

"미국 사람?" 하나가 물었다.

"아, 아뇨. 이 여자 친구는 아일랜드에서 왔는데, 그러니까 아일랜드 국적이고." 내가 말했다. "나는 네덜란드 사람입니다."

"그게 아니시겠지." 그가 말했다. "미국 사람들이면서." 얼근하게 취기가 돈 그는 다른 자들을 마저 불렀다.

"여기 미국 사람들이야." 그런 다음 그는 우리에게 대고는 말했다. "자, 우리들이 마실 것이라도 한 잔 권할까요?"

이런 식의 음료수 대접은 위트레흐트에서 온 남자가 가지고 다니는 책자에서 읽은 파리 주민들의 성격에 대한 대목과 거의 맞아 떨어졌다. 그래서 우리는 그걸 사양하지 않고 받아들이긴 했으나, 그녀가 테이블 아래로 자기의 양다리 사이에 내 다리를 끼우는 걸 느끼는 동시에 나는 그건 그녀가 자리를 뜨기 원한다는 신호라는 걸 즉각 알아차렸다. 이런 우리의 거동이 그들의 눈에 발각되어 그걸 꼬투리 삼아 그들이 자기들끼리 뭐라고 쑥덕거리거나 아니면 우릴 비방할 것이 두려웠지만, 나 또한 한시 빨리 그곳을 빠져나가고 싶었다.

"프랑스 프롤레타리아들이." 노동자들 중 한 명이 입을 열었다. "미국 자본주의자들에게 커피를 권한다." 다른 자들이 합창으로 웃었다. 그들은 이제 우리를 빙 둘러싸고 원을 이루고 서서 우리가 커피 마시는 걸 구경했다.

"미국 사람이 아니라고요." 내가 말했다. "여자 친구는 아일랜드 더블린 출신입니다. 그리고 난 홀란드에서 왔습니다. 라올랑더, 페이 바, 암스테르담, 아시죠?"

"아니지." 술기운이 거나하게 도는, 가장 선배 혹은 대장뻘이 되는 자가 입을 열었다. "아메리컨, 뉴욕. 하우 두 유 두. 아메리카, 자본주의자."

우리는 커피를 남김없이 들이켰고, 그들에게 감사를 표하는 인사와 함께 악수를 청했다. 그들이 문까지 따라 나와 우리를 배웅해 주었다. 술집에서 100미터쯤 걸어 나와 그녀가 내게 키스할 때도 그들이 여전히 문 앞에 그대로 서서 우리를 지켜보고 있는 게 보였다. 나는 그녀의 손을 잡아당겼다. 그리고 바로 그 순간 그들이 대뜸 우리를 잡으러 오고 있다는 걸 눈치챘다.

"어, 저기 저자들이 우리 뒤를 쫓아오는데." 내가 말했다.

그녀가 뒤를 돌아봤다. 그들은 이미 우리 가까이까지 접근해 온 상태였다. 우리가 속도를 높여 걷기 시작하자, 그들은 아예 뛰기 시작했다.

"우리도 어서 뛰자고." 내가 그녀를 재촉했다. "뛰어가면 금방인걸. 얼마 안 남았거든." 그러나 그녀는 뛰고 싶지 않다고 했다. 삽시간에 그들은 우리를 따라잡아 우리 곁으로 와 서고 말았다. 우리도 걸음을 멈추고 섰다. 아무도 한마디도 하지 않았기 때문에 분위기가 좀 어색하기도 했고, 그들이 그렇게 우리를 포위하고서 냉소를 드러내고 있는 태도가 어딘지 섬뜩하기도 했다.

우리에게 커피를 권했던 대장이 드디어 말문을 열기 시작했다. 그는 나를 꽉 붙들었다. "한 가지 특별히 할 말이 있는데 말이야." 그가 말을 이었다. "뭐, 그다지 큰일은 아니지만, 근데 말이야." 그는 이제 얼근하게 취한 상태였다. "정말 기분 잡치는 일이거든." 그가 한숨을 내쉬었다. 다른 사람들은 잠자코 입을 닫고서, 우리 주위에 빙 둘러서 있기만 했다.

"이자들 도대체 뭐가 어쨌다고 시비야?" 비비안이 물었다. 그녀는 프랑스어를 알아듣지 못했다.

"나도 잘 몰라." 그러고서 나는 나를 붙잡고 있는 사내에게 대들었다. "도대체 뭐가 어쨌다는 겁니까? 이 손 놓으세요." 그는 내 멱살을 거머쥐고서 냅다 흔들어 댔다.

"여기가 어디라고 이 새끼가 주둥아리를 함부로 까불어 대고 있어, 이 더러운 미국 새끼야." 그가 악다구니를 퍼부었다.

"계집 끼고 다니니까 뭐 보이는 게 없다 이거냐?"

그는 날 잠깐 놔주었다. 나는 왈칵 겁이 솟았다. "자, 도망치자." 내가 비비안을 향해 말했다.

그러나 그녀가 되물었다. "이자들이 도대체 왜 이러는 건데?" 그래서 내가 외쳤다. "나도 모른다니까. 무슨 영문인지 모른다고 했잖아."

대장은 날 다시 거머쥐었다. "문제가 하나 생겼거든." 그가 말했다. "술집 계산대에서 오차가 났어. 큰 액수는 아니지만."

나는 피곤함이 한꺼번에 밀려닥치는 걸 느꼈다. 인적이 완전히 끊긴 거리는 고즈넉했다.

"이거 이만저만 뽈따구 나는 일이 아니거든." 그는 말을 다시 질질 끌었다. "기분이 아주 팍 상하는 일이거든. 적은 액수이긴 하지만. 혹시 두 분께서 술집까지 같이 동행해서 가 주실 수 없으신지요?"

"좋아요." 내가 대꾸했다. "그럼, 우리 함께 가서 술집 주인한테 한번 따져 보도록 합시다." 우리는 모두 술집을 향해서 천천히 발길을 옮겼다. 가축 떼처럼 우직하고 잠잠하게, 그들이 다시 걸음을 멈출 때까지. 나는 계속해서 더 걸을 생각이었지만 그는 다시 악을 쓰기 시작했다. "야, 이 새끼야. 이제 그만 가. 이제 그만 서라니까, 이런 더러운 좆……." 그러나 그는 문장을 마치지 않았다.

"우리 같이 술집에 가서 따져 보기로 한 걸로 난 알고 있었는데." 내가 맞섰다. 그러나 그는 다시 내 옷을 움켜잡았다. 그러고는 커다란 주먹을 내 입에다 틀어박고는 다른 한 손으로는 내 코를 눌렀기 때문에 나는 숨통이 막혀 더 이상 숨을 쉴

수가 없는 지경이었다. "이 새끼, 계집만 안 데리고 있었으면 그 냥." 그가 다시 호통을 치며 욕설을 퍼부었다. 그러더니 또다시 느닷없이 나를 풀어 줬다. 그는 울음 섞인 어조로 푸념을 늘어 놓기 시작했다. "이거 정말 신세 따분하게 만드는데, 그렇다고 치사스럽게 낱낱이 설명을 붙일 수도 없고."

나는 슬슬 뒷걸음질을 치기 시작했다. 들러리 선 자들 중의 하나가 손에 칼을 들고 있는 걸 발견하게 될 때까지. 진짜 칼처럼 보이는데 녹이 슬었네, 하는 생각이 뇌리를 스치고 지났다. 내가 단도직입적으로 물었다. "얼마요?"

"600프랑." 그들이 말했다.

"600프랑." 내가 비비안에게 전달했다. 난 가진 돈이 한 푼도 없었기 때문이다.

"왜?" 그녀가 물었다. 그러나 나는 대답하지 않았다.

"물어봐, 무슨 일로 그러는지."

"저 사람들, 술 취한 주정꾼들이야." 내가 대답했다. "저것봐, 보면 알잖아." 그녀는 지갑을 꺼냈다.

"아일랜드 남자들이라면 싸워서라도 이런 작자들 가만두지 않을 텐데." 그녀가 중얼거렸다. "하나, 둘, 셋, 넷." 그러면서 그녀는 땀에 젖은 손으로 초조하게 100프랑짜리 지폐를 세었다.

"이거 네 장밖에 안 되잖아." 사내가 말했다. "보니까 거기 1000프랑짜리도 한 장 있네, 뭐."

"거슬러 줄 수 있는지 한번 물어봐."

내 질문에 대한 대답으로써 사내는 비비안이 방금 건네준 지폐 네 장을 펼쳐 들고서 팔랑팔랑 흔들어 보였다. 그녀는 그에게 1000프랑짜리 지폐를 한 장 줬고, 그는 그녀에게 400프랑을 되돌려 줬다. 그런 다음 그들은 일단 물러났다. "이거 참, 기분 잡쳐서." 그가 웅얼대면서 우리에게 손을 내밀었다. 그러더니 이젠 완전히 터놓고 징징 울먹이는 소리로 신세타령을 늘어놓았다. "이거 진짜 뿔따구 나게 만드는 일들만……. 재수가 이렇게 옴 붙어 가지고 말이야……."

우리는 둘 다 한마디도 하지 않았다. 그녀가 날 이제 형편없는 비겁한 위인으로 간주하고 있을 것은 너무도 뻔했다. 잠시 후 내가 그녀에게 물었다. "네 눈엔 내가 이제 틀림없이 겁쟁이로만 보이겠지?"

"아니, 좀 전에 한 말 미안해." 그녀가 사과했다. "넌 싸움질 같은 건 못하는 성격이잖아. 게다가 또 저런 불량배들 다섯 명을 상대로 대들어 봤자 뭐 뾰족한 수가 있었겠어?" 암, 그렇지, 나는 속으로 탄성을 발했다. 그 말이 맞고말고. 나아가서 더 그럴싸한 변명을 하나 추가했다. "그렇게 술에 취한 망나니들이 너한테 어떤 행패를 부렸을지 상상만 해도 끔찍스럽다."라고. 반면 머릿속으로는 다시 생각에 잠겼다. 아일랜드 사내였다면 당당한 대결로 결판을 내고야 말았을 거라고. 그리고 그녀도 그렇게 생각하는 것에는 더 부연할 나위가 없었다. 그러나 그녀는 그 점에선 일절 덮어 둔 채 말했다. "우리 잊도록 해, 하나도 남김없이 다 잊어버리기로. 그런 일은 아예 없었던 걸로 치자."

우리는 계속 걸었다.

거리는 조용했으나, 저 멀리로부터 도심의 소리가 들려왔다. 내가 아는 한 그녀는 그걸 계속 바라고 기다렸기에, 그리고 또 그녀가 시종 내 손을 만지작거리던 걸 상기했던지라 나는 그녀의 상체를 붙들고는 그녀를 벽에다 대고서 힘주어 눌렀다. 그러곤 그녀를 애무하기 시작했다. 반면 나의 사고 작용은 중지되지 않았다. 나는 그녀의 표정을 하나하나 그리고 모조리 머릿속에 기록해 두었다. 그러지 않고서는 이렇게 형용할 수가 없으며, 적어도 완전을 기하기가 불가능하다 하겠다. 그녀의 뺨에 난 작고 부드러운 솜털과 더듬대면서 모색 중인 그녀의 연분홍빛 입술까지도. 그런데 뜻밖에도 그녀가 내 팔 아래에서 몸을 꿈틀대기 시작했다. 그러더니 몸을 흔들어 댔는데, 그건 마치 어떤 특정한 방법으로 바람을 받을 때 이따금 발생하곤 하는 돛단배의 진동을 연상시켰다. 그리고 난 그녀가 뭐라고 하는 걸 얼핏 들었으나, 제대로 알아듣지 못했다.

"무슨 일이야?" 내가 물었다. "뭐라고 했지?" 그리고 나는 그녀를 천천히 풀어 주었다.

그러나 그녀는 고개를 내게서 다른 쪽으로 돌렸고 입을 벌린 채로 그대로 있었다. 한동안 그 상태가 지속되었다.

"너 몇 살이야?" 그녀가 한참 만에야 입을 뗐다.

"열여덟 살." 내가 대꾸했다.

"누가 가르쳐 줬어?"

내가 뭐 별나게 한 일은 없는 것 같았다. 난 그저 내 나름대로 그렇게 해야 되려니 하고 추측한 대로, 아니면 남들도 그렇게 하리라 짐작한 대로, 좌우간 뭐가 어떻게 됐든지 간에 그저 했을 따름이었다.

"나 아직 여자하고 자 본 경험이 없어." 내가 말했다.

그녀는 내 양어깨를 움켜쥐더니 내게서 약간 거리를 두고 섰다. "무경험이 훌륭한 스승이 된 셈이네."

"넌 당연히 남자 경험이 풍부할 테지." 내가 말했다.

그녀는 깊은 사념에 잠긴 채 그렇다고 고개만 끄덕였다. 마치 그동안의 경험들을 일일이 다 헤아리고 있는 것 같았다. "하지만 나 이젠 다시는 안 할 거야." 그러더니 그녀는 느닷없이 흐느끼기 시작했다.

난 은근히 화가 치밀었다. 물론 기사다운 반응이 아닌 줄 알면서도 실로 노여운 마음이 고개를 들었다.

"울지 마." 내가 호소했다. "제발 울지 마." 나는 생각했다. 도대체 사람마다 왜 하필 내 앞에서 늘 그렇게 눈물을 보이는 걸까? 여행을 떠나 온 후 처음으로 알렉산더 삼촌 생각이 떠올랐다. 자신은 우는 게 아니라고 내게 말하던 로스드레흐트에서의 그 첫날 밤도.

"나 안 울어." 그녀가 말했다. "그런데 내가 슬픔을 안고 있다는 걸 어떻게 알아챘지?"

"네 눈에." 나는 손가락 끝으로 안경테를 그리는 것처럼 내 눈 주위에 동그라미를 만들어 보였다. "여기에 잔주름살들이 있는 걸 보고서." 그녀가 벽에 기대고 서서 흐느끼고 있는 동안, 나는 여전히 그녀를 완전히 뒤덮고 서 있었다.

이윽고 터져 나오고야 말았다. "그토록 아름다울 수가 없었어." '아름'이라는 음절을 길고 센 억양으로 강조하여 발음한 결과, 그 단어가 특이하고 황홀한 정서를 불러일으켰다.

"누가?" 내가 물었다.

"내 아이가."

아, 미혼모였구나, 난 속으로 생각했다. 그러고는 기분이 묘해졌다. "난 네가 지금 나하고 정사를 나누고 싶어 하는 줄로

만 알았어." 내가 고백했다. 그렇다, 그런 다음 요컨대 나는 그녀에게 잘 자라는 인사치레로 볼에다 대고 뽀뽀를 해 주는 정도의 선에서 대강 끝냈어야 했다. 왜냐하면 그녀가 그녀를 버리고 간 남자에 대한 이야기를 장황하게 늘어놨기 때문이다. "그는 인물도 좋고, 체격도 건장하고, 뭐든 못하는 일이 없을 뿐더러 인간성도 정말 그만이었거든. 결혼해 달라고 내가 억지를 부리려고 맘만 먹었더라면 안 될 것도 없었을 텐데. 그래, 문제될 게 조금도 없었지. 왜냐하면 그가 나한테 그걸 제안해 올 정도였으니까. 비록 그가 진실로 원했던 게 그게 아니긴 했을망정. 하지만 그를 사랑했기에 나는 그렇게 하지 않기로 했어. 그 이후에 만난 사람들은 내겐 아무런 의미가 없었어. 기껏해야 일종의 진통제 역할 같은 것이었다고나 할까."

그녀는 고개를 약간 위로 올려 들었고 그리고 나의 눈 속을 빤히 들여다봤다. "넌 눈이 상당히 유별나." 그녀가 다시 말을 이었다. "매혹적인 눈. 내 생각에 대낮에는 아마 파란색일 것 같기도 하고, 고양이 눈하고 비슷한 데가 있기도 하고."

고양이 눈도 형형색색 제각기 천양지차 다르련만, 나는 생각했다. 그리고 그녀는 그녀의 손을 내 옷 밑으로 집어넣으면서 나더러도 그렇게 하라고 청했다. 나는 그녀의 보들보들한 살결을 느꼈다. 내가 손을 가만두지 못한 탓에 그녀는 다시 몸을 옴지락댔고, 또 숨소리가 약간 가쁘고 거칠어지기 시작했다. 그래서 난 생각했다. 상대방의 헐떡이는 숨소리가 귀에 거슬리거든 나 자신이 지레 더 헐떡이는 척하도록 하자, 그리고 내 밑에서 움직이는 상대방의 움직임이 괴롭게 느껴지거든(왜냐하면 우리는 풀밭으로 가서 그녀의 레인코트 위에 누웠기 때문에) 나 자신이 먼저 움직이도록 하자. 나는 이따금씩 영화에서 본 것과 똑같은 식으로 흉내를 내 보았고, 그리고 또 그녀가 하는 대로 따라서 코를 약간 씨근거려 보기도 하고 몸을 꿈틀거리기도 했다. 그러나 나는 자신이 하는 짓거리가 영 우스꽝스럽게만 여겨졌던 까닭에 그 같은 연기를 계속할 수가 없었다. 어쩌면 그녀가 연상인 데다가 아기 엄마라는 등등의 실없는 생각들이 끊임없이 내 머릿속을 맴돌고 있던 탓이었는지도 모른다. 하지만 그녀는 그런 내 심경을 눈치채지 못한 것 같았다. 마침내 난 중단하고 가만히 누워 버렸다. 그러자 그녀가 말했다. "몸이 아주 허약하구나."

"그런데 그 아이 말이야." 내가 물었다. "그 아이는, 그러니까 어떻게 됐지?"

"아이는 남에게 맡겨야 했어." 그녀가 소곤댔다. 그리고 그녀는 이제 정말로 깊은 비애 속에 침전되어 버렸다. "그 사내아이를 남의 손에 넘겨줘야 했어. 그리고 그 아이를 절대로 다시 만나면 안 된대. 어떤 형태로든 간에 아이를 찾으려는 아무런 시도도 하지 않겠다고 그 당시 서약서를 써야만 했어. 그래, 지금 양부모 밑에서 자라고 있어. 여태껏 그렇게 예쁜 갓난아이는 본 적이 없어."

"그렇겠지." 내가 말했다.

"아이가 훤칠하게 크고, 여간 튼튼하지 않았거든. 이젠 이름도 다른 이름으로 바뀌었고, 지금의 어머니가 자기 친어머니가 아니고, 또 내가 누구인지도 끝내 모르고 말 거야. 그런데도 난 그 아이를 남에 손에 넘겨주지 않으면 안 되었어. 난 런던 동부에 자리한 한 휴양소에서 일하는 간호원이거든, 휴양소에서 상주하면서 말이야. 그 아이가 태어난 후 다시 그곳에 돌아갔는데, 거기서 그 아이를 데리고 있을 수 없다고 했어."

"그랬군." 내가 말했다. 그리고 나는 일어났다. 으스스 춥고 팔다리가 얼쩍지근한 데다가 아리기까지 했다.

"자, 뽀뽀." 그녀가 말했다. 난 다시 그녀에게 뽀뽀를 했다. 그녀는 특히 박력이 넘치는 걸 좋아하는 눈치여서, 나는 있는 힘을 다해 아주 세게 키스를 했다. 그러고 난 후 너무 노곤한 나머지 어서 눕고 싶은 생각이 굴뚝같았기에 나는 서둘러 안으로 들어갔다. 그녀에게는 엘렌과 함께 사용하는 텐트가 있었다.

다음 날 나는 신비스럽고 이상한 경험을 하게 되었다. 난생 처음 겪어 본 그런 야릇한 경험. 나는 비비안과 오후 1시에 루데메디시 거리 쪽에 면한 룩셈부르크 공원에 있는 큰 호숫가에서 만나기로 약속했고, 그곳이 맘에 들었기 때문에 일찌감치 11시부터 거기로 가서 죽치고 앉아 기다리기로 작정했다. 나는 잔디밭 가장자리에 앉아서 지나가는 행인들을 구경했다. 수세공으로 수가 놓인 까맣고 빨간 나의 루마니아산 빵모자가 그때 어떤 작은 모험의 계기가 되었는데, 그 모자로 말하자면 아주 훗날, 그러니까 내가 그 도시에서 궁핍한 처지에 빠지게 되었을 때, 지저분하고 박봉이긴 했으나 그래도 내게 부득이했던 아르바이트를 구하는 데에 간접적으로나마 도움을 준 적도 있었다. 아무튼 누군가 내게 눈길을 박은 채 뚫어져라 쳐다보고 있다는 걸 난 피부로 느꼈다. 그리고 그가 — 안 보는 척하면서 얼른 곁눈질로 보니 젊은 청년이었다 — 의자를 바꾸는

것도 간파했다. 잠시 후 그가 다시 의자에서 일어서더니 내 뒤
에서 서성거렸다. 그가 내게 말을 걸어오기를 기다렸다. 그의
음성은 온화했고, 그의 프랑스어에 외국인 억양이 강하게 노출
된다는 사실은 하물며 내 귀로도 구별할 수 있었다.

"유고슬라비아에서 오셨지요?"

"아뇨." 내가 대답했다. 내가 유고슬라비아에서 왔기를 바라
는 간절한 염원이 그의 목소리에 담겼기에 나는 좀 미안하기까
지 했다.

"아뇨, 전 네덜란드 사람입니다. 그리고 이 빵모자는 루마니
아에서 온 거고요." 그 남자는, 아니 청년이라는 표현이 더 잘
어울리는 그는 정치 이민자였다. 그는 자기 나라 사정에 대해
이야기해 주었고, 헤어지기 전에는 유대인을 위한 체인 식당인
화여 이스라엘리테 중의 하나에서 식사할 수 있는 식권 한 장
을 내게 선물했다. 그가 자신은 이미 먹었노라 사양했기에, 나
는 비비안과 함께 그곳으로 가서 식사를 했다. 그날 그녀는 그
리 나이 든 티가 나지 않았는데, 그건 그녀의 의욕의 발로였
다. 그 대신 그녀는 마음껏 즐기고 실컷 웃기로 새로운 결심과
각오를 한 사람처럼 보였다.

식당은 만원이었고 시끌벅적했다. 그러나 그 당시 우리는 그
런 걸 오붓한 것으로 여겼다. 우리는 유대인 청년들을 구경했
는데, 그중에는 우리 알렉산더 삼촌처럼 까만 모자를 쓰고 있
는 사람도 더러 있었다. 우리는 그들이 서로 주고받는 언어들
에 귀를 기울이기도 했다.

그런 후 나는 섬으로 가고 싶었는데, 비비안은 유스 호스텔
로 돌아가려고 했다.

"왜지?" 내가 물었다. "가 봤자 5시까지는 문이 닫혀 있을 텐데?"

"내 텐트 문은 닫혀 있지 않거든."

그리고 그때 그녀와 동행한 결과 나는 그녀의 얼굴이 변화하는 과정을 목격하게 된 셈이었다. 텐트 안은 후덥지근했다. 그녀가 내게 바싹 붙어 누워서 침묵하고 있는 동안, 나는 그녀의 얼굴을 쳐다보지 않았다. 그러나 잠시 후 내가 그녀 위를 뒤덮고 누웠을 때 비로소 그녀의 얼굴이 변한 것을 알았다. 그녀의 얼굴은 젊어져 있었으며, 오렌지색 텐트에 반사된 햇빛이 그녀의 얼굴에 혼란스러운 오렌지색 광택을 더해 주었다.

난 분명 그녀를 사랑하지 않았다. 왜냐하면 난 장차 언젠가 찾게 될 중국 소녀를 사랑하게 되리라고 늘 믿어 왔기 때문이다. 그런 내가 그만 마법에 걸려들고 말았다. 여태껏 한 번도 본 적이 없는 생경한 얼굴을 내 손이 조심스레 쓰다듬고 있는 거였다. 그 얼굴은 광명을 발하였고, 그건 마치 내가 전혀 만져 본 적이 없는 혹은 만질 수 없는 무엇처럼 보였다.

"이봐." 나는 자그마한 소리로 그녀를 불렀다. 그녀의 얼굴처럼 그녀도 혹시 접근하기 어렵게 돼 버린 건 아닐까 하고 마치 내가 의심이라도 하고 있는 것처럼. 그러나 그녀는 아직 가까이에 있었다. 나는 말을 이었다. "이봐, 자기 얼굴이 변했어."

그녀는 유유하게 미소를 지었다. "어떻게?" 그녀가 물었다.

"잘은 모르겠는데." 나는 곰곰 생각해 보려고 노력했다. "젊어졌어." 내가 말했다. "그리고 또 더 예뻐진 것 같기도 하고."

그녀는 여전히 미소를 머금고 있었는데 왠지 신비로웠고, 그로 인해 그녀는 더 이상 평범하지가 않았다. 그녀는 행복해 보였다. 그런데 그녀가 갑자기 양팔을 들어 올렸다. "이거 아직 못 봤지, 그지?" 하는 그녀의 말은, 비록 그녀가 웃음을 머금고 있긴 해도 웃음과는 다른 무언가를 의미하고 있었다.

"뭘?" 나는 아무것도 보질 못했다.

"너한테 실은 이렇게 다 말해선 안 되는 건데." 그녀가 말했다. "왜냐하면 내가 후회하고 있거든. 그리고 그건 비겁한 소행이었으니까." 그러는 사이에 나는 그녀의 양팔 안쪽 팔꿈치 높이에 있는 기괴한 두 개의 직선을 보고야 말았다.

"아니, 어쩌다 이렇게?" 내가 물었다. 그녀가 고개를 옆으로 돌려 버려 나는 더 이상 그녀의 눈을 바라볼 수가 없었다.

"면도칼로." 그녀가 말했다. "그런데 이건 병원에서 일할 때 일어난 일이었어. 칼이 혈관 깊숙이까지 충분히 들어가지 않은 탓도 있고, 또 사람들이 날 너무나 빨리 발견해 낸 통에 죽으려 했던 기회를 놓치게 된 거지."

"아." 내가 입을 벌렸다. 그리고 그녀의 얼굴은 여전히 먼 곳에 있었지만, 나는 입으로 조심스럽게 팔의 상처를 더듬었다.

그녀가 나와 자고 싶어 한다는 걸 나는 알고 있었다. 감히 나서서 격투를 벌이지 못한 그날 밤 사건을 계기로 그녀가 날 졸장부로 여기고 있을 지라도, 그리고 다른 사내들처럼 잘생기지도 않고 그녀 위에 누워 그녀의 몸을 충분히 감싸 줄 만큼 덩치가 크지 않다고 할지라도. 그러나 우리는 그렇게 할 수 없었다. 엘렌이 불쑥 텐트 안으로 들어왔기 때문이다. 그리고 그들은 다음 날 떠나기로 되어 있었다.

그날 저녁 우리는 우리 중에서 누가 제일 먼저 남의 차를 얻어 타고서 칼레까지 갈 것인지를 두고 내기를 했다. 우리란 곧 제네바에서 온 여자, 암스테르담 출신 여자 애, 오스트레일리아 사람 두 명, 엘렌, 비비안 그리고 나였다. 나는 원래 칼레에는 갈 계획이 전혀 없었다. 아무래도 바다 건너 영국까지 갈 만한 금전적인 여유가 없었기 때문이다. 그러나 만약 비비안이 떠나고 나면 내가 아는 사람이라곤 아무도 남지 않게 되는 것이었다. 나의 여행은 항상 이런 식으로 전개되기 일쑤다. 그 이유는 내가 언제나 패배자의 면모를 벗어나지 못하기 때문이며, 또 내가 사물이나 사람들에게 너무 애착하기 때문이다. 따라서 여행은 더 이상 여행이 아니라 서로 헤어져야만 하는 이별의 장이다. 사람들과 이별하고, 그들을 다시 기억하고, 그리고 작은 비석들처럼 내 수첩 속에 주소들을 수집하며 나는 나의 수많은 시간을 보내 왔다.

다음 날 6시에 나는 일어났다. 파리는 불만에 차 잔뜩 찌푸리고 있었고, 또 불쾌할 정도로 날씨가 스산했다. 내가 제일 먼저 출발하는 건지는 알 길이 없었지만, 나는 그날 밤 안으로 칼레에 도착하겠다는 단호한 결심으로 길을 나섰다. 그들의 일원으로서 소속감을 느끼고 싶었고, 그와 동시에 나도 내기에 동참하고 있다는 걸 그들에게 증명해 보이고 싶었기 때문이다. 이상하게도 그날 저녁 거기에 그녀 역시 도착해 있을 것이라는 생각이 하루 종일 내 머리에서 떠나지 않았다. 여자들이 나보다 먼저 그곳에 도착할 것이라는 스스로의 예측을 나는 추호도 의심하지 않았다.

나는 포르트드라차페행 지하철을 탔고, 거기서 상데니 방향으로 가는 버스를 탔다. 보슬비가 내리기 시작했고, 비를 피할 만한 나무가 한 그루도 없었기에 나는 비에 흠뻑 젖어 후줄근하고 지저분했다. 나는 당장 히치하이크할 마음이 들지 않았다. 도로변에 가옥들이 늘어서 있는 한, 사람들이 커튼 뒤에서 날 지켜보고 있을 것 같은 기분이 들었기 때문이다. 그건 또 대부분의 경우 사실이기도 하다. 나는 그날따라 운이 별로 좋지 않았고, 단거리 편승만 여러 개 했다. 도로는 제법 한산한 편이었고, 난 무거운 짐을 끙끙 메고서 간혹 경작지와 들판 사이를 한참 동안이나 걷지 않으면 안 되었다. 온 천지가 보슬비에 젖어 축축했기에, 눕는다든지 심지어 어디에 엉덩이라도 잠깐 붙이고 앉아 쉬는 것조차 여의치 않았기 때문이다. 나는 아무도 없는 적막한 길을 홀로 걸었다.

첫 번째로 만난 차가 나를 샤르까지 데려다 줬는데, 그곳은 사실 보베를 거쳐 가기로 된 나의 원래 루트에서 벗어난 곳이었다. 그래서 난 하는 수 없이 일단 구르네로 간 다음, 거기서 다시 아브빌로 향할 수밖에 없었다.

나는 대형 화물 자동차를 만났다.

"만사가 하나같이 썩어 빠졌다니까요." 남자가 내게 대고서 외쳤다. "국회의원도, 장관들도, 몽땅!"

"그래요." 내가 말했다. 선적된 화물들, 그리고 느슨해져 덜렁거리는 운전실 안의 철판이 도로의 울퉁불퉁한 지면을 향해 힘차게 박수를 보내곤 했다.

우리는 각자 지탄 담배를 피웠다. 나는 운전사의 비위를 맞추려고 신경을 곤두세웠는데, 그가 다음 말을 이으려고 기다리고 있는 듯한 어느 지점에서 타이밍을 잘 포착하여 그렇다고 맞장구를 치거나 아니라는 부정적인 대답으로 관심을 표현했다.

"게다가 정말 어이없는 건 일단 장관이 된 자들은 누구든지, 권력을 잡은 게 단 일주일밖에 안 되는 경우라 하더라도……."

비비안은 이미 아미앵에 도착했을까? 나는 궁금했다. 혹시 그녀도 이 길로 가는 건 아닐까?

"……남은 여생 내내 두둑한 연금을 타 먹어 가며 배 두드리고 사는 팔자라니, 참. 기가 막혀서."

"네, 그렇지요." 내가 응했다. 그러면서 그에게 혹시 오는 길에 아가씨 두 명, 그중 한 명이 아일랜드 국기를 가지고 있는 일행을 보지 못했는지 물어보려 했다. 그런데 그가 유리창의 와이퍼가 고장이 났다고 욕을 해 댔다. 비가 제법 심하게 퍼붓기 시작하더니, 이따금 발작적으로 한바탕씩 앞 유리창을 후려갈겼기 때문에 그는 속도를 줄이지 않으면 안 될 처지였다.

"게다가 또 그놈의 전쟁." 그가 울부짖었다. "하루에 우리 서민들 세금이 10억씩이나 드는 전쟁 말입니다. 하하하, 참 기차게 머리 좋은 위인들이죠! 미련도 정도가 있지, 하물며 야수보다도 못한 인간들의 짓거리. 빌어먹을 놈의 세상!" 우리는 트럭과 화물에 대한 전면 통행 허가를 받기 위해서 관세 창구 앞을 통과할 때까지 잠시 기다려야 했다. 그러는 동안 그는 선지자인 양 한 팔을 쭉 뻗더니 비로 인해 이제 거의 앞이 보이지 않게 된 도로를 응시하면서 울부짖었다. "아, 프랑스의 종말이 왔습니다. 유럽의 종말이 왔습니다."

어쨌든 난 칼레에 무사히 도착했다. 기름기 배고 악취를 풍기는 정유 트럭에 몸을 싣고 바다에서부터 짙은 안개가 몰려들고 있는 도로들을 지나 우중충하고 황량한 불로뉴에서부터 더 우중충한 잿빛의 칼레에 이르렀다. 육중한 운전실이 바깥에 존재하는 실의와 혐오의 압력을 가까스로 겨우 감당해 내고 있는 듯했다. 운전사가 나를 시내에 내려 준 시각은 8시였다. "오르브와, 안녕."

"네, 오르브와, 안녕히 가세요." 비는 그 순간에도 마구 퍼부었다. 거리는 지저분하기 이를 데 없고 도처에 웅덩이를 이루고 있었다. 짧은 가죽점퍼와 청바지 차림의 한 사내가, 내가 이리저리 웅덩이를 피하느라 애쓰면서 자기에게로 다가오는 모습을 지켜보며 서 있었다. 짧고 숱이 듬성한 콧수염을 기른 그는 경직되고 짓궂은 인상이었다.

"혹시 유스 호스텔이 어디에 있는지 아세요?" 눈에서 빗물을 훔쳐 닦으면서 내가 그에게 물었다. 그는 처음에는 한마디 대꾸도 없이 그저 못마땅한 듯 날 노려보고만 있었다.

그러더니 그는 웅덩이에 침을 세차게 뱉고는 비로소 입을 열었다. "금방 온 길을 되돌아가야 해요. 3킬로미터 정도. 나도 그쪽으로 가는 길이니, 내 뒤를 따라오세요."

나는 그에게, 한 명은 아일랜드인이고 한 명은 영국인인 여자들을 봤느냐고 물었다. 그러나 그는 다시 침을 뱉고는 대답했다. "아뇨." 그러곤 다시 발걸음을 재촉했다.

옷들이 몸에 착 달라붙은 데다, 그날 그때까지 아무것도 먹지 않은 터라 힘이 달리고 몸 상태가 말이 아니었다. 그러나 그는 나를 저만치 앞질러서 빗속을 행진해 나가고 있었다. 얼굴을 사정없이 때리는 빗줄기에 내 피부는 대리석처럼 싸늘해졌고 아무 감각을 느낄 수 없을 만큼 얼얼해졌다. 간헐적으로 그는 거칠게 토해 내는 마른기침과 함께 침을 내뱉곤 했다. 나는 칼레를 증오했다. 우리가 걷는 길에는 모래와 석탄 가루가 가득했고, 땅은 진창이 되어 발이 푹푹 빠져 들었다. 가옥들은 쏟아지는 빗속에 초라하고 무감동하게 서 있었다. 해쓱한 어른들의 얼굴을 한 지저분한 아이들이 불결한 커튼 뒤에서 우리를 감시하고 있었다. 그들의 표정에서는 치명적인 지루함 이외엔 그 어떤 다른 감정의 표현이라곤 찾아볼 수 없었다. 간혹 가다 집과 집 사이에 공지가 있었고, 거기엔 역시 쓰레기와 녹슨 철물들이 수북했다. 흙탕물을 뒤집어쓴 개 한 마리가 우리를 향해 고약하게 짖어 댔는데, 아마도 어딘가에서 긁어낼 심산인 쓰레기 무더기를 우리로부터 보호하기 위해서인 것 같았다.

유스 호스텔은 불로뉴로 통하는 도로에 접한 골목길에 자리를 잡고 있었다. 나지막한 목조 건물이었다. 그리고 거기엔 아무도 없었다. 내가 내기에서 이긴 것이었다. 나를 그곳까지 데려다 준 알제리 출신의 사내와 단둘이 그곳에서 그날 밤을 보내야 한다는 사실이 실망스럽고 한심하게 느껴졌다. 그와 함께 같은 식탁에 얼굴을 맞대고 앉을 테지만 그는 대화다운 말은 한마디도 건네지 않고 맥없이 침만 뱉어 댈 것이 너무도 뻔했다. 10시쯤 큰 키에 얼굴이 벌겋고 소위 헨리 8세의 콧수염이라 일컫는 짧은 수염을 한 오스트레일리아 사람 한 명이 들어왔다. 파리에서는 실상 그에게 주의를 기울이지 않았음에도 불구하고, 막상 그가 나타나자 나는 마치 집에 돌아온 듯한 기분을 느꼈다. 그런데 그는 엘렌과 비비안에 대해서도, 또 나머지 사람들에 대해서도 아무것도 아는 게 없었다. "어쩌면 그 여자들은 용케도 도버로 가는 6시 배를 탔을지도 몰라요." 그렇다면 그들은 이미 영국에 도착했을 테고, 그리고 그게 사실이라면 난 영영 그들을 다시 만나지 못하게 될 거라고 속으로 생각했다.

저녁 늦게, 히치하이크를 해서 온 또 다른 일행이 안으로 들이닥쳤다. 그들의 옷을 잔뜩 적신 빗물이 고난의 하루를 상기시켰다. 그러나 비비안은 그 일행에도 끼여 있지 않았고, 아무도 그녀를 본 사람이 없었다.

담요가 충분하지 않았기 때문에 그날 밤 나는 한기를 느꼈다. 그래서 날이 밝아 오는 게 다행스럽기만 했다. 그러나 새 날은 더 많은 비를 몰고 왔다. 내 옷은 여전히 축축하게 젖어 있었고, 밖은 여느 때보다 더욱 을씨년스러웠다.

한밤중에 우리가 자는 동안, 또 다른 오스트레일리아 사람이 도착했다. 그도 비비안을 보지 못했다고 했다. 이로써 그녀가 더 이상 나타나지 않을 거란 사실이 거의 확실해진 셈이었다. 오스트레일리아 사람들이 남아 있는 프랑스 프랑을 전부 써 버리기 위해 같이 나가지 않겠느냐고 청했다. 그래서 나는 따라나섰다. 자그마한 식당 겸 술집은 칼레 서민들의 동네인 로뎅 부근에 있었다. 우리는 감자튀김으로 대강 배를 채우고는 각자 싸구려 알제리 와인을 한 병씩 들이켰다.

마지막 잔은 비비안을 위해, 그녀가 영국에 도착한 것을 축하하는 뜻에서 축배를 들었다. 그러나 그녀는 영국에 도착해 있지 않았다. 우리가 서로서로 팔짱을 끼고서 항만의 여권 조사 사무실 근방에 이르렀을 때, 그곳 세관 앞에 비비안이 줄을

서 있는 것을 보았기 때문이다. 그녀는 고작해야 어제저녁에 불로뉴에 도착했던 것이다.

"비비안." 내가 불렀다. "비비안." 그러나 그녀는 내가 술에 취했다고 나무랐고, 나는 그렇지 않다고 확신했기에 억울해서 울기 시작했다. 그렇다, 진심이었다. 나는 그녀에게 키스를 퍼붓고 싶었으나, 그녀는 나를 슬그머니 밀어내면서 말했다. 바닷가에 서서 손을 흔들며 작별을 고해 달라고.

"좋아." 내가 약속했다. "내가 프랑스 바닷가에 서서 너에게 손을 흔들어 작별을 고하도록 할게." 그러나 나는 프랑스의 바닷가를 발견할 수가 없었다. 도처에 집들이 시야를 가리며 서 있었고, 항만 근처에는 해변이 없었기 때문이다. 나는 지나가는 사람들에게 바닷가, 프랑스의 바닷가가 어디에 있는지 물었다. 그러나 그들은 내가 무슨 말을 하는지 알아듣지 못했다. 그래서 나는 무턱대고 걸어가다가, 집들 뒤로 바다가 펼쳐지리라 대충 짐작되는 곳에서 걸음을 멈추곤 했다. 그리고 그런 식으로 해서 나는 결국 바다를 찾아내고 말았다. 바다는 더없이 평온했고, 빗속의 바다는 다소 서글픈 느낌이었다. 그리고 영국은 파도가 굽이치는 저 먼 곳에 아련히 놓여 있었다.

나는 뱃고동 소리에 번뜩 잠에서 깼다. 그러나 그건 비비안이 타고 갈 1시 배가 아니었다. 그건 그 다음 배였다. 유월의 이른 시간이었음에도 불구하고, 비와 송장 같은 하늘의 창백한 빛깔로 말미암아 주위는 이미 어두웠다.

노년의 우울한 코끼리의 울음소리와 같은 뱃고동이 세 번 울렸다. 해안에 누운 채 나는 배가 출발하는 모습을 바라보았다. 그러나 그건 비비안의 배가 아니었고, 흔들려고 올렸던 나의 손은 멍하니 마비된 채 한순간 허공에 그렇게 떠 있었다.

나는 자리에서 서서히 일어섰다. 옷은 빗물에 흠뻑 젖어 묵직했고, 머리가 깨질 듯 아파 왔다.

"비비안." 내가 되뇌었다. "비비안." 그러나 애당초 그녀에게 아무런 애정도 느끼지 못했던 것이 생각나 나는 소리 내어 웃었다. 잇달아 터져 나오는 웃음으로 나는 키드득거렸고, 여섯 시간이나 빗속에 그렇게 누워 있었던 탓에 젖은 바지를 손으로 치자 바지에서 철퍼덕 소리를 내며 빗물이 튀겨 나왔다. 그리고 나는 또 웃었다. 내가 아프다는 이유로. 그리고 또 그녀의 얼굴에 구김살이 졌다는 이유로. 그리고 내가 그녀에게 키스하기를 그녀가 바랐다는 이유로.

그러다 갑자기 나는 누군가가 날 쳐다보고 있다는 걸 느끼고는 즉각 걸음을 멈췄다. 그러자 웃음도 공포에 질려 바닷가에서 종적을 감춰 버리고, 파도 소리와 몇몇 갈매기들의 날카로운 울음소리를 제외하고는 아무 소리도 존재하지 않았다.

나는 뒤로 돌았고, 순식간에 그녀를 봤다.

그녀는 밑단이 없고 통이 좁은 까만 코듀로이 바지에 진회색 겨울 점퍼 차림이었는데, 점퍼 위로 저지 스웨터의 높이 세운 까만 깃이 삐져나와 있었다. 사내아이 같은 그녀의 까만 단발은 비에 젖어 광택을 잃고 뒤죽박죽 엉클어졌다. 그녀의 머리카락은 까마귀의 깃털과 동일한 색이었고, 가느스름한 중국인의 얼굴에 상당히 큼직하게 자리 잡고 있는 그녀의 눈동자는 갈색이었다.

나는 그녀가 내가 찾던 바로 그 소녀임을 단번에 알아봤다.

비록 그녀가 외관상으로 아담하고 다소 진지한 소년처럼 보이긴 했지만 말이다. 그녀가 아주 가까이 있었던 까닭에 나는 그녀를 거의 만져 볼 수 있을 정도였다. 그렇다, 그녀가 뭔가를 언급하기 위해 입을 벌리는 모습조차도 아주 선명하게 눈에 들어왔다. 그러나 바로 그 순간, 내가 몸을 움직였던 탓에, 그녀는 돌연 한 발자국 뒤로 후퇴하더니 잽싸게 뛰어 달아나기 시작했다. 그녀는 모래 언덕을 기어올랐고, 거기서 일순간 나를 내려다봤다. 나는 그녀를 뒤따르지 않았는데, 비에 흥건히 젖어 납덩이처럼 무거워진 옷을 입은 채로 뛸 수가 없었기 때문이다.

"달아나지 말아요." 내가 외쳤다. "달아나지 말아요. 날 좀 기다려 줘요."

그러나 그녀는 이미 모래 언덕 뒤로 사라져 버렸다. 그리고 난 다시 모래와 바다와 더불어 덩그러니 홀로 남게 되었다.

나도 천천히 온 길을 되돌아 걷기 시작했다. 다시 거리에 당도하게 될 때까지, 그녀가 지나간 발자취를 추적하면서.

2장

그러니까 그게 내가 그녀의 행적을 찾아 나선 첫걸음이었다. 그렇지만 그 이후에는 어떻게 되었는가?

그렇다, 처음엔 칼레의 젖은 모래 언덕 위에 남아 있던 그녀의 발자취가 나중엔 룩셈부르크와 파리로 차례차례 옮겨 갔으며, 혹은 피사에서 봤다는 사람들도 있었다. 그러나 그런 게다 무슨 소용이 있는가? 이건 한낱 이야기에 불과하다. 그리고나는 이 이야기를 언젠가 한 친구에게 들려준 적이 있다. 그러나 각별히 유의해야 할 것은 내가 삼인칭 화자로 — 따라서 그녀가 지나간 발자취를 추적하면서 그도 천천히 온 길을 되돌아 걷기 시작했다, 하는 식으로 — 등장한다는 점이다. 그러자그건 이제 완전히 다른 사람의 이야기로 변해 버렸고, 더 이상나에 대한 이야기가 아니게 되었다. 그 이유는 내게 그런 일이일어났다는 사실을 내가 받아들이지 않았기 때문이다.

제삼자, 다시 말해 내가 아닌 그가 마침내 숙소에 도착했을 때 그는 그녀가 같은 날 밤 늦게 다른 모든 사람들의 뒤를 이어 그곳에 들어왔고 그리고 이미 다시 떠났다는 소식을 들었다. 어디로? 그러나 그녀가 어디로 떠났는지는 아무도 알지 못했다. 그녀가 숙박계의 행선지를 적는 칸에 물음표를 적어 났기 때문이다. 그러자 내가 아닌 그가 유럽의 여러 대도시의 이름을 종이에 적었고, 그런 다음 눈을 감고서 아무렇게나 손가락으로 종이 위를 짚었다. 손가락은 브뤼셀을 가리켰고, 그래서 다음 날 그는 다시 여로에 올랐다. 칼레에서 출발하여 됭케르크를 향하여 히치하이크를 하면서. 그리고 동시에 그가 타인이 아닌 바로 나 자신의 자아임을 자각하면서.

그런데 도대체 왜? 왜 나는 남들처럼 사무실에 앉아 있지 못하는 걸까? 남들이 일하고 있을 때 나는 왜 비 내리는 도로변에서 서성대는 걸까? 길, 나는 그동안 수많은 길들을 봤고 몸소 밟아 왔기에, 이젠 그 길이라는 게 뭔지 조금은 알 것도 같다. 떠오르는 아침 햇살과 저무는 저녁 해에 벌겋고 불그레하게 축복받는 길들, 멀리 비에 감싸인 지평선에 가 닿는 막다른 길들, '나'라는 나그네를 휘감고 내부로 침입하면서 숨 막힐 듯 떠돌아다니는 부스러지고 균열된 티끌로 가득 찬 길들, 또는 둘러싸인 산맥보다 더 강인한 표정으로 포복하고 회전하는 길들, 은밀한 숲 속에 묻혀 있는 길들, 혹은 열망을 품은 채로 대낮의 길에서 밤중의 길로 돌변하는 길들, 이미 기나긴 여로를 뒤로하였기에 지칠 대로 지쳐 버린 몸을 이끌고 또다시 올라가야만 하는 모든 길들, 기진맥진.

그리고 누군가 날 맞이하여 나와 이야기를 나눴기 때문에, 그로 인해 내가 정녕 덜 외로워졌는가?('그로 인해 내가 정녕 덜

외로워졌는가?'라는 질문은 스스로에게 던져 볼 만한 의의가 있지 않은가.) 혹은 누군가 날 데리고 가서 먹고 마실 것을 대접해 주었기 때문에?

'딕 노비스 마리아, 퀴트 비디스티 인 비아.' 마리아여, 내게 말해다오, 길에서 뭘 봤는지를. '모르스 에트 비타 두엘로 콘플릭세레 미란도.' 경이로운 모순 속의 죽음과 삶을. 그렇다, 사람들이 그런 암시를, 경이로운 모순 속의 죽음과 삶에 대한 암시를 내게 전해 주었다. 중국인 소녀를 찾아 곳곳을 헤맸지만 그녀를 놓쳐 버린 나, 그녀를 찾아 헤매지 않았지만 대신 나를 만나고 맞이해 준 그들. 그들은 다른 무언가를 추구하고 있었고, 나는 유유자적한 삶을 살며 이런 모든 것들에 대해 깊이 사유하기를 갈망했다. 그러나 나는 이미 세속을 너무나 많이 겪어 버렸다. 내가 인생을 잘못 이해하고 그것을 낭비했기에 거리는 불안과 동요이다. 그럼에도 불구하고! 사랑스럽기 그지없는 인생, 결과는 매한가지이다.

"뭐 하십니까?"

"저는 한 소녀를 찾고 있습니다."

"어떤 소녀입니까?"

중국인의 얼굴을 한 소녀. 그러나 이건 나로서도 어쩔 수가 없다. 누구도 내게 화를 내서는 안 된다. 난 여전히 한낱 어린아이에 불과하다. 게다가 나는 한밤중에 너무 오래 서 있었다.(이 말을 누가 했더라?) 나는 한 소녀를 찾는다. 그녀는 필경 여기 어딘가에 있다. 어쩌면 로마에, 어쩌면 스톡홀름에, 아니면 그라나다에, 아무튼 어딘가 가까이에.

"뭐 하십니까?"

나는 한 소녀를 찾는다. 어떤 소녀를? 중국인의 얼굴을 한 소녀를.

"네, 한 번, 그러니까 딱 한 번 그녀를 본 적이 있습니다. 그 건 칼레에 있는 바닷가에서였답니다."

"아니, 그렇담 그 이전에는 본 적이 없다?" 그렇다, 어쩌면 그 전에도 한번쯤 봤을 가능성도 없지 않지만, 이제 더 이상 확실히 기억이 나지 않는다. 이건 다 실제가 아니며, 어쩌면 나 혼자서 그렇다고 믿고 있는 건지도 모른다. 한 노인장이 내게 그 이야기를 들려주었다. 마반테르 씨. 그가 이름도 모르는 어 느 마을로 날 데리고 갔고, 그의 손은 연체동물처럼 부드럽고 물렁거렸으며, 그의 양팔은 하얗고 통통하고 털이 없었다. 이것 도 전부 어디까지가 진실이고 어디까지가 이야기인 것인지.

아, 비가 온다. 그렇지만 나는 계속 나아간다. 이제 와서 발 길을 돌릴 수도 없다. 도시들의 혹은 여행의 불안함 속에서 아 우구스티누스적인 회의로 가득 찬 나의 불안한 심정.

그렇다, 나는 뭔가를 찾고 있다. 소녀를? 그래, 중국인 소녀 를. 어쩌면 다른 무언가를 아울러 찾고 있는지도 모른다. 그것 은 농가이다. 나는 이미 여섯 시간 동안 여기에 서서 기다렸지 만, 벨기에 사람들은 도무지 차를 태워 주려 들지 않는다. 나 는 걸인이다. 그러나 이곳에서 걸인은 유행이 지난 지 오래다. 모든 사회 보장 제도에도 불구하고 왜 그토록 불안하십니까? 이 세상이 진짜가 아니고, 다른 진짜 세상이 또 따로 있습니 까? 이런, 내 눈에는 보이지 않습니다만, 당신이 그렇다고 하신 다면.

어쨌든 이건 농가이다. 그리고 요행히 잠자리를 얻게 될지도 모른다. 하지만 이게 진정한 세상이 아님을, 그리고 이것 바로 옆에 낙원이 자리하고 있다는 사실을 의심하지 마시기를. 나는 그 낙원 안을 들여다본 적이 있다.

나는 건초를 쌓아 두는 헛간에서 자도 된다는 승낙을 받았다. 여권과 성냥을 맡겨야 했고, 쇠사슬에 묶인 개가 울고불고 하면서 괴롭게 모대기를 쳤고, 농부들이 날 조소하며 의심하는 눈초리로 살폈지만, 나는 거기서 잠자리를 얻은 것만으로도 감지덕지할 따름이었다. 그렇게 또다시 밤이 찾아왔기에, 그리고 다음 마을까지는 갈 길이 너무 멀었기에. 건초는 따뜻하고 까슬까슬했다. 농가는 내가 알지 못하는 소리들로 가득했기에 나는 한쪽 구석의 건초 밑으로 피해 들어가 몸을 사렸다. 밤의 품에 안겨 보호받으며 높은 나무들의 바람을 등에 지고서, 어쩌면 길고 신음하는 듯한 입을 가진 그 바람에게 대고 노닥거리면서 나를 향해 들이닥치는 이상야릇한 소음들. 그러나 나는 그 소음들을 듣고 싶지 않았다. 나는 손으로 건초를 쓰다듬었다. 그게 한때는 푸르게 살아 움직였고, 나처럼 비를 피해 고개를 앞으로 숙이곤 했다는 사실을 보다 더 실감나게 음미하기 위해서.

그러나 그것은 죽고 또 죽고, 거듭 죽어 갔다. 그러다 결국 태양에 대한 기억마저도 더 이상 간직하지 못하게 될 정도로. 이게 곧 죽음이라는 거구나, 하는 생각이 뇌리를 스쳤다. 만약 밖에서 쇠사슬을 질질 끌고 다니고 있을 개의 존재를 떠올리지 않았다면, 난 그만 공포의 괴성을 지르고 말았을 것이다. 왜냐하면 죽음 아래에, 흙처럼 나를 덮고 있는 송장 아래에 누워 있는 것이나 마찬가지였으니 말이다. 나는 풀쩍풀쩍 뛰면서 위험을 떨쳐내듯 건초를 몸에서 털어 냈다. 그러나 내가 숨을 헐떡이며 다시 제자리에 멈춰 섰을 때, 오로지 내 고막을 울리는 것은 바닥에 맥없이 떨어지고 있는 건초들의 바스락거리는 소리뿐이었다. 나는 다시 누웠고, 어떻게 브뤼셀까지 갈 것인가를 궁리했다. 그리고 거기에도 물론 그녀는 없으리라고 예상했다.

다음 날 점심 무렵에 나는 브뤼셀에 다다랐다. 그날은 비가 오지는 않았지만, 반대로 짓누르는 듯한 후덥지근함을 동반한 무더운 날씨였다. 마치 뇌우가 쏟아지려 문턱에서 대기하고 서 있는 것 같았다. 수소문한 끝에 그녀가 묵고 있을지도 모르는 유스 호스텔의 주소를 알아냈지만, 그 주소엔 애당초부터 유스 호스텔 같은 건 있던 적이 없다는 말을 듣고 나서, 나는 다시 도시를 벗어날 방법을 생각해야만 했다. 그처럼 큰 도시에서 도대체 어디로 가서 그녀를 찾아야 할지 막막하고 도무지 종잡을 수가 없었기 때문이다. 그러나 다음 행선지는 어디인가?

나는 룩셈부르크를 택했다. 안 될 이유도 없잖은가? 어디를 가나 확률은 마찬가지였다.

중도에 나오는 대도시들은 가난한 여행자에게는 지옥과도 같다. 사람들이 으레 머물려고 들지 않는 릴과 생테티엔 같은 도시에서는 길을 묻고, 길을 잘못 들었다가 되돌아 도시 반대 편으로 바로 찾아가고, 다시 안전하게 고속도로에 이르기까지 몇 시간씩 소요되곤 한다. 와브르까지 편승, 다시 나무르까지 편승. 나무르를 걸어서 통과하니 점점 더워진다. 도시에는 오로지 주택들과 더위, 배낭의 무게와 피곤함, 그 외에 다른 건 존재하지 않는다.

그런 다음 또다시 편승. 대화. 그러나 이 남자는 깊은 사연을 안고 있다. 그의 아내가 그를 버리고 도망쳤단다. 왜 내게 이런 이야기를 들려주는 걸까? 내가 이방인이라는 이유에서였다. 그는 계속 달리고, 나는 중도에 내린다. 그가 그 말을 하지 말아야 할 이유는 없다. 나는 그저 지나치는 행인에 불과하지 않은가. 게다가 그는 그 이야기를 털어놓고 나서 속이 후련해졌을 테니까.

마르케를 20킬로미터 전방에 두고 운전사는 좌회전을 한다. 어둑어둑 땅거미가 젖어 드는 경치가 아름답다. 가문비나무들을 지나 걸음을 재촉하다 보니 성이 하나 보인다. 성은 주위의 해자 속에서 환하고 아름답게 빛나고 있다. 성벽이 물과 만나는 접점에서 옅은 안개의 망사 덤불이 일렁이고 있다. 마치 어린아이의 손짓을 통해 그 날카로운 접선을 적당히 얼버무리려는 것처럼. 그리고 성은 숨죽이고 있는 물의 표면 위를 둥실둥실 떠다니는 한 송이 꽃이라고 세상에 널리 알리려는 것처럼.

이곳은 차들이 얼씬도 못하게 되어 있다. 성이 내 주위를 빙빙 돌면서 걷다가 사뿐히 달려와서는 내 꽁무니를 꽉 붙잡는 것만 같은 기분이 든다. 정겹게, 그러나 살짝 앞으로 떠밀리도록. 어떤 바람일까? 그리고 성은 연못의 물 위를 미끄러져 나가고 있다. 창문의 커다란 눈을 통해 날 빤히 주시하면서.

차 한 대가 브레이크를 건다. 화물차다. 그리고 그것은 내가 서 달라고 사정한 게 아닌데도 멈춰 선다.

"가는 데가 어디요?" 남자가 외친다.

"룩셈부르크요!"

"갑시다! 타요!"

이후로 우리는 더 이상 프랑스어를 쓰지 않고, 독일어로만 말한다. 남자는 완전히 녹초가 되어 있다.

그날 아침 새벽 중량의 포도주통을 선적하고 레미히를 출발한 그는 화물을 벨기에의 안트베르펜에 수송해 주고, 그 대신 빈 통들을 회수해서 되돌아가는 길이다. 그가 너무 피곤해하는 나머지 그의 담뱃불마저 내가 붙여 입에다 물려 줘야 할 지경이다. 마치 식사 때마다 밥을 먹여 줘야 하는 어린아이의 경우처럼. 그는 나더러 그에게 말을 시켜 달라고 부탁한다. 까딱하다가 조는 날에는 큰일 나기 때문이다. 그래서 나는 그에게 이야기를 한다. 그런데 나는 목청을 높여 고래고래 소리를 질러야만 하는데, 그러지 않고서는 뒤에 실린 포도주통들의 소란과 모터 돌아가는 야단스러운 소음의 등살에 그가 내 말을 알아들을 수가 없기 때문이다.

나는 목소리가 갈라지고 칼칼해질 정도로 소리를 친다. 그는 내 말을 듣고 대답을 한다. 날씨에 대해서, 도로에 대해서 그리고 사람들에 대해서. 마르케에서 그는 차를 멈추고, 우리는 맥주를 마신다. 마르케를 지나자 장거리에 걸쳐 도로 수리 공사가 한창 진행되고 있다. 그가 우리 앞의 어둠을 헤치고 나가면서, 1미터씩 밤을 정복해 가면서, 모래와 자갈로 된 일 차선 위로 그 육중한 차체를 강제로 몰아붙일 때, 나는 그의 얼굴에서 줄줄 흘러내린 땀방울이 그의 옷을 꿰뚫고 나오는 걸 본다. 그러고 나서 우리는 목을 축이기 위해 다시 차를 세우고, 그런 식으로 밤은 반복되어 간다. 한참을 달린 후 그의 눈이 저절로 감기는 바람에 우리는 뭐든 마시기 위해 다시 차를 멈추고 도로변에 즐비한 작은 술집들 중 한 주점으로 들어간다. 그곳에서 그는 사람들과 얘기를 나눈다. 그는 이 집에 자주 들르는 단골인지라 그들은 그를 안다. 매주 두 번 마지막 남은 100킬로미터와의 싸움. 달리다가 멈춰서 야광과 술의 작은 세계로 들어가고, 그리고 때마침 다른 운전사 동료들이 있거든 당구라도 한 판.

"오르브와, 마담. 오르브와, 무슈." 그런 다음 다시 달린다. 눈꺼풀이 축 늘어지고 눈이 그만 닫칠락 말락 하는 방심의 순간까지. 그리고 육중한 운전대를 쥐고 있는 손힘이 맥없이 풀리는 위협의 순간까지. 슈타인포르트에서 우리가 룩셈부르크 산 포도주 레미셔를 한 잔씩 마시고 나서 그가 또 두 번째 당구 판을 시작할 즈음, 나는 막간을 이용하여 유스 호스텔에 전화를 해 보기로 마음먹는다.

"누구시죠?" 멀리 목소리가 들린다.

"반데를레이입니다." 내가 대답한다.

"누구시라고요?"

"거기 혹시 중국인의 얼굴을 한 소녀가 한 명 오지 않았습니까?"

"뭐요?"

"중국 소녀요, 중-국."

그러나 당연스럽게도 더 이상 아무 반응이 없다. 그건 다시 말해 그녀가 거기에 없다는 뜻이다. 그렇지 않고서 그 목소리의 주인공이 내가 술주정을 부린다든지 혹은 장난을 치고 있는 거라고 생각했을 리가 없다.

우리가 다시 룩셈부르크를 향해 나아갈 때, 나는 이제 더 이상 그곳으로 가야 할 하등의 이유가 없다는 걸 깨닫는다. 그러나 그가 대뜸 묻는다. "룩셈부르크 어디로 가야 되죠?" 나는 그저 대답한다. "흐로트헤르도힌 샬로텔라아안." 그런 이름을 가진 거리가 그곳에 있을 게 뻔하고, 더구나 거기가 아니고는 어디로 가야 할지 막연했기 때문이다.

그는 나를 데려다 주려 일부러 길을 우회해 갔고, 흐로트헤르도힌 샬로텔라아안 거리 모퉁이에서 날 내려 주었다. 그는 떠났다. 나는 더 이상 차 소리가 들리지 않을 때까지, 그리고 정적이 다시 주택가를 덮어씌울 때까지 기다렸다.

그러고 나서 나는 온 길을 되돌아 중심가를 향해 천천히 걷기 시작했다. 시내 중심으로 가면 응당 파리를 가리키는 도로 표지판을 볼 수 있을 거라고 생각했기 때문이다. 그리고 나는 어쩌면 파리로 갔을 것이다. 만일 내가 그때 페이를 만나지 않았더라면. 나는 이미 시외로 빠져나와 있었다. 거기서부터 수풀이 우거지고 있었고, 비를 동반한 밤이 머잖아 행차할 차비를 하고 있었다. 비는 그 무엇보다도 밤 곁에 언제나 붙어 다니다시피 하니까. 그때 작은 스포츠카를 타고 가던 그녀가 내 앞에서 정지하더니, 내 얼굴에다 대고 손전등을 비췄다. 그러더니 대뜸 시구를 한 토막 읊었다. "알리스캉이 자리한 고도, 아를에서." 그녀가 그 시구를 안다는 사실과 그리고 그녀가 그 시구를 어떻게, 왜 알게 됐는지에 대해서는 내가 상관할 바가 아니었다. 그녀가 뒤를 돌아보고 있는 동안 나는 배낭을 벗었고, 그걸 차 뒷자리에다 놓았다. 그리고 우리는 거꾸로 차를 몰았다. 다시 룩셈부르크를 향해서, 바로 이 집을 향해서("무슨 집이 이래? 집 같지도 않은데." 차가 집 앞 마당으로 들어섰을 때 내가 말했다. "게다가 난 여태껏 네 이름도 모르고 있다고." "페이야." 그녀가 대꾸했다. 그건 폐허였다.), 그녀와 함께 꽃을 꺾고 난 다음 내가 지금 서 있는 바로 이 회랑을 향해서. 나는 지금 비의 친구가 되어 비를 바라보고 있다. 그런데 왜 나는 이 친구와 함께 놀지 않는 거지?

"그래." 친구가 말했다. "나하고 같이 놀려고?" 우리는 함께 밖으로 나갔고, 그는 내게 운하의 수문이 어떻게 열리는지 그리고 꽃은 어떻게 시드는지를 보여 주었다. 어디를 가나 그는 잽싸게 나를 앞질러 나섰으며, 그의 작은 손으로 덤불을 툭툭 두드리기도 했다.

"날 네 어깨에 태워 줘." 친구가 말했다. "날 네 어깨에 태워 줘." 난 그의 요청을 들어줬다. 그리고 페이가 다른 사람들이 도착했다고 크게 외칠 즈음 난 온몸이 흠뻑 젖어 있었다.

3장

왜 그런지 그 원인을 정확히 해명할 수는 없지만, 그는 내게 늘 석회를 연상시킨다. 내가 위층으로 올라갔을 때 그는 거울 앞에 서 있었다.

"여기서 뭐 해?" 내가 물었다.

"나르시스 배역을 내가 맡게 됐어." 그가 말했다. 그의 목소리는 마치 누군가가 두 개의 석회암을 맞대고 긁어 대는 것 같이 건조하고 성량이 풍부하지 않았다.

"나르시스 역할을 하는 중이야." 그가 말했다. "그런데 여간 재미있는 게 아냐, 알리스캉의 나르시스여." 그는 마치 석회가 떨어져 나가듯이 날카롭고 메마르게 웃었다.

"네가 그걸 어떻게 알지?" 내가 물었다. 그러자 그는 다시 웃으면서 말했다. "마반테르라고 하는 사람한테 들어서."

키가 크고 뚱뚱한 소년이 페이와 함께 식탁에 앉아 있었다. "안녕, 안녕." 소년이 나를 향해 말했다. "너 쟤가 하는 말을 잘 귀담아들어 둬야 할 거다. 쟤는 경험이 많아 노련한 데다가, 아는 것도 무진장 많거든."

"근데 넌 누구지?" 내가 물었다. "생판 모르는 얼굴 같은데."

"나는 사르곤이야." 그가 대답했다. "그런데 난 좀 이따가 등장할 차례야."

거울 앞의 소년은 눈썹을 위로 추켜올리며 두 눈을 커다랗고 둥글게 만들었다. 그것은 마치 생기 없이 창백한 얼굴 속에 놓인 파리하게 시들어 버린 오렌지색 꽃처럼 보였다.

"오, 나르시스여." 그가 말했다. "그대야말로 이 세상에 둘도 없는 추남이시로군요." 그리고 마치 다시는 그 꼴을 보기 싫다는 듯 그는 자기의 양손으로 얼굴을 가렸다. 그러나 그는 가느스름하게 뜬 샛눈으로 여전히 엿보고 있었다.

"손들이 얼음장 같아." 그가 말했다. "그리고 언젠가 운명의 시간이 찾아오면, 죽게 되겠지. 이건 내 손들이 아냐." 그가 뒤를 돌아보자 그의 애처로운 오렌지색 눈빛이 구식 전기스탠드 불빛처럼 나를 에워쌌다. "우리의 팔다리를 모두 통틀어서 손이 가장 독립적인 생활을 영위하고 있다고 봐야 해." 그가 소곤거렸다. "혹시 시인 빌트한스의 그 시 생각 나? '나는 당신의 육체 중에서 오로지 당신의 그 손만을 알고 있을 뿐입니다.'라는 구절. 어, 이거 봐, 이게 막 살아 움직이네." 그래서 우리는 그가 테이블 위에 얹어 놓은 손을 내려다봤다. 그러나 그 손은 허여멀겋게 죽은 채로 거기에 놓여 있었다. 그가 다시 나를 향해 말을 이었다.

"나라는 존재는 ─ 아니 차라리 나라는 하나의 개별적인 경우라고 하는 편이 더 낫겠지 ─ 여러 갈래로 분류할 수가 있어." 그는 거울 앞으로 걸어가더니 손가락으로 유리 위에다 마치 학교 칠판에다 쓰듯 뭔가를 써 내려갔다. 그러나 아무것도 보이지 않았다.

"뭔지 안 보여?" 그가 물었다.

"응, 안 보여." 내가 대답했다.

"비누 있어?" 그가 페이에게 물었고 그녀는 그에게 비누를 건넸다. 그는 비누를 가지고 거울 위에다 '모르부스 사서르'라고 썼다.

"성스러운 질병?" 내가 물었다. 그는 나를 향해 칭찬의 뜻으로 고개를 끄덕여 보였다. "위험천만한 신성함. 성인들은 주위 사람들에게는 위험하기 이를 데 없는 존재거든. 신성에 대해 존경을 표시하는 의미에서 중세 사람들은 한때 위험을 신성하다고 칭한 적도 있어. 모르부스 사서르, 에필렙세이아."

그는 그걸 거울에 썼다. 혜 에필렙세이아(간질병). 그리고 그 밑에다 세 개의 동일한 단어를 적었다. 아우라, 아우라, 아우라. 그러고 나서 그는 그 단어들 옆에다 각각 눈과 귀 그리고 코를 그려 넣었다.

"자, 하나 골라." 그가 말했다.

그러나 무슨 영문인지 통 이해가 안 되었기에 나는 그냥 그대로 서 있었다.

"그렇게 서 있지만 말고 하나 고르라니까." 그가 다그쳤다. 그가 실제로 화가 난 것처럼 보이지는 않았지만 당장에 울음이라도 터트릴 것만 같았기 때문에 나는 손가락을 들어 실없이 눈이 옆에 그려진 아우라를 가리켰다.

"아니, 어떻게 알아맞혔지?" 그가 의아해했다. 그러곤 방을 나갔다. 그러자 사르곤이라는 소년이 그의 뒤를 따라가면서 소리쳤다. "하인즈, 돌아와, 어서 돌아오라니까. 하인즈, 이건 순전히 우연의 일치야."

페이가 자리에서 일어서더니 내 곁으로 다가와 섰다. 그녀는 잠깐 동안 내 어깨에 그녀의 팔을 둘렀다.

"정신 나간 녀석들이야." 그녀가 말했다. 그리고 그녀는 거울을 새로 닦기 위해 양동이에 물을 받았다. "난 방금 전 그 얘길 벌써 두 번이나 들었어. 그러니 네가 미처 듣지 못한 내용은 내가 대강 요약해서 말해 줄게." 그러고 나서 그녀는 '헤에필렙세이아'를 지적했다. "간단히 말해, 쟤가 바로 이 병에 걸렸대나 봐. 그리고 실은 그게 이야기의 전부야. 쟤 말에 따르면 발작의 시초를 아우라라고 하는데, 그 독특한 영감은 극히 짧은 순간 동안 발현된대. 뭐, 한 일 초 정도. 어떤 사람들은 나뭇잎이 바스락대는 소리 혹은 휘파람 소리를 귀로 듣기도 하고." 그녀는 귀를 가리켰다. "또 어떤 사람들은 화염이나 별을 보기도 한대. 쟤처럼 말이야. 그게 이야기의 끝이야."

"그게 끝이 아냐." 이제 하인즈로 이름이 밝혀진 그 소년이 말을 받았다. "끝은 아직도 멀었어. 그건 고작해야 이야기의 시작에 불과해. 그 후에 전개된 줄거리와 사태의 정확한 전말을 알기 위해 나는 그 이야기를 전부 읽었어."

"그만둬." 페이가 말했다. 그러나 그는 계속했다. "그러고 나서 나는 쓰러졌어. 아니, 의학적 표현을 빌려도 된다면 난 의식을 상실한 실신 상태가 되었지. 그 점에 대해서는 나 자신이 누구보다도 더 잘 아는데, 왜냐하면 그때 그들이 날……."

"제발, 주둥아리 좀 닥쳐라." 페이가 말했다.

"그러더니 전신 근육이 수축을 일으켰지. 소위 강직성 경련이라는 건데, 이름이 제법 박력 있게 들리지?" 그가 히죽대면서 덧붙였다. "강직성 경련."

페이가 그의 뺨을 갈겼다. 그러나 그는 킥킥 터져 나오는 웃음을 참지 못하고 의자에 앉은 채 앞뒤로 몸을 흔들어 댔다. 그러고는 언성을 높였다. "그 발작이 간대성 경련으로 이어지고, 난 가망이 없는 상태가 되겠지. 그러면 더 이상 네가 때릴 필요도 없다고." 그가 페이를 보면서 말했다. "끝장나는 거야. 적어도 책에는 그렇게 적혀 있어. 깊고 깊은 수면."

페이는 어깨를 들썩 올려 보이며 거울 청소하는 일을 그치지 않았다.

"청소 잘 해 놔." 그가 말했다. "깨끗하게 닦아 놔. 그러지 않으면 내가 나르시스의 뛰어난 자태를 더 이상 볼 수 없을 테니까. 나르시스와 나는 둘이서 함께 그간 너무나 많은 걸 경험했어."

그는 손에 온기를 다시 돌게 하려는 듯 양손으로 팔을 문지르기도 하고 팔짱을 끼어 보기도 했다. 하지만 그의 손은 여전히 싸늘하고 창백했다.

"예전에." 그가 나를 보면서 말했다. "난 수도원에 들어가고 싶었어. 아야이라는 수도원에. 그 얘기는 저쪽 구석에 가서 해 줄게." 그러더니 그는 우리에게서 제일 멀리 떨어진 구석 자리로 걸어갔다. "난 너희들로부터 가급적 멀리 뚝 떨어진 곳에 가 앉고 싶어. 왜냐하면 이건 엄청 오래전에, 그러니까 내가 아직 너희들 축에 끼지 않았을 적에 일어난 일이기 때문이야."

그는 마치 입을 단속하기라도 하는 양 두 손으로 입 가장자리를 훔쳤다.

"그 다른 세계에서는." 그가 말했다. "난 훨씬 더 행복했어. 나 어릴 적에 말이야. 우린 천주교 집안이었어. 아버지가 남쪽 바이에른 지방에서 함부르크로 전근되신 이후에도 우리 가족은 밤마다 잠자리에 들기 전에는 변함없이 묵주 기도를 드렸지. 또한 식사 때마다 어김없이 하느님의 천사들 앞에 기도를 드렸어. 성모 마리아 조각상 앞에는 언제나 생화가 꽂혀 있었고, 지고하신 하느님 입상 앞에는 작고 빨간 촛불이 일 년 내내 타고 있었어. 예수님 조각상은 싸구려 치고는 정말 멋졌어. 이전에 갖고 있던 게 부서진 후에 언젠가 어머니가 벼룩시장에서 3마르크 주고 사 오신 거였는데 색이 벗겨져 나간 부분들을 아버지가 손수 색분필로 그럴듯하게 칠해 놓으셨거든.

한마디로 우리는 사람들이 흔히 말하는 행복한 가정의 모범적인 예였어. 나중에 자라서 나는 카르멜 수도원의 수사님들 곁으로 가게 되었어. 아, 아." 그러면서 그가 의자를 끌어당겨 앉는 바람에 우리는 흠칫 놀랐다. "어쩌면 우리는 모두 누구든지 우리 생애 가운데 가장 행복하다고 손꼽을 만한 어느 한 시절을 가지고 있는지도 몰라. 그러나 실제로는 그렇지 않을 거야. 지나간 시점이나, 그걸 언급하고 있는 현재의 시점이나 우리가 불행하긴 다 마찬가지거든. 그럼에도 우리는 일반적으로 우리의 행복을 가급적이면 미래보다는 과거에 놓으려고 하지. 그렇게 하면 만사가 한결 단순해 보이거든. 그러니까 내 행복은 프로방스의 어느 마을에 있어. 아담한 마을인데 사람들은 모두 친절했어. 마을 바깥쪽에 수도원이 하나 서 있고, 그 수도원 맞은편 거리를 건너가면 학교가 있지. 가서 찾아보도록 해. 그럼 찾게 될 거야. 내 추억들을 말이야.

아침 6시 15분 전, 수도원의 종이 소박하고 절제된 음향을 울리면 나는 그 종소리에 잠을 깨서 아직도 잠에 취해 있는 다른 기숙생들의 모습을 관찰하곤 했어. 그들은 완전히 곯아 떨어져 있었고, 때때로 행복해 보였어. 왜냐하면 그들 중 몇몇 은 자면서 웃기도 하고 또 뭐라고 웅얼대기도 했으니까.

6시 5분 전, 순찰 임무를 맡은 담당자의 방에 있는 자명종 이 울리면 담당자는 자기가 맡은 두 개의 구역을 감독하도록 되어 있었어. 6시 15분에 순찰 당번인 수사가 그의 종을 들고 서 기숙사로 들어오곤 했지. 상당히 오래전의 일인데도 그 종 소리가 여전히 귓가에 쟁쟁해.

댕댕, 댕댕, 땡땡 땡땡. 그리고 그는 문턱에 서서 종을 울리 며 말해. '베네디카무스 도미노.(신의 축복을 전하노라.)' 그러면 우리가 인사해. '데오 그라티아스.(하느님께 감사드립니다.)' 그러 고 나면 그는 침대 사이를 걸어 다니다가, 여전히 자고 있거나 또는 자는 척하는 자들의 이불을 걷어 내기도 해.

그 모든 소리들! 종소리 이외에도 기상하는 소리, 순찰 당번 수도사가 세면대를 따라 걷는 소리, 위쪽 창문을 닫기 위해 긴 줄을 잡아당기는 소리 등등. 순찰 당번은 우리 방의 감독을 마 치고 나면 신입생들의 기숙사로 향했어. 그곳은 이를테면 문장 론이나 수사학 과정에 들어가기 전에 우리가 머물렀던 곳이지. 그리고 나면 다시 멀리서부터 종소리가 들려오고, 이어서 쿵 쾅쾅 하고 창문 닫히는 소리가 들리곤 했어.

그럴 때면 나는 으레 세면대 앞으로 가 있곤 했는데, 그건 나 자신과 한 약속 때문이었어. 언제나 제일 먼저 세수를 하고 나서 반드시 침대로 돌아가 책을 읽는 아이들이 있는가 하면, 나는 세수를 하고 오 분 만에 옷을 입고는 순찰 당번 수사가 우리를 경계하고 있는지 동정을 살피곤 했어. 그는 대개 기도문을 낭송하면서 기숙사 안을 왔다 갔다 걸어 다녔지. 그래서 나는 그가 내게서 등을 돌리는 순간을 틈타 쏜살같이 기숙사를 빠져나가곤 했어. 우리 방은 지붕 바로 밑에 있었기 때문에 아래층 정원으로 가려면 계단을 수없이 내려가야만 했어. 나는 누구한테 들켜 그만 덜컥 붙들리지 않으려고 촉각을 곤두세웠지. 미사 전에 정원에 나가는 것은 금지되어 있었거든. 엄밀히 말해 그건 정원이 아니고, 두 개의 들판이었어. 하나는 큰 들판, 또 다른 하나는 작은 들판."

그는 여기서 말을 멈추고 일어섰다. 그런 다음 판자를 대서 막아 버린 창문 옆으로 가서 서더니 손톱으로 그 위를 긁어 댔다. 직직거리며 소름 끼치는 소리가 났다.

"큰 들판." 그가 속삭였다. 그리고 몸을 돌려 우리를 바라봤는데, 그의 눈동자는 마치 위험 경고 신호를 보내는 교통경찰의 주홍색 정지등처럼 술렁였다. "큰 들판, 작은 들판. 대관절 이런 게 너희들하고 무슨 관련이 있겠어? 너희들이 이 얘기를 들어야 할 아무런 이유가 없잖아? 어떤 수도사가 거기서 혹시 기도문을 낭송하고 있는 건 아닌지 미리 그 정세를 파악하기 위해, 내가 벽을 끼고서 운동장 한쪽의 자전거 세워 두는 곳을 몰래 빠져나가든 말든, 그게 도대체 너희들과 무슨 상관이 있겠어?" 그는 다시 자기 의자로 되돌아갔다.

"내가 한번은 신지학 계통의 잡지를 뒤적여 본 적이 있었는데 도무지 무슨 말인지 납득이 안 되더라고. 전문 분야마다,

종교마다, 단체마다, 다 각각 저마다의 특수 용어를 사용하고 있잖아. 그와 마찬가지로 우리도 우리 나름대로의 은어를 소유하고 있고. 단지 우리의 것은 평범한 단어들로 이루어졌다는 특색을 지니고 있지만. 그 나무. 큰 들판을 지나 왼쪽으로 꺾으면 작은 들판으로 이어지는 오솔길이 나오는데 거기서 세 번째 나무가 바로 그 나무였어." 그가 우리를 돌아보며 말했다. "가서 그 나무 밑을 파 봐. 그럼 그걸 발견하게 될 테니까. 미사 기도문이 들어 있는 녹슨 담배통들을 말이야. 교회에서 행하는 미사의 전례 부분은 매일 똑같은 내용을 담고 있는 기도와, 특별한 경축일이나 혹은 특정한 의도에 따라 내용이 날마다 바뀌는 기도로 구성되어 있어.

나는 기도위원회의 회원이었어. 정통적인 기도문의 예를 좇는 한편, 다른 학우들의 세속적인 역량을 보다 더 크게 양성하기 위한 목적 하에 라틴어로 된 기도문을 작성하는 게 임무였지. 난 그때 수없이 많은 글을 썼어. 어느 날 우연히 길거리에서 스친 아무개의 관심을 환기시키기 위해, 또 X를 위해, 혹은 지겨운 암송으로부터 벗어나 기분 전환을 하기 위해. 오레무스, 아모렘 마그남 퀘수무스 아폴로네, 멘테 푸엘라에 인푼테…… 등등. 아폴로여, 그대에게 청하건대 우리 함께 위대한 사랑에 대해, 어린아이의 순수한 마음에 대해 이야기를 나누도록 합시다. 기도문들은 오직 고대 그리스의 신들에게만 바치도록 위원회에서 만장일치로 합의되어 있었어. 그렇게 하지 않으면 신성 모독이 될지도 모른다고 우려하는 회원들이 있었기 때문이야. 사탕이나 소시지로 대가를 치른 기도문은 부적처럼 가슴 위에 차고 다녀야 했고, 아무런 노력이나 대가 없이 얻은 것들은 담배통에 담아서 몇몇 간부 회원들로 구성된 증인들의 참관 아래 근엄한 예를 갖춰 땅에 묻도록 규정되어 있었어. 바로 그 나무 아래에 말이야.

행복한 한때였어. 몇몇 아이들과 함께 그렇게 나무 곁에서 보낸 순간은 정말 행복했어. 종이쪽지를 집어넣은 깡통을 땅에 묻던 일들도 즐거웠지. 신들에게 바치는 의미로 먼저 땅에다 물을 부은 다음, 우리가 병에 남은 물을 꿀꺽꿀꺽 들이키던 그 시절. 그래, 너무나 행복했어.”

그는 미소를 지었다. “만약 너희가 지금 여기에 없었더라면, 만약 너희가 지금 이 자리를 떠나 버린다면, 난 작은 소리로 조용조용 속삭일 수 있을 거야. 마치 이야기하는 사람이 내가 아니고, 다른 누군가가 나에게 이야기를 들려주는 것처럼. 그 누군가는 내게 이렇게 이야기할 거야. ‘너, 아직도 기억하니? 새벽녘 들판에서 온 세상이 이슬에 흠뻑 젖어 있던 광경 말이야. 잔디와 꽃송이 위에 맺힌 물방울 속에서 태양은 매시간 새롭게 다시 태어나곤 했잖아. 그로 인해 마치 온 들판이 황홀경 속에 함몰되어 숨죽이고 있는 가운데 작고 산뜻한 태양들이 초목의 꽃을 피우기 시작하는 것처럼 보였지. 그리고 때때로 비가 내릴 때면 너는 나무 밑으로 가서 비를 피하곤 했지. 왜냐하면 비에 흠씬 젖은 옷차림으로 예배당 안에 들어가는 것은 금지되어 있었으니까. 너는 그 나무 밑에 서서 비를 바라보며 비의 찬가를 부르곤 했어. 네가 사랑하는 비가 내리고 있었으니까, 그렇지?’”

그는 여기서 말을 멈췄다. 다시 이야기를 계속할 수 있도록 자기 본래의 목소리가 회복되기를 기다리는 것 같았다. 그는 그렇게 번번이 깊은 감회에 사로잡혀 버리곤 했는데, 추억을 통해 행복을 다시 맛보는 게 왠지 두려운 모양이었다. 그러나 그럴 때마다 그의 목소리는 창백한 메마름을 탈피하여 고조되면서, 때로는 젊음의 활기를 되찾기도 하고 푸근한 온정 속에 잠기기도 했다. 그러면서 그의 눈망울은 초롱초롱 빛을 발하곤 했다. 그가 우리의 존재를 새삼 인식하고 자기 위치를 상기시키면서 정신을 가다듬게 될 때까지.

"이젠 너희들도 알겠지." 그가 입을 열었다. "이젠 너희들도 그곳 상황이 짐작이 갈 거야. 큰 벌판, 작은 벌판, 미사, 나무. 내가 들판에 나가 있을 수 있는 시간은 미사 종이 울리기 전 고작해야 십 분 동안이었어. 종소리는 내게 어서 서둘러 기숙사로 돌아가 일렬로 묵묵히 늘어서 있는 아이들 사이의 내 자리로 돌아가지 않으면 안 된다는 신호였지. 각각의 줄마다 지정된 인솔자인 순찰 담당 수사를 따라 아이들은 일제히 예배당으로 향했어. 그 예배당은 우리 집에 있던 조각상들처럼 추함이 사랑스러움을 자아내고 있었어. 성체축일이나 승천일과 같은 축일이 아니고서는, 창문들과 십자가의 길은 평범하기 이를 데 없었고 실내 장식도 볼품없는 싸구려였지. 그러나 일단 축일이 되면, 제단 뒤의 밋밋하고 습기 찬 벽에 느닷없이 야자수 나무와 꽃들이 살아났고, 분향으로 인한 그윽한 연기가 경내에 번졌으며, 햇살은 오색찬란한 궤도를 그리며 예배당을 장식했어. 육중한 금색 비단 제복을 차려입은 수도사들은 그 사이를 누비고 다니며 허리를 굽혀 경배를 드리고 기도를 하고 찬송을 하는 등 부산스럽게 움직였어. 이 모든 게 내게는 마치 하나의 은밀한 유희처럼 보였어. 때로는 침울하고 때로는 장황

한 그레고리안 성가로 채색된 유희, 그 이상의 것으로는 보이지 않았어."

우리는 그가 이런 회상을 어떻게 마무리할지 궁금해하며 기다렸다. 그가 말했다. "어쩌면 난 그 당시엔 그런 걸 조금도 아름답게 받아들이지 않았는지도 몰라. 사제들의 노래 솜씨가 형편없다고 불평했는지도 모르고. 아니면 꽃들이 이미 시들어 생기가 없다고, 또는 싸구려 향을 피우는 바람에 숨통이 막힐 듯 답답하다고 짜증스러워했는지도 몰라. 아니, 어쩌면 난 수도원에 가 있는 것 자체를 내키지 않아 했는지도 몰라. 6시 15분 전 새벽에 기상하여, 지겹도록 길고 긴 줄을 서서 예배당으로 향하고, 거기서 거의 한 시간가량이나 맨 무릎을 딱딱한 나무 의자에 대고 꿇어 앉아 있다가, 그게 끝나면 다시 그 길고 따분한 줄을 서서 침묵을 지키며 수업을 들으러 교실로 향해야만 했으니까.

겨울철에는 또 얼마나 추웠는지 말도 마. 특히 이른 새벽에 우리가 예배당 안으로 들어설 때면 말이야."

그는 한기가 느껴지는 듯 손을 비벼 댔다. 그러고는 그의 등과 의자 등받이 사이에 손을 끼운 채로 그렇게 한동안 잠자코 앉아 있었다.

"이제야 깨닫게 된 것 같아. 내가 왜 그때 행복했는지를. 특히나 새벽이면 의자가 얼음장처럼 차가워지는 한겨울에 말이야. 우리는 건물 안 냉기를 견뎌 내기 위해 옷을 겹겹이 껴입어야 했어. 그래, 바로 그 '우리들' 때문에 나는 행복했던 거야. 그 가운데 내가 일원으로 속해 있었으니까.

그런데 난 이제 더 이상 그들에게 속해 있지 않아. 사실 아무 데도 소속되어 있지 않다고 해야지. 그나마 추위에 떨고 있는 다른 이들의 틈에조차 끼어 있지 않다고. 그건 그들이 모두 나름대로의 각기 다른 방식으로 추워하고 있기 때문이야. 각자 따로따로 자기들만의 방에서."

그가 거울 앞으로 다가가더니 다짜고짜 주먹으로 거울을 쳤고, 거울은 이쪽에서 저쪽으로 흔들렸다. 그가 말했다. "아, 나르시스여, 여기에 있는 단추들 중에서 제발 한 단추만 눌러 주기를. 예를 들어 한 단추는 교장 선생님이 베푼 축하파티 때의 소풍 아니면 교회에서 여는 큰 잔치 때의 소풍에 대한 향수를 불러일으키지. 저학년 때는 소풍 가서 숲 속에서 강도 놀이를 했었지. 고학년 때는 세상의 운명을 우리의 손아귀에 넣고 주물러 대느라 바빴고. 또 다른 단추로 말하자면 여름밤 큰 들판에서 벌어졌던 의무적인 오락 시간을 떠올리게 하지. 우리는 정원에서 작업을 하기도 하고, 배드민턴을 치곤 했어. 그리고 간혹 가다가 포플러 나무 아래의 벤치에 앉아서 책을 읽거나, 오솔길을 가로지르는 놀이를 하기도 했어. 앞으로 여섯 발짝, 뒤로 여섯 발짝. 그때 이후로 나는 거기서 그처럼 뒷걸음질하며 노는 사람을 더 이상 보지 못하게 되고 말았어. 그 뒤에 전쟁이 일어났거든.

나르시스는 입대 허가를 받지 못했어. 군대조차도 나르시스를 원하지 않았던 거야.

'안 됩니다, 나르시스 씨.' 그들이 금지했어. '당신은 병자입니다. 사실 어떤 폐인이라도 당국에서는 받아들일 용의가 있지만, 당신은 병든 환자입니다. 우리는 당신이 염려스럽습니다. 성스러운 질병이여, 아멘.' 공포." 그가 여태껏 흔들거리고 있는 거울에 대고서 말했다. "공포, 오오. 전쟁에 대해서 저마다 이러쿵저러쿵 의견이 분분했지. 심지어 전쟁 경험담을 책으로 엮어야만 한다는 사람들이 아직까지도 허다할 정도니까. 또 폭격에 대해서도. 폭격이라면 나도 몸소 체험했지. 화재에 대해서도. 그것도 목격했어. 아버지들과 어머니들의 시체에 대해서도. 그건 그냥 평범한 시체가 아니라 갈기갈기 찢기고 파편이 되어 버린 시체들이지. 물론 그것도 경험했어. 일탈한 청소년들과 방치된 아동들에 대해서도. 나도 그들과 같은 부류였지. 그 다음엔 폐허 사이를 뛰어다니는 폭력단에 대해서. 난 그런 폭력단에도 가입한 적이 있어. 하지만 너희들은 어느 부분에 관심이 있지?

나로서는 비약적으로 과거로 다시 뛰어넘어 가고, 그 외의 다른 기억들은 좀 옆으로 제쳐 놓고 싶어.

하지만 너희들이 원하는 대목은 어디지? 처절하게 파괴된 함부르크라면 나는 그 위를 훌쩍 건너뛰어 달아나 버리겠어. 그래서 내가 다시 그 복도를 걸어 다니고, 종이 울리고, 찬양대가 찬송을 하는 그 지점에 이르도록 말이야. 종소리가 울리는 그 시점이 너무도 그리워.

물론 자신의 운명을 스스로가 결정할 수도 있지. 적어도 어느 정도의 선까지는. 예를 들면, 성직자가 되자는 그럴듯한 발상. 그래서 난 그리로 직행했고, 훔친 돈으로 여행비를 치렀어. 너희들로서는 상상도 안 되는 얘기지, 그렇지?"

그는 거울을 그의 무릎에 올려놓더니 그 안을 들여다봤다.

"자, 내 웃는 모습을 좀 봐." 그가 말했다. "이렇게 웃고 있어." 그는 활짝 편 손으로 자기 얼굴을 훑어 내렸다. "어, 웃음이 그만 싹 사라져 버렸네." 그는 깔깔댔다. "주름살들도 다 없어졌네. 아, 난 아직 미남으로 변하진 못했어도 혈기 넘치는 얼굴이 찬란하게 피어나고 있어. 내 눈은 여전히 못생겼지만 지금 초롱초롱 빛나고 있지. 그건 내가 나의 청춘을 향한 여행길에 들어섰기 때문이야. 함부르크를 출발한 열차가 날 데리고 간 도시로부터 난 이미 아주 멀어져 버린 상태야. 크리스마스 전날 저녁 무렵이었어. 창가에 내 모습이 어른어른 비쳤어. 밖은 마냥 을씨년스럽기만 했고, 그 을씨년스러움 뒤에는 내가 내려야 할 마을이 자리하고 있었어. 그 마을 뒤에도 역시 을씨년스러움이 도사리고 있었지.

눈이 쌓여 있고, 괴괴한 정적이 내 발밑에서 속닥거렸어. 누구도 내 말에 반론을 제기할 수 없을 거야. 눈이 이 대목에서는 한몫을 담당하고 있다는 점에 대해서 말이야. 눈은 내 신발 밑에서 사각사각 부서지는 소리를 내야 하지. 여기엔 또 달도 빠져서는 안 돼. 달은 내 앞의 하늘에 매달려 있어. 내가 나의 청소년기로 되돌아가기 때문이지. 심지어 트라피스트회 수도원의 종들도 여기서 한몫 거들었는데, 그 종들은 완벽한 자들을 위해서가 아니라 나 같은 자들을 위해서 울리는 경종이니까. 아직도 저만치에 수도원이 놓여 있어. 내게 등을 돌리고 있는 밤의 품속에 안겨 안전하게 그리고 눈에 띄지 않게. 그리고 수도원 경내 어딘가에서 누군가가 종을 울리기 위해 줄을 잡아당기고 있어. 나를 위해 종을 치고 있다는 걸 모르는 채 말이야. 다른 사람들이 수도사가 되려는 동기와 내가 수도원에 들어간 동기가 다르다는 사실은 나로서는 어쩔 수 없는 일이야. 다른 자들은 신을 사랑했고, 그 점에 관한 한 나는 확신

할 수 있는데 그건 내 눈으로 그걸 직접 보았기 때문이야. 반면 솔직히 말하자면, 아주 진솔하게 고백하자면, 나는 그분을 잘 몰라. 다른 사람들은 속세를 떠나 종교적 진리에의 귀의라는 목적에서, 인간의 죄를 대신하여 신에게 구원을 청하기 위한 목적에서 수도원에 들어갔어. 그러나 나는 그런 게 아무래도 소용이 없을 것이며, 세상은 신에게 참회하지 않아도 죄인들과 더불어 잘 돌아갈 것이라고 생각했어. 그러니까 수사님들의 관점에서 보면, 만약 그분들이 그걸 알았더라면, 나는 일종의 사기꾼이나 신성 모독자라 할 수 있지. 세속인들의 관점에서 보면 백치나 멍청이일 테고.

그래, 생활 자체는 고통스러웠어. 묵상하고 성인 찬미가를 찬송하기 위해서 새벽 2시에 일어나기도 해야 했으니까. 그러나 난 행복했어. 나는 기다랗고 하얀 대열을 이루고, 침묵을 지키고, 금식을 하고, 찬송하고, 밭에 나가 노동을 하는 우리의 한 사람이었으니까. 그 안에 속해 있었으니까.

나는 머리도 삭발을 했으며, 소매가 땅에까지 질질 끌리는 하얀 수도복도 착복하고 다녔어. 그리고 매일 불러서 잘 아는 찬송가이기에 구태여 일과기도서를 볼 필요가 없을 때면, 나는 내가 서 있는 높은 성가대석 맞은편에 서 있는 나 자신을 볼 수가 있었어. 내가 부른 찬송 구절에 응답을 하고 있는 나 자신의 모습을 말이야. 온종일 나는 자아로 둘러싸여 있었어. 성무일도 중에도, 복도에서도, 휴게실에서도 나는 자아와 마주치곤 했어. 내게서 아무도 빼앗아 갈 수 없는 역할을 끊임없이 하고 있는 연극배우 같다는 생각이 들었지.

그곳에서 석 달을 지낸 어느 날, 나는 첫 번째 발작을 일으켰어. 수사 안수례를 받으려면 아직 육 년도 넘게 남았던 때였지. 그러나 수사 안수례는 기어코 치르지 못하고 말았어.

'오, 나르시스.' 그들이 말했어. '자네는 건강이 좋지 않아. 그리고 몸이 성치 않은 사람은 수사 임명을 받을 수 없는 법이라네. 하느님은 분명 저 세상을 위해 자네가 쓰임 받도록 할 것이네. 잘 가게나, 나르시스, 안녕, 안녕.'"

그는 천장을 향해 성냥갑을 내던지며 말했다. "여보시오, 그 위에 있는 당신. 당신이 거기에 정말로 존재한다면, 나의 그 결단력을 가상하게 여겨서라도 나를 도와줄 수 있지 않았나요? 나는 그 뒤로도 작은 수도원들을 두 개나 더 거쳤어. 나중에야 깨달은 사실인데 내게는 전혀 가망이 없는 일이었어. 전쟁 후에 사회가 안정되어 가면서 나는 더 이상 무질서와 혼란의 덕을 볼 수 없게 되어 버린 것이지. 나에 대한 기사가 교회 간행물에 발표되면서 내 이름이 널리 알려졌고, 그건 곧 끝장을 의미했어."

그가 내게로 다가왔다. 석회암과, 척박하고 메마른 모든 것들이 여느 때보다도 더 많이 떠올랐다.

"이 정도면 이제 나에 대해서 대강 알겠지." 그가 말했다. "하지만 내가 왜 여기에 와 있는지, 또 페이하고 무슨 관계인지는 모를 거야. 내 이야기를 잘 새겨들었다면, 내가 왜 히치하이크를 하면서 유럽 전역을 배회해야 했는지에 대해 이해했을지도 모르지만. 나도 아를을 거쳐 왔다는 점을 기억하도록 해. 바로 그 알리스캉이 자리한 고도 아를을 지나왔다고. 그리고 거기엔 또 다른 이야기가 있지." 그는 느닷없이 음성을 바꿔 말하며, 사르곤이라 불리는 그 소년을 가리켰다.

"제발 그만." 내가 말했다. "듣고 싶지 않아. 정말 더 이상 아무 이야기도 듣고 싶지 않다고." 나는 이 전날에 누워 잤던 매트리스로 갔다.

"네가 꼭 들어야 해." 사르곤의 목소리가 커튼 뒤에서 울려 왔다. "내 얼굴은 굳이 쳐다볼 필요가 없지만, 이야기만은 꼭 들어 줘야 해."

"그만." 내가 외쳤다. 그러나 그는 고집스레 이야기를 시작했다. "내 진짜 이름이 사르곤이 아니라 존이라는 사실에 네가 실망할지도 모르겠어. 나는 기원전 722년에 사마리아를 정복한 아시리아 제국의 유명한 왕 사르곤 2세의 이름을 따서 나를 부르기로 했어. 그가 사마리아를 정복했기 때문에 그의 이름을 딴 건 아냐. 그런 업적은 수천 년이 지난 후인 오늘날에는 지극히 상대적으로 보이기 마련이니까. 티글라트필레세르 1세가 서기 1200년경에 주변의 영토를 차지하고 티글라트필레세르 3세가 바빌로니아를 토벌했으며, 그에 쌍벽을 이뤄 사르곤이 시리아를 정복하고 아슈르바니팔이 이집트까지 확장하기에 이르렀지. 그리고 프삼티크 1세는 이집트를 다시 해방시키고, 칼데아인들은 바빌로니아를 탈환했어. 메디아의 키악사레스 연합군들은 서기전 614년에는 아슈르를, 그리고 이 년 후에는 니네베를 무참하게 쳐부숴 버렸어. 그로 인해 우리가 사랑하는 역사가 크세노폰은 훗날 이 도시들에 대해서 아무것도 듣지 못하게 된 것이지. 아냐, 그런 공적 때문에 그의 이름을 따온 게 아니야. 그 이름이 왠지 마음에 들어서 그저 그렇게 했을 뿐이야. 내 말 듣고 있어?" 그가 물었다. "내 말 듣고 있냐고?"

"응." 내가 대답했다. "그래, 듣고 있어."

"모든 게 아나운서 때문이야. 아나운서의 목소리 말이야. 그게 내 이야기의 실마리가 되었어. 내가 그걸 언제 깨달았는지는 정확히 기억나지 않아. 이상하게 생각되지 않니?" 그는 커튼의 맞은편을 향해서 물었다. "어떤 사람이 아나운서의 목소리 듣는 재미로 살고 있다는 사실 말이야. 이상하게 여기는 게 무리는 아닐 거야. 이미 6시와 7시 뉴스를 다 듣고 나서 왜 또 8시 뉴스를 듣기 위해 라디오를 켜느냐고 누군가 내게 처음으로 물어 왔을 때, 나 자신도 아닌 게 아니라 참 묘하다 싶은 생각이 들었지. '응, 그냥 습관처럼 몸에 배어서.' 그 당시 나는 얼버무리긴 했으나, 나 자신에게 대고서 다음 날 저녁 뉴스는 꼭 한 번만 듣도록 하자고 일렀지.

그리고 그렇게 하기로 마음을 굳게 먹고 있었는데, 7시를 알리는 시계의 종소리가 끝나기가 무섭게 내가 무작정 라디오로 걸어가 스위치를 탁 하고 켜는 거였어. 그걸 그렇게 좋아하는데 구태여 듣지 않을 이유가 뭐가 있는가 하는 생각이 들었던 것이지. 그리고 내가 얼마나 오랫동안 그래 왔는지 헤아릴 순 없지만 그동안 줄곧 무의식적으로 행했던 일을 그 순간부터는 의식적으로 이행하게 되었지. 아침이면 첫 번째 뉴스를 들으려고 일찍 일어났어. 그리고 종종 회사에 지각을 했는데, 그건 8시 뉴스의 한 대목이라도 놓치지 않으려 했기 때문이야.

이사회에서 해고하겠다고 협박했지만 난 그걸 별로 심각하게 생각하지 않았어. 차라리 해고를 당하고 싶었지. 왜냐하면 회사는 시내에 있었기 때문에 점심시간에 집에 갔다 올 수가 없어서 항상 1시 뉴스를 놓쳐야만 했던 게 아쉬웠기 때문이야."

그는 한동안 침묵을 지켰다. 나는 벌어진 커튼의 틈 사이로 그를 엿보았다. 그의 눈썹은 피륙 같은 이마 아래 금빛 기름 얼룩처럼 뭉텅뭉텅하게 뭉쳐 있었고, 볼록한 두 볼 위에까지 처진 보라색 눈두덩 살과 함께 약하고 의기소침한 회색빛 눈 주위에 원형의 방어진을 치고 있었다.

  "그렇게 해서 이야기가 끝난 건가?" 내가 묻자, 어정쩡하고 흐리멍덩하게 그의 입이 다시 움직이기 시작했다.

  "아니." 그가 말했다. "그런데 내 생각엔 네가 이해를 못하는 것 같아. 물론 남이 날 이해할 수 있으리라고는 기대도 안 했지만 말이야. 나는 해고를 당한 게 기뻤어. 나의 신화, 즉 목소리를 구심점으로 해서 하나의 의식을 형성해 갈 수 있는 자유가 생겼으니까.

  저축해서 멋진 의자를 하나 구입했고, 그걸 라디오 앞에 정면으로 놓았어. 나는 전등불을 끈 채로 거기에 앉아 뉴스를 청취했지. 전등불 대신 켠 촛불은 분위기를 한층 무르익게 했어. 아, 내가 얼마나 행복했는지 알아?

  목소리는 내 위로 기어오르기도 하고 내 뒤로 가서 서기도 하고, 또 내 옆에 와서 나란히 서기고 하고, 또 내 곁으로 바짝 다가오기도 했어. 그리고 '안녕.' 하고 목소리가 인사를 했어. '안녕.' 하고 말이야. 목소리는 날 어루만지고, 날 붙잡고, 날 애무하고, 방을 충만하게 채워 주었어. 주위가 짙은 어둠에 완전히 잠길 때까지. 그러면 나는 더 이상 한마디도 들을 수가 없었지만, 목소리를 타고서 둥둥 떠돌아다녔어. 마치 작은 배처럼 정처 없이. 그건 내 방이었어. 향기처럼 퍼져 나간 목소리로 그윽한 나의 방.

지금에 와서 돌이켜 보면 그때 나는 미치기 일보 직전이었던 것 같아. 그러나 그 당시에는? 그래, 난 밤마다 목소리에 대한 꿈을 꾸었는데, 그건 썩 유쾌한 꿈들이 아니었어.

　나는 어떤 방에서 하얗게 빛나는 중앙을 차지하고서 자고 있는 나를 발견하곤 했어. 내 주위에는 푸르스름한 색깔의, 살아 숨 쉬는 불빛이 맴돌고 있었어. 늘 똑같은 꿈을 꾸었기 때문에 나는 그 불빛이 어떤 시점에서 멈추고 호흡을 정지한 다음에 땅에 떨어져 울퉁불퉁하고 검푸른 돌멩이로 변하는가를 일일이 다 알고 있었어. 하얗게 빛을 발한 채, 난공불락의 기세로 나는 줄곧 공간의 한가운데를 차지하고 있었어. 육안으로는 아무것도 눈에 띄지 않다가, 갑자기 중심점이 나에게서 돌멩이가 등장한 지점으로 옮겨져 있었어. 그 돌멩이는 다시 공간의 오른쪽에서부터 나를 향해서 서서히 이동해 왔어. 입증할 만한 하등의 근거를 제시할 수는 없어도 ── 엄밀히 표현하면 없었어도 ── 방 안에 목소리가 존재하고 있음을, 돌멩이의 소리가 들리게 된 때부터 목소리가 분명 존재해 왔음을 난 육감적으로 알아챘어. 그와 동시에 내 목 둘레에서는 뾰족하고 기다란 돌로 된 목걸이가 그 윤곽을 현저히 드러내기 시작하는 거였어. 돌들은 까만색이었어. 적어도 처음에는 그랬는데, 돌에서 차츰차츰 색이 빠져나가더니 내 얼굴의 흰색과 어울려 뒤섞이기 시작했어. 그러더니 돌이킬 수 없는 대조가 형성되었어. 목걸이 아래의 육신은 꼼짝 않고 부동자세를 고수한 채로 하얗게 빛을 내고 있었던 반면, 그 위의 얼굴은 보기 흉측한 회색 가면처럼, 발생 초기의 대지처럼, 살아 있었고 부들부들 떨었고 요동쳤으며 급기야는 서서히 갈라지더니 산산이 부스러져 버렸던 거야.

나는 앞으로 몸을 굽혔고, 매혹적이면서도 은은한 초록색 돌로 지은 높은 집들이 즐비한 긴 거리 안을 들여다봤어. 그러나 나는 결코 그 거리에는 발을 내딛을 수가 없었어. 그렇게 하려고 시도를 할 때마다 번번이 그 원망스러운 장벽이 나를 가로막곤 했어. 장벽은 파르스름한 돌가루로 이루어져 있어서 내가 지나가려고 할 때마다 나를 물고 뜯어 상처를 냈어. 그럼에도 불구하고 내가 그것을 물리치고 앞으로 나아갈라치면, 돌가루가 더욱 살기등등한 기세로 더 높이 쌓였기 때문에 결국에는 거리를 들여다보는 것조차 어렵게 돼 버렸지.

회상해 보건대 내가 그때 꿈을 꾼 직후에 바로 잠에서 깬 것 같지는 않아. 꿈이 차츰차츰 희미하게 사라져 갔다는 표현이 더 적절하지. 낮에는 어떤 형태로든 전혀 꿈의 시달림을 받지 않았어. 그건 아나운서의 목소리가 다시 나와 주었기 때문이며, 따라서 나는 그걸 들을 준비를 하느라 마냥 분주했으니까.

적어도 그 문제의 저녁이 찾아오기 전까지는 그랬어. 꿈은 여느 때와 마찬가지로 끝이 났어. 난 거기에 서서 눈부시게 빛을 발하고 서 있었어. 겉보기엔 난공불락의 기세를 자랑하면서 말이야. 불빛이 호흡을 하다가 전처럼 응결되었고, 돌가루가 형성되어 나를 가로막는 등등, 모든 게 정상적이었지. 목걸이는 내 목 주위에 자리를 잡았고, 내 얼굴은 다시 끔찍하게 변색되고 또 기형적으로 찌그러진 후 갈기갈기 박살이 나고, 그러고서 그 혐오스러운 상처들 사이로 거리가 황홀하게 모습을 드러냈어. 여느 때와 다름없이 나는 그 거리 안으로 들어가려고 노력했는데, 사실 그 노력은 한낱 의례적인 행동일 뿐이었어. 실제로 나는 그런 노력을 포기한 지가 오래되었어. 내가 조금이라도 움직이려고만 하면 무섭게 달려들어 나를 공격하는 돌가루의 날카로움이 한없이 두려웠거든. 그런데 이번에는 돌가루가 눈에 띄질 않았어. 그래서 거리로 성큼 발을 내딛었지. 그리고 그와 동시에 공포감이 날 엄습했어.

　그토록 오랫동안 바라던 무언가를 손에 넣는다는 건 처음엔 사람을 두렵게 만들기 마련이지. 가옥의 초록색을 제외하고는, 평범하기 이를 데 없는 세상이었어. 그러나 딱히 뭐라고 형용하기 어려운, 일종의 자애로운 기운이 떠도는 것 같았어. 그 기운이 공포를 살살 달래 가며 나를 감싸 줌과 동시에, 공포를 희열의 황홀경으로 대치시켜 주는 거였어. 나는 노래를 부르기 시작했고, 어디에선가 꽃을 샀고, 그리고 문득 그게 그리 유별나고 예외적인 도시가 아니라는 사실을 깨달았어. 그건 우리가 행복할 때 보이는 사물의 자연스러운 형상 그대로라고, 난 생각했어. 세상은 언제나 확고부동하게 있는데, 우리가 우리 나름대로의 행복과 불행의 색깔로써 세상을 채색하고 있는 거야. 그러나 그게 또 세상의 본질이기도 하지. 그래서……." 그의 목소리가 커튼 뒤에서 머뭇머뭇 망설이고 있었다. "그래서 이 세상을 묘사하는 게 그토록 어려운가 봐. 세상을 묘사하기 전에 우리는 먼저 자기 자신을 묘사해야만 해. 세상은 우리의 색깔을 받아들이니까.

　내가 도대체 어떤 이유로 인해 이 세상에서 행복을 느끼는 건지 자문해 봤어. 집들은 모두 폭이 좁고 높이 솟아 있었고, 창턱에 금잔화와 제라늄 화분을 받치고 있는 집들도 더러 눈에 띄었어. 그러나 그건 어느 도시나 다 마찬가지지.

얼마 후 서서히 거리의 폭이 좁아지면서, 낡고 야트막한 집들이 많아졌어.

그리고 거기 어딘가에서 나는 극락조를 만났어.

'안녕, 야네트.' 내가 인사했지.

그러나 야네트는 그녀의 구슬 같은 눈으로 날 멍하게 바라보고만 있었어.(그 거리에서는 아이들이 놀고 있었고, 한 남자가 돈을 벌기 위해 음악을 연주하고 있었어. 하지만 이런 거리 풍경도 역시 어느 도시나 다 마찬가지라는 걸 명심해 주길.)

'얼마나 오랫동안 이 진열장 속에 붙박여 서 있었던 거니?' 내가 물었어. '너 이젠 정말 활기 없고 답답해 보이는구나. 그런데 메리 제인하고 내가 여기서, 바로 이 가게 앞에서, 죽는 날까지 서로에게 충성할 것을 맹세한 지도 상당히 오래되었구나. 너와 레이스 씨의 다른 박제 동물을 증인으로 삼고서 말이야. 야네트, 제발.' 내가 말했어. '그런 식으로 무감각하게 바라보지 말아 줘. 넌 우리의 친구였잖아. 그리고 우리의 동맹이 맺어 준 결실이었고, 우리의 모험이 담긴 독백을 끈기 있게 경청해 주던 증인이기도 했고. 게다가 무엇보다도, 네가 인연이 되어 메리 제인과 내가 서로 만나게 되었잖아. 우리가 코를 유리창에 바짝 누르고서 라이스 씨가 널 진열장에 세우는 광경을 지켜보던 그때 말이야. '저거 좀 잔인한 것 같은데.' 메리 제인이 말했어. '정말 그래.' 내가 맞장구쳤어. '우리가 저걸 살까?' 그래서 우리는 널 사기로 결정했고, 가게 안으로 들어갔어. 건조하고 탁한 공기, 가게 문에 달린 방울이 쨍그랑 울리는 소리, 그리고 연이어 성큼성큼 다가오는 레이스 씨의 성급한 발소리 등이 기억나.

그러나 너는 팔려고 내놓은 물건이 아니라고, 깊고 가느다란 주름살 사이의 입이 말했지. 게다가 넌 아주 희귀한 물건이고, 그래서 꽤 비싼 편이라고 덧붙였어. 그런데 우리가 가진 돈은 전부 합쳐 7실링밖에 안 됐어. 그때 우리, 메리 제인과 나는 조합을 하나 구성했어. 이른바 '야해동', '야네트 해방 동맹'의 약자야.

'이제 돈이 다 준비됐어.' 메리 제인이 내 뒤에서 말했어.

'23실링 6펜스?' 내가 물었어. 그리고 그렇다는 표시로 그녀가 고개를 끄덕였어.

'너 그간 예뻐졌다.' 내가 말했어. 유리창에 비친 그녀의 모습에서 그걸 확인할 수 있었지. '그리고 입고 있는 원피스도 멋진걸.' 나는 뒤로 돌아 그녀의 이마에 대고 뽀뽀를 했어.

그녀는 미소를 지었어. '이거 등불에 씌웠던 낡은 덮개 천으로 만든 거야.'

'그래도 근사하게 잘 어울려.' 내가 말했어. 그런 뒤에 나는 그녀에게 악수를 청했고, 사 가지고 온 꽃을 그녀에게 줬어.

'안녕, 야네트.' 우리가 인사했어. '우린 지금 널 데리러 왔단다.'

예상했던 대로 가게 문에 달린 방울이 쨍그랑 울렸어. 그리고 탁하고 건조한 공기도 예전과 다름없이 거기에 눌러앉아 있었어.

'안 돼.' 레이스 씨가 말했어. '저 새는 너희들한테 팔 수 없단다. 저건 이 동네에 사는 꼬마들 둘을 위해 보관해야만 해. 그 아이들이 저걸 사려고 저축하고 있는 중이거든.'

'레이스 아저씨, 그 아이들이 바로 우리예요.' 메리 제인이 속삭이듯 말했어. '우리가 이렇게 컸단 말이에요.'

'원, 세상에.' 그가 말했어. '정말, 그렇구나.' 그는 조심스레 야네트를 들어 진열장에서 꺼냈고, 그의 풍화된 대리석 같은 손으로 그녀에게서 먼지를 털어 내기 시작했어. 그러고는 빅토리안 시대의 불필요한 장식처럼 두 손으로 그녀의 몸통을 감싸 쥐었어. '아주 신중하게 다루도록 해라.' 야릇하게 울먹이는 그의 음성이 동물들의 먼지 낀 침묵에 가서 부딪쳤어. '자, 이젠 떠날 시간이 왔다.' 그가 말했어. 그러고 나선 새에게서 훌쩍 손을 떼 냈지. 마치 손들이 전에는 거기 고정되어 있었던 것처럼.

'지금 몇 시야?' 내가 메리 제인에게 물었어.

'밤이야.' 그녀가 말했어. 우리는 작은 공원을 산책했어. 나는 왼손에 극락조 야네트를 들고 있었어.

'왜 한 번도 다시 안 찾아왔니?' 그녀가 물었어. '왜 편지 한 장도 없었어?'

'아무것도 묻지 말아 줘.' 내가 말했어. '아무것도.'

'튀브스 목사님이 오늘 세상을 떠나셨어.' 그녀가 말했어. 내가 아무 반응을 보이지 않자 그녀는 아마도 내가 그 소식에 전혀 개의치 않는다고 생각한 눈치였어. 그녀가 말을 이었어. '그분이 바로 그 강도사님이셨잖아. 그분이 설교하시는 날이면 넌 다른 구역에까지 찾아다니면서 예배에 참석하곤 했잖아. 이젠 기억 안 나? 난 그때 그분을 얼마나 부러워했는지 몰라. 네가 나보다 그분을 더 사랑하고 있다고 생각했거든. 그분이 설교하시는 동안, 난 여학생 좌석에 앉아서 네가 앉아 있는 걸 바라보곤 했어. 그런데 넌 나한테는 시선을 준 적이 한 번도 없었어. 게다가 너는 더 이상 다른 사내아이들 축에 속하지 않는 것처럼 보였어. 아이들 사이에 끼어 있는 이방인처럼, 뭔가 비범한 일을 당한 사람처럼 독특해 보였어.'

'그분이 돌아가셨어?'

그녀는 고개를 끄덕였어. 그리고 그게 내 꿈의 마지막을 장식했어. 나는 그녀의 우아한 얼굴 곡선이 잠시 동안 그녀의 원피스의 탈색된 주황색 위로 석고같이 하얗게 되살아나면서 그녀의 자취가 어렴풋해지는 것을 지켜보고 있었지. 그렇게 그녀는 작고 슬픈 동상처럼 표연히 내 곁을 떠났어. 무미건조한 장신구처럼 꽃다발과 박제된 극락조를 들고서.

잠에서 깨는 게 이번에는 예사롭지 않았어. 나는 잠에서 깨어난 것이 조금도 달갑지 않았어. 심지어 라디오 앞에다 의자를 갖다 놓지도 않았지. 나를 고민하고 번뇌하게 만드는 건 그 꿈에 대한 기억이 아니라, 어디선가 범한 내 실수에 대한 자각이었어. 그리고 그건 변하지 않았어. 교통사고로 급사한 아나운서의 장례식을 치르고 며칠이 지난 후에도 내게 남은 건 오로지 한 가지, 어디선가 범한 것이 분명한 그 실수에 대한 자각뿐이었어.

이제 나는 밤마다 메리 제인에 대한 꿈을 꾸긴 하지만, 밑도 끝도 없어 갈피를 잡을 수가 없어. 우리가 그 거리의 레이스 씨네 진열장까지 가는 건 한결 쉬워졌어. 그녀는 그때마다 야네트를 겨드랑이에 끼고서 데려왔고, 우리는 산책을 했어.

'내일이 튀브스 목사님 장례식이야.' 두 번째 날 그녀가 말했어. 그리고 그 다음 날과 그 뒤에 이어지는 날들에도 끊임없이. '튀브스 목사님이 오늘 매장되셨어. 내가 장례식에 갔다 왔어.' 하고 말이야.

초록색 집들은 부동자세로 듣고 있었어. 어쩌면 우리의 이 야기를 듣고 있는 게 아닐지도 모르지만, 어쨌든 집들은 이미 귀가 닳도록 들어서 그 내용을 뻔히 알고 있었지. 그녀는 항상 은은하게 탈색된 주황색 원피스 차림이었고, 튀브스 목사를 매일 새롭게 매장했지. 바람이 그녀의 머리카락을 뒤엉키게 만들었고, 동시에 야네트의 죽은 털들을 일제히 꼿꼿하게 세우곤 했어. 마치 전혀 다른 이물질을 다루고 만지는 양.

무수한 밤들이 있었어. 적어도 그 도시에는. 밤들은 약간 주저하고 수줍어하면서 내려앉았어. 온 세상을 감미로운 암흑으로 가득 채우려고, 그래서 메리 제인이 말할 수 있도록 하려고. '오늘이 튀브스 목사님 장례식을 치른 지 일주일째 되는 날이야. 목사님의 레코드판이 있다는 거 너 알았니? 어딘가에 튀브스 목사님의 목소리가 묻혀 있어. 목사님의 육신만큼이나 먼 곳 깊숙이에. 이상하지 않니? 둥글고 까만 판 위에 튀브스 목사님의 목소리가 새겨져 있다는 사실이.'

'아니.' 내가 말했어. '이상할 거 하나도 없어.' 그리고 그날 잠에서 깨었을 때 나는 내가 살았던, 그리고 분명 레이스 씨의 가게가 아직도 존재하고 있을 그 거리를 직접 찾아가 보기로 마음먹었어.

좀 더 일찍 그렇게 했어야 하는 게 아니었을까?

길은 멀었고 찾아가기가 힘들었어. 가 본 지가 하도 오래되었기 때문이야. 집들이 초록색이 아니어서 나는 실망을 했어.

게다가 지저분하기만 할 뿐, 우수에 젖은 듯한 기색마저도 찾아볼 수 없었기 때문에 가슴이 아렸지. 그건 커튼이 삭막한 실내 풍경을 감춰 주고 있는 빈곤의 거리였어. 아이들은 놀고 있었어. 어디를 가나 아이들은 항상 그렇게 노니까. 그런데 그들이 하는 건 서로 악착스레 고함을 질러가면서 땅을 뺏고 뺏기는 그런 놀이였어.

'레이스 씨네 가게를 아니?' 내가 한 소년에게 물었어.

'아뇨.' 그가 대꾸했어. '여기에 레이스 씨라는 사람은 없어요.' 그러자 다른 아이들도 우르르 몰려 와서 내 곁에 서서 합창을 했어. '여기 레이스 씨라는 사람은 없어요.'

'이 근방 모퉁이에 있던 가게였는데.' 내가 말했어. 아이들은 그래도 아니라며, 이 근방 모퉁이에는 레이스 씨라는 이름을 가진 사람이 없다고 했어.

'뭐 하는 가게예요?' 아이들이 물었어.

'죽은 새들이 있는 가게.'

'여기 죽은 새 한 마리가 있는 가게가 하나 있긴 있어요. 저기 마지막 골목 모퉁이로 가 보세요.'

나는 그곳으로 갔고, 거기서 야네트가 잡다한 싸구려 일용품들 사이에 엉거주춤 끼어 외롭게 서 있는 모양을 발견했어.

'여보세요, 이방인 아저씨.' 그녀의 목소리가 내 뒤에서 들렸어. 그건 내 꿈에 나오던 그 목소리는 아니었을지언정, 나는 그 목소리의 주인공이 틀림없이 그녀라는 사실을 직감적으로 깨달았어.

'안녕.' 내가 말했어. '왜 그렇게 변장을 했지?'

'변장이요?' 그녀가 되물었어. '변장이라니요? 이방인 아저

씨, 농담도 분수가 있지. 장난이 너무 과하신 거 아니에요?'

그녀는 날 알아보지 못했어. 만약 꿈에서 그녀를 만나지 않았다면 나 역시 어쩌면 그녀를 알아보지 못하고 말았을 거야. 그녀는 본래의 모습을 알아볼 수 없게 되어 버렸어. 밑창이 두껍고 굽이 높은 구두를 신고 있어서 키가 나와 똑같았고, 몰락의 첫 증후들을 감추기 위해 얼굴에 지나칠 정도로 진한 화장을 하고 있었거든. 그리고 젖은 머리카락이 그녀의 이마 위에 드리워져 있었어.

'돈 가져왔어요, 이방인 아저씨?'

'그래요.' 내가 말했어. '우리 같이 안으로 들어갑시다.'

계산대 뒤에 서 있는 남자가 우리에게 인사를 건네긴 했지만, 그는 그녀를 시답잖다는 듯 노려봤어.

'무얼 도와 드릴까요?'

'저 새요, 저 새를 사고 싶어 왔는데요.'

그는 내 눈을 빤히 들여다봤어. '아이고, 손님이 오시길 그간 정말 오랫동안 기다리고 있었습니다.' 그가 자세한 내막을 설명해 줬어. '내가 십 년 전에 이 가게를 레이스 씨한테 인수받을 때 그가 내게 당부를 했거든요. 이 부근에 사는 어떤 아이들 두 명이서 그걸 사려고 저금을 하고 있으니까 저 짐승을 진열장에 그대로 놓아 달라고요. 그 아이들이 언젠가는 기필코 나타날 거라고 확언하면서 말이에요. 그런데 바로 그 장본인들이 드디어 이렇게 나타나신 것 같은데, 적어도 그 아이 중의 한 사람이 바로 선생님이라고 제가 장담을 해도 될까요?'

'입 닥쳐요.' 그녀가 내 뒤에서 소리쳤어. '저, 그런데 다른 아이 한 사람은 전혀 알아 볼 수가 없네요.' 그는 가느다랗고

무감각한 음성으로 말을 이었어. '솔직히 말해 저도 저 새한테 정이 들었거든요.'

'여기 돈 가져왔어요.' 내가 말했어. '서둘러 주세요.'

'원, 세상에. 성미도 급하시기는.' 그는 질질 끄는 말투로 넉살을 부리면서도, 진열장에서 야네트를 집어 들더니 계산대 위에 놓았어. '쓸모없는 송장.' 그가 혼자 중얼거리면서 야네트를 툭툭 치자 먼지가 뽀얗게 일었어.

나는 메리 제인을 바라봤어. '내가 그녀를 샀어요.' 내가 말했어. '내가 야네트를 샀단 말입니다. 조금 늦은 감이 있지만, 그래도 결국 이렇게 사게 됐어요.'

'같은 말을 몇 번씩이나 되풀이해야 직성이 풀리는 거죠?' 그녀가 물었어.

두 번이라고 나는 속으로 대답했지. 처음에 한 번, 그리고 지금. 바로 그 순간 나는 그녀가 새의 양 다리를 계산대 위에서 휙 끌어당기는 걸 봤어.

'아이참, 신경질 나게.' 그녀가 짜증스럽게 욕을 해 댔어. '왜 이렇게 미끄러지고 지랄이야.' 야네트가 우리 사이의 바닥으로 떨어지는 순간 외마디 소리를 지르는 것 같았어. 목이 탁 부러지더니, 썩어서 악취를 풍기는 건초 더미의 부풀어 오른 흉측한 내장 안으로 데굴데굴 굴러들어 가는 거였어. 여느 때보다 더욱 죽은 것처럼 보이는 발판에 붙은 딱딱하고 섬뜩한 다리들이 축소형 폭탄 공격으로 피어오르는 것 같은 먼지로 가득 찬 공중을 찌르고 있었어.

'꺼져 버려.' 메리 제인이 외쳤어. 내가 문밖으로 나가자 쩽그렁 하고 종이 울렸어. 나는 퇴폐적인 무언극에 나오는 인물들처럼 아이 두 명이 내 뒤에 따라붙는 것을 알아차렸어.

'아저씨, 가게 찾으셨어요?' 아이들이 물었어.

'응, 그래.' 내가 말했어. '찾았단다.'

난 이런 식으로 기어코 그걸 찾아내고야 말았어. 그리고 넌 이따금 히치하이크를 하면서 무전여행을 떠나겠지. 네가 독일 어딘가에 가서 '중국인의 얼굴을 한 소녀를 보셨습니까?' 하고 묻는 어떤 사내아이를 우연히 만나게 될지 누가 알겠어? 그럴 경우에 넌 당연히 그와 함께 그녀를 찾아 나서지 않겠어? 찾아 헤매는 것 자체가 목적일 테니까 말이야. 그리고 때때로 이곳으로 돌아와 커튼 뒤에 앉아서 항상 똑같은 네 이야기를 들려주겠지. 네 이야기에 귀를 기울이지 않는 그 누군가에게 말이야."

"난 네 이야기를 들었어." 내가 말했다. "난 네 이야기를 다 들었다고. 그러니 이제 그만 밖으로 나가 봐야겠어."

나는 문밖으로 나서면서 방의 영상을 마치 사진처럼 포착했다. 그들 셋은 거기에 향수, 비애, 갈망이 아로새겨진 원시적인 동상이 되어 넋이 나간 듯 무감각하게 서 있었다. 나는 서둘러 계단을 내려가 정원으로 들어섰다. 비는 더 이상 크게 내리지 않았으나 나무들을 술에 곤드레만드레 취한 궁녀들처럼 허리 굽혀 절하도록 시켰고, 터져 나오는 웃음을 참지 못한 채 하늘을 가로지르는 구름을 채찍질하는 사나운 바람도 거기에 동참해 있었다.

나는 그들이 다시 대화하는 소리를 들었다. 나는 다시 그들을 보았고, 그들의 기억 속 공간에서 생동하고 있는 그들의 손을 봤다. 시체에 몰려드는 쉬파리들처럼 아마도 고독이 그들을 엄습한 것 같았다. 하지만 난 고독에 대해선 아는 바가 전혀 없다. 비록 인간들이 흔히 일컫는 고독이란 진정한 의미의 고독이 될 수 없다고 믿고 있긴 하지만. 그 대신 카인의 상징을 통해서가 아니라 인간미를 증명해 주는 상징으로, 인간들이 그리는 진정한 의미의 고독이 언젠가 찾아오리라 기대한다. 우리 인간은 그런 고독에 대한 적응이 아직 더 필요하다고 본다. 어쩌면 지금 이 순간은 오직 본연 그대로의 고독이 오기를 기다리고 있는 시간에 불과한지도 모른다.

아니, 비는 더 이상 내리지 않았지만 그 대신 바람이 기승을 부렸기 때문에 나는 하인즈가 내 곁에 와 있는 걸 알아채지 못했다.

"너 게오르규에서 성 요한에 이르기까지 수호성인을 다 아니?" 그가 물었다.

"여긴 왜 왔어?" 내가 말했다. "난 여기 이렇게 혼자 있고 싶어. 너희들하고 얘기하고 싶은 생각이 없어. 너 지금 여기 뭐하러 온 거니?"

"게오르규에서 성 요한에 이르기까지 네가 수호성인을 다 알고 있느냐고?" 그가 질문을 반복했다.

"아니." 내가 응답했다. "난 그런 거 잘 몰라."

"비가 올 거야." 그가 말했다. "회랑 안으로 어서 들어 가."

"왜? 난 그냥 비 맞으며 서 있을 거야."

"들어가지 않으면 넌 수호성인들을 볼 수 없어."

우리는 회랑 안으로 들어섰다. 위에 난 창을 통해 들어오는 햇빛이 희미하게 아래로 떨어지는 지점까지 걸었다.

"봐." 그가 말했다. "수호성인들이야." 그러면서 그는 깡마르고 석회같이 건조한 손에 들고 있는 작은 복사 사진 한 장을 보여 주었다. 그건 어느 잡지에서 오려 낸 삽화로, 그 뒤에 두꺼운 종이를 덧대어 놓은 것이었다.

"이거 너무 구겨졌잖아." 내가 중얼댔다. "또 너무 더럽고. 뭐가 뭔지 분간하기가 어렵게 돼 버렸잖아."

"그래도 식별하는 데는 지장이 없어." 그가 대꾸했다. "이것도 내가 늘 몸에 지니고 다녀서 이렇게 됐어. 벌써 몇 년 되었지. 이게 나의 부정이야. 잘 좀 봐."

몸에 깊은 상처를 입은 그리스도의 그림이었다. 동정을 불러일으키는 어린아이 같은 몸짓으로 옆구리에서 흘러내리는 피를 막으려고 안간힘을 쓰고 있었다. 못질을 당한 당사자와 그의 어머니 그리고 그의 친구 요한의 표정에 드러난 아픔이 잔인스럽게 묘사되어 있었는데, 그건 곧 화폭을 횡단으로 가로질러 놓인 어둡고 거친 십자가로 한층 더 강조되어 있었기 때문이다. 슬픔으로 가득 찬 작은 얼굴의 천사들이 저마다 고통의 상징물들을 들고서 남은 공간을 가득 채우고 있어서 화폭이 너무 북적거리는 인상을 자아냈다. 나아가 핍박에 대한 항거가 고난을 당하고 있는 당사자의 부릅뜬 눈 속에 생생하게 재현되어 있었다.

"이제 이해가 돼?" 하인즈가 물었다. "이게 나의 부정이라는 걸. 나의 거절이라는 걸. 네가 원한다면 그들의 관조적 견지, 그들의 마음의 평정이라 표현해도 좋고."

"그들이 누군데?" 내가 물었다.

"다른 수도사들. 거기에 있던 모든 사람들. 그들은 나처럼 같은 부류가 모인 집단에 속하고 싶은 소속감이 절실해서가 아니라, 사명감을 가지고 모이다 보니 단체를 형성하게 된 거야. 그들은 나처럼 전례와 의식 자체의 매력에 이끌려서가 아니라, 그것들 뒤에 존재하는 그 무엇을 추구하는 것이지. 다시 말해 찬송의 신비한 지혜로움에 현혹되고 도취된 내 경우와는 판이하게 다른 거야. 수도사들의 예복과 행동보다는 오히려 그들의 침울한 억양과 기타 등등의 현상에 황홀해하던 내 경우와는 달라." 그는 그림에 나오는 남자의 상처에 손가락을 짚었다. 그로 인해 그가 그 상처에 대고 다시금 과격하게 못질을 해 대는 것 같았다.

"비록 지은 죄가 없다손 치더라도, 이 남자는 내게 있어 그저 매질을 당하고 십자가에 못 박히는 당대의 흔해 빠진 형벌을 받은 숱한 죄인들 중의 한 사람에 불과해. 어쩌면 성인이나 예언자 정도로 쳐줄 순 있겠지만, 신이라니? 그가 신적인 존재라는 문제가 늘 내 머리에서 떠나지 않고, 수도원 생활을 하는 동안 내내 날 괴롭혔어. 왜냐하면 그들이 그의 신성을 굳게 믿었기 때문이지. 따라서 내게는 거기에 있을 권리조차 없었던 셈이야. 어쩌면 회의하는 자 정도로 눈감아 줄 수 있었을지 모르지만, 난 그 자격마저도 박탈당해야 할 처지였어. 그는 내게 오로지 상처가 난 남자, 궁지에 몰려 불평하는 남자에 불과했으니까. 그러나 그들에게 그는 소명을 받은 자였어. 아, 줄곧 내 주위를 맴돌고 있던 그들의 표정, 원시 미술에서 보는 것과 같은 그 근엄한 표정들 이면에 감추어진 의중을 난 일찌감치 간파하고 있었어. 삼위일체 교리에 입각한 중계자로서의 인간 예수 그리스도. 암, 그렇고말고. 그리하여 인류의 죄를 사하기 위해 신에게 그의 생명을 재물로 희생하기에 이르렀지. 여기 이 그림에서처럼, 온갖 고난 속에서. 그리고 이 재물을 재단에 바친 장본인들은 다름 아닌 사제로서의 그들이었고, 그들의 사제 자격은 다시 대사제의 손에 달려 있으며, 또 대사제들 위에는 수호성인들이 군림하고.

납득이 가? 내가 그들을 얼마나 질투했는지. 나한테 그럴 능력이 주워졌더라면 아마도 그들을 증오했을 거야. 그럼, 증오했고말고. 그들이 나처럼 한밤중 2시에 일어나기 때문이 아니야. 그들이 나처럼 맨 빵만 먹고 고기나 생선, 달걀은 먹지 않아서도 아니야. 그들이 나처럼 규율을 지켜 침묵으로 일관하고, 복도에서 추워서 덜덜 떨고, 밭에 나가 중노동을 하고 나면 기진맥진 기운이 없어서도 아니야. 아니지. 이 모든 걸 받아들이는 데에 그들은 자신의 신변을 떠난 고차원적인 동기를 지니고 있던 반면 나에게는 그런 식의 동기가 없었기 때문도 아니야. 난 그저 그들에게 무척 샘이 났어. 어쩌면 이상하게 들릴지 몰라도, 그들은 늘 자아의식의 범주 밖에 존재함을 원칙으로 했던 반면 나는 그 범주를 벗어난 적이 한 번도 없었기 때문이야. 내가 간질로 발작을 일으키는 통에 그곳을 떠나지 않을 수 없었다고 이미 이야기했을 거야. 나는 신의 부름을 받지 않았다고 그들이 내게 통고해 왔고, 그런 그들의 판단은 곱절로 옳았다고 해야겠지. 비록 그들 스스로는 모르고 있었다 해도 말이야. 내면뿐만이 아니라 외형적인 자격도 아울러 갖춰야 한다고 정하고 있는 교회 규정에 의거할 때 옳은 판단이고말고. 나는 나의 내적인 부적격함에 관해서는 비밀에 부쳐 아예 내색도 하지 않았어. 그걸 부정했지. 날 용서해 주길 바라. 그러나 나의 외형적인 부적격함은 너무도 분명하게 겉으로 드러났어. 이런 경우 사람들은 그 적격성에 관한 융통성 없고 원칙적인 논리를 적용시키지. 만약 누군가가 그 적격성의 기준에 미달되었다면, 그는 곧 외형적인 자격을 갖추지 못했다는 뜻이고, 따라서 자동적으로 신으로부터 부름을 받지 못한 자가 돼 버리지. 한 손만 가진 수사들은 신으로부터 부름을 받지 못했고, 불치의 병이 든 수사들은 신으로부터 부름을 받지 못했어. 이런 상황은 자신들이 정녕코 신의 부름을 받았다고 독실하게 믿는 신자들에게 정말 가혹하기 이를 데 없지. 나 스스로의 눈에도 엉터리로 보이는 나 같은 들러리들에게는 덜하지만 말이야.

아, 적격성을 가지고 왈가왈부해 대는 그들을 난 이제 더 이상 야속하게 생각하지 않아. 전쟁이 일어나지 않은 평상시였다면 난 분명 사전에 신체검사를 받아야 했을 테니까. 수도원에 들어가기 전에 말이야."

그는 입을 다물었다. 우리는 바람의 열렬한 애무 아래 괴로워하고 있는 집의 신음소리에 귀를 모았다. 잠시 후 그가 입을 열었다. "결과적으로, 친애하는 친구들이여, 수사도 단지 하나의 도구에 불과하니까."

4장

　다음 날은 조용했다. 우리는 집에 있긴 했으나, 서로 아무 얘기도 나누지 않았다. 그리고 그날 느지막하게 나는 집을 떠났다. 나는 그들이 자는 모습을 보았다. 그들의 얼굴은 전날 밤 이야기 이후로 경이로울 만큼 공허하게만 느껴졌다. 사르곤의 부드러운 장밋빛 손은 하인즈의 어깨 위에 놓여 있었다. 그는 제단에서 추방당한 바로크 시대의 천사처럼 약간 비대하고 어설프게 보였고, 불시에 자라 버린 것 같았다.

　그가 잠에서 깨어나더니 두리번거리며 나를 찾았다.

　"날 관찰하고 있었지?" 그가 물었다.

　"응." 내가 대꾸했다.

　"인생이 짧다고 생각해?" 그의 물음에 내가 모르겠다고 대답하자, 그는 확신컨대 인생은 짧은 게 아니라 오히려 한없이 길다고 말했다. 그는 잠에서 깰 때마다 언제나 그런 생각을 갖게 된다고 했다.

"재를 좀 봐." 그가 가리켰다. "내가 재와 함께 동거한 지도 벌써 일 년이 훨씬 넘어 버렸어. 인생이란 흡사 단명하는 한해살이풀과 같다고 재는 늘상 말하곤 했지만, 그러나 그건 사실이 아니야. 자, 보라고. 저 여윈 손들을. 그리고 이미 늙어 버린 듯 보이는 하얗고 병든 얼굴들을. 난 이미 오래전부터 저런 것들에 익숙해져 있었어. 그토록 오랜 세월 동안 저것들을 봐 오지 않았던들 내가 이렇게 익숙해질 수 있었을 거라 생각하니? 어린아이가 매일 다녀야 하는 학교 등굣길을 머리에 익히고 있듯이 나도 저것들을 속속들이 알고 있어. 저 나무, 저 집, 그리고 창 앞에서 아침 식사를 하고 있는 저 노인네들 하는 식으로 말이야. 그리고 여기, 그의 오른손에 있는 반점과 피부의 까칠까칠한 촉감 그리고 그의 음성에 서린 노련함까지. 마치 하나의 인생은 나 자신과 함께 보내고, 나머지 또 하나의 인생은 그와 보낸 듯한 느낌이야. 그래서 마침내는 그 많은 인생을 수집하게 되어, 마치 그들이 모두 내 어깨 위로 올라와 숨통이 막히도록 짓누르고 있는 것만 같기도 해. 견디다 못해 그것들을 지워 버리기 위해 이야기를 시작하지만, 그것들은 꼼짝 않고 눌러앉아서 여유 만만하게 나에게 표시를 남기고 있어. 내 얼굴과 손 위에 그것들의 무게와 압박감이 표시되어 있어. 내가 얼마나 추남인지 너도 봤지? 한 해가 화살처럼 빠르다고 말하는 사람들은 지난해에 일어난 일을 이야기하기 위해서는 또다른 한 해가 필요하다는 사실을 망각하고 있는 거야. 난 이제 눈 좀 붙여야겠어."

그는 두 눈을 지그시 감은 채로 다시 드러누웠다. 그의 속눈썹이 시들시들한 오랑캐꽃 조각들처럼 창백한 살갗 위에 얹혀 있었다. 얼마 지나지 않아 그는 다시 잠이 든 것 같았다. 물론 잘 때 그런 버릇이 있는 어른들도 있지만 주로 아이들처럼 그가 쩍쩍 입맛 다시는 소리를 냈기 때문이다.

내가 대체 이 사람들과 무슨 연관이 있는가? 나는 곰곰 생각해 봤다. 마치 그들이 다른 세상에서, 머나먼 타국에서 온 듯한 느낌이었다. 꿈나라에 빠진 그들은 이제 나에게서 점점 더 멀리 떨어져만 갔다. 나는 그들을 떠나 중국인 소녀를 찾아야겠다고 생각했다. 내가 그녀를 칼레에서 목격했기 때문에, 빗속에서 내가 그녀를 불렀을 때 그녀가 가던 발걸음을 멈추지 않았기 때문에, 내가 그때부터 칼레를 비롯하여 기타 여러 도시들을 다니며 그녀를 찾아 헤매었기 때문에, 그리고 무엇보다도 그녀와 대화를 나누고 싶은 마음이 너무도 간절하기 때문이었다. 그러나 내가 배낭을 집어 들었을 때 페이가 말했다. "너 벌써 가면 안 돼. 저 사람들이 먼저 떠나가도록 해 줘. 난 네가 당분간은 여기 있었으면 좋겠어."

"너 안 잤어?" 내가 말했다. 그녀는 자고 있지 않았다고 대꾸하면서 내가 떠나는 걸 원치 않는다고 되풀이했다.

"내일 또다시 꽃을 꺾어야 하는데, 네가 나를 도와줘야 해."

"돌아올게." 내가 말했다. "나 다시 돌아올 거야. 내 배낭을 여기다 두고 갈 거야." 그러고 나서 나는 룩셈부르크의 수도를 향해 길을 나섰다.

수도로 진입하는 기차들은 높고 근사한 로마 시대의 수도교 위를 지난다. 앞이 탁 트여 멀리까지 훤히 내다볼 수 있는 산꼭대기인 레트로와글란을 향해 수도교 아래를 걸어 갈 때는 날이 어둑어둑했다. 그러나 이젠 사방이 캄캄해졌고, 골짜기는 정적을 수북하게 담은 큼지막한 대접이 되었다. 간혹 가다 밤이 만들어 내는 소리에 움칠 놀라기도 했다. 아마 물소리이거나 아니면 달이 이야기하는 소리일지도. 어디에도 앉을 만한 데가 마땅치 않았다. 모든 벤치마다 서로 사랑하거나 혹은 사랑하는 것 같은 행동을 보이는 사람들이 이미 자리를 차지해 버렸기 때문이다. 난 이런 공원들을 안다. 그리 어려운 일도 아니다. 발밑에서 바삭바삭 으깨지는 소리를 내는 조개껍데기 섞인 모랫길을 그저 계속 따라 걷기만 하면 될 테니까. 이름난 공원들은 모두 서로 연결되어 있다. 오슬로의 슬로터스 공원, 파리의 뤽상부르 공원, 암스테르담의 폰델 공원, 그리고 로마의 빌라보르게스 공원 등등. 사람들이 앉아 있는 벤치가 길게 늘어선 오솔길을 따라 마냥 걷는다. 노래와 춤의 향연이 벌어진다. 공원 벤치에 앉아 있던 사람들이 일제히 둥글게 서서 춤을 춘다. 그리고 그 사이사이를 헤치며 걸어 다니는 길가의 청년.

"왜 우릴 방해하는 겁니까?" 그들이 물었다. "이건 우리들의 밤입니다. 우리의 밤은 특별히 정적으로, 비밀을 속삭이는 나무로 무장되어 있답니다. 이건 우리의 밤이에요. 위엄을 과시하면서 둥둥 떠 있는 달은 나무와 땅의 향기 사이를 침통하게 거닐다가, 우리에게로 다가와 우리의 체취를 어루만진답니다. 그리고 어디에선가, 어디서일까? 물이 똑똑 떨어지고 있지요."

"그런데 대관절 왜 저에게 그 말을 하시는 겁니까?" 내가 물었다.

그들 아니, 당신이 우리에게 가까이 접근해 오면 우리의 몸이 돌연 이렇게 경직되어 버리는 게 보이지 않는단 말입니까? 당신은 침입자이자 불청객이란 말입니다.

나　당신들은 마땅히 놓아줘야 할 것을 왜 계속 붙들고 있는 겁니까? 당신들의 애무는 필경 사라지고 마는 덧없는 것에 불과해요. 그럼에도 불구하고 당신들은 그걸 아니라고 굳이 부인하고 있어요.

그들　당신이 우리 곁을 스쳐 지나갈 때면 우리는 긴장한 나머지 몸이 돌처럼 굳어 버립니다. 우리가 앉아 있는 이런 모양새는 우리 자신이 봐도 우스울 때가 많지요. 당신은 주제넘게 덤비는 무뢰한이며 또한 속물입니다.

나　이제 당신들은 여기를 떠나 어딘가로 가서 어쩌면 정사를 나누게 될지도 모르지요. 만일 그게 여기 이 자리에서 벌어지지 않는다면 말입니다. 그리고 당신은 내일 아침 일찍 잠에서 깨어날 겁니다. 그래요, 당신들 중 한 사람이 다른 사람보다 먼저 잠에서 깨어, 그가 혹은 그녀가 사랑하는 혹은 사랑하지 않는 상대방을 바라볼 겁니다. 그리고 자기 손과 입으로 애무를 퍼붓던 곳들도 바라보겠지요. 햇빛 아래 전모를 드러낸 그 모든 게 일시에 이상하게 느껴질 겁니다. 마치 확대된 것처럼 말입니다. 그리고 낯선 육체가 곁에 있다는 사실에 불현듯 공포를 느끼게 될 겁니다.

그들　당신은 지나가면서 귀를 기울이지요. 증오에 가득 차서, 증오에 가득 차서, 오솔길 위로 한 발짝 한 발짝 내딛는 발마다 체중을 잘 버티어 내면서 상체를 앞으로 구부정하게 숙이면서 말입니다.

나　나는 세상의 공원들을 두루 돌아다니며 당신들 사이를 걷습니다. 나는 연인들 사이를 걷습니다. 그런데 한

가지, 당신들이 어떻게 스스로를 분리시킬 수 있는지 납득이 가지 않습니다. 아침마다 출근 시간이 되면, 당신들은 서로의 곁을 떠나지요. 육체들이 각각 저마다의 외로운 여로에 오르는 셈입니다. 그러니 외롭기는 애무받은 몸이나, 애무받지 않은 내 몸이나 마찬가지입니다. 영원히 화해하거나 합치할 수 없는 밤보다 더 소원하게 두 육체는 서로에게서 떨어져 나갑니다.

그들 그래서 도대체 뭘 어쩌자는 겁니까? 우리도 우리가 불완전하다는 걸 알고 있습니다. 그러나 그건 죽을 수밖에 없는, 우리가 사랑하는 우리 자신의 운명에 대한 동정심 때문은 아닙니다. 여기 우리 곁에 있는 사람이 우리에게는 유일한 사랑입니다. 우리는 그 유일한 사랑을 행여 밤 불빛에라도 들킬까 몰래 나만을 위해 간직하지요. 그 사랑은 비밀입니다. 우리는 그 유일한 사랑을 그 사랑에게조차도 비밀로 간직합니다. 그리고 그 사랑에는 애정의 옷이 입혀집니다.

나 그런데 그 유일한 사랑을, 만약 당신이 그 순간 그 자리에서 만나지 않았더라면, 당신은 또 다른 유일한 사랑을 찾아야만 했을 겁니다. 왜냐하면 세상은 온통 그 유일한 자들로 꽉 찼기 때문이지요. 그리고 그들은 발견되어야만 하기 때문입니다.

그들 유일한 사랑은 발견되는 게 아닙니다. 유일한 사랑은 생겨나는 겁니다. 사랑은 행위로써 스스로를 드러냅니다. 사랑은 스스로 말하고 우리가 들은 그 말로 구성되지요. 사랑은 스스로가 마련한 계기를 통해, 그리고

그 사랑이 계기를 갖도록 우리가 사랑에게 마련해 준
기회를 이용하여 그 형상을 이뤄 나갑니다.

그래요, 우리가 애무하고 포옹하는 건 그때 그곳에서
우리가 만났다는 것입니다. 그러나 우리가 그에 대해
인식하는 건 우리 스스로가 만들어 낸 것입니다.

나　나는 끊임없이 걷고 또 걸을 겁니다. 나를 위해서도
스스로를 장엄하게 무장하는 밤중에, 대낮의 불안과
다단한 사념들 위에 양손을 얹고 위안해 주는 밤중에
도 말입니다. 계속 그렇게 걷다가 언젠가 벤치 하나를
발견하게 된다면, 거기에 가 다른 사람과 함께 앉게 된
다면, 그럴 경우 나는 나 자신을 잃게 되는 건 아닐까
요?

그들　그건 불가능합니다. 당신은 단지 당신 스스로 무기력
한 상태에 빠지는 경우를 제외하고는 자신을 잃지 않
습니다. 당신은 모방에 대해서 두려워하고 있군요. 우
리와 우리의 행위를 모방하는 것에 대해서 말입니다.
그러나 그건 불가능해요. 사람들은 모두 자기 나름대
로의 행위와 언어, 그리고 체취를 지역번호처럼 달고
다닌답니다. 당신은 자긍심 대신 두려움을 안고 이곳
을 무기력하게 걸어 다니고 있군요. 그런 태도로 우리
사이를 걸어다니는 건 좋지 않습니다. 당신의 깊은 의
심 위에 놓인 마른 장작처럼, 우리가 오늘 밤 이곳에
쌓아 올린 성을 허물어 버리는 것은 좋지 않습니다.
우리에겐 지금 시간이 별로 없어요. 언젠가 우리가 이
곳으로 왔을 때, 우리의 피가 마르고, 서로에게 그토

록 친숙했던 육체에 배신과도 같은 노화 현상이 시작
될 겁니다. 그러면 이는 또 우리의 기억들을 고갈 상태
에 대고 사정없이 문질러 파편으로 만들어 버리고 말
겠지요.

나   그게 궁극적으로는 어떤 차이가 있다는 겁니까?

그들 요컨대 인간은 궁극적으로는 살아 있지 않다는 겁니
다. 인간은 지금 현재를 살고 있다는 겁니다. 지금 바
로 이 순간, 육체의 팽팽한 생동감을 통해, 그리고 그
위를 어루만지는 손의 섬세함을 통해. 지금 이 순간,
입에서 흘러나오는 신비스러운 언어와 입에서 토해 내
는 염원을 통해.

그래 맞아, 내가 말했다. 그게 진실이야.

페이의 집으로 돌아왔을 때 그녀가 날 기다리고 있었다.

"걔들은 다 갔니?" 내가 물었다. 그러나 그들, 다른 사람들
은 아직 떠나지 않았다.

우리는 그녀의 회랑으로 가 앉았다. 그녀는 내 어깨에 그녀
의 팔을 올렸다.

"여기 말고." 그녀가 말했다. "저기 담 위로." 그래서 우리는
담 쪽으로 걸었다. 그녀가 먼저 기어올랐고 그런 다음 나를 끌
어당겼다. 그렇게 우리는 담 위에 자리를 잡았다. 우리 앞의 호
수를 마주 보고서. 내 기억으론 우리가 한참 동안 거기에 그렇
게 앉아 있었던 것 같다. 그녀는 양팔로 내 어깨를 꼭 힘주어
껴안고 있었다. 이따금씩 빨갛게 손톱을 칠한 그녀의 널찍한
손이 내 입술 위를 방황하곤 했다. 나중엔 나도 내 팔을 그녀

의 어깨에 얹었다. 오래전 서로 어깨동무를 하고서 비밀 이야기를 나누며 걸어가던 초등학교 친구들처럼.

"이봐, 페이." 내가 입을 뗐다. 그러자 그녀가 미소를 지었다. 내가 물었다. "그렇게 예쁘다는 게 좀 이상하게 느껴지지 않니?"

"이상해?"

"응." 내가 말했다. 그러고서 나는 조심스레 내 한 손을 그녀의 가슴에 댔다. "넌 예뻐. 내 생각엔 그게 이상할 것 같아. 어떤 사물들이 예쁘다는 것과는 완전히 다른 문제야. 어떤 여자가 예쁠 경우엔, 그녀 자신도 그걸 의식하고 있을 테니까 말이야. 그러니 사물이 예쁜 것과는 상황이 다르잖겠어."

"넌 날 사랑하지 않아, 그렇지?" 그녀가 물었다.

"나도 몰라." 내가 대꾸했다. "아닌 것 같긴 한데, 나도 잘 모르겠어. 왜냐하면 난 여태껏 누구도 사랑해 본 적이 없으니까."

"그래도 그 여자 애는 사랑하던 눈치던데." 그녀가 말했다.

나도 영문을 모르겠어. 난 속으로 생각했다. 난 그저 그녀를 만나 얘기를 나누고 싶을 따름이야.

"필립." 페이가 다시 입을 열었다.

"응."

"공놀이를 하기에 내 나이가 너무 많은 것 같니?"

"아니." 내가 말했다. "내 눈에는 그렇지 않아."

"가끔, 여기에 아무도 없을 땐 말이야, 난 혼자서 공놀이를 하곤 해. 저 마당을 힘껏 뛰어다니면서 땅에다 대고 공을 튀기지. 그리고 그게 몇 번이나 튀는지 세어 보기도 하고. 또 가끔은 그걸 벽에다 대고 친 다음 다시 받는 놀이를 할 때도 있고.

그 공을 무척 오래전부터 가지고 있었지만, 요즘에는 아무도 보는 사람이 없는 게 확실할 때만 나 혼자서 공을 가지고 놀곤 해."

"내가 너하고 같이 놀아 줄게. 나도 하고 싶거든." 내가 말했다. "내가 마지막으로 공놀이를 한 게 그러니까 아직 얼마 안 되거든."

우리는 담에서 내려왔고, 그녀는 다시 그녀의 손을 내 목덜미에 얹었다. 얼마 전 라일락꽃 옆에서 그랬던 것처럼.

"나이에 어울리지 않게 공놀이를 하는 게 정말 유치하다고 생각하지 않니?" 그녀가 다시 물었다.

"아니." 내가 대답했다.

"어린아이들만 공놀이하는 거 아니던가?"

"어린아이들도 한다는 말이 더 맞겠지."

그녀는 다시 그녀의 손톱을 내 살 깊숙이 눌렀다. 입술은 물지 않는구나, 내가 속으로 생각하고 있는데, 그녀가 말했다. "안 보여서 못 하겠다. 밤이라 너무 어두워. 자칫 공을 잃어버리면 영영 찾지 못할 거 같아."

"가서 공 꺼내 와." 내가 재촉했다. "달이 저기에 둥실 떠 있잖아."

"그래, 달이 떠 있네." 그녀는 고개를 뒤로 젖히고서 가느스름하게 반쯤 감은 눈으로 날 바라봤다. "난 많은 남자들하고 같이 잤어."

"알아." 내가 대꾸했다.

"하지만 단 한 번도 그 남자들하고 공놀이를 해 본 적은 없었어."

"어서 가서 공이나 가지고 와."

그러자 그녀가 고개를 끄덕였다. 그러곤 공을 가지러 집을 향해 걸어갔다.

그건 커다랗고 파란 공으로, 노란색 줄무늬가 그려져 있었다. 우리는 다른 사람들이 자고 있는 동안 돌무더기들 사이에서 공놀이를 했다. 우리는 서로 아무 말도 하지 않았고, 다만 있는 힘을 다해 서로에게 공을 던졌다. 나중에 우리는 시합을 했고, 물론 그녀가 이겼다. 그녀는 짐승처럼 유연했기 때문이다. 그녀가 공을 잡으려고 뛰어오르거나 공을 던지려고 몸을 뒤로 구부릴 때면 마치 춤을 추는 것 같았다. 한번은 그녀가 두 손으로 공을 붙들고서 내게로 걸어왔다. "난 공이 일종의 행운이라 생각해." 그녀가 말했다. "난 언제나 공을 잡아야만 직성이 풀리지만, 그걸 다시 있는 힘을 다해 던져 버리곤 해." 그리고 나서 그녀는 다시 자기 자리로 돌아갔다. 그 순간 나는 달을 향해 공을 높이 그리고 멀리 내던졌고, 공은 한순간 싸늘하고 위태롭게 칼날 같은 빛을 번뜩 발하였다.

"자, 여기 네 행운이 있어." 내가 외쳤다. "어서 받도록 해." 그러자 그녀는 절망에 찬 커다란 새처럼 공을 향해 뛰어올랐고, 번득이는 날개처럼 두 팔을 활짝 펼치더니 턱 하고 공을 받아 냈다.

"안 아파?" 내가 물었다. 그러나 그녀는 오직 한마디 말만을 중얼거렸다. "행운을 잡았어." 우리는 공놀이를 계속했다. 아마도 서너 시간은 족히 하고 나서 우리는 회랑에서 잠을 잤다. 그날 밤은 그리 춥지 않았기 때문이다.

다른 사람들이 아래층으로 내려오는 바람에 나는 잠에서

깼고, 페이가 여전히 잠을 자고 있는 모습을 보았다. 그녀의 오른팔은 마치 거기에 누군가 있거나 아니면 누군가를 오라고 부르는 것처럼 구부정하게 펼쳐져 있었다. 그리고 여전히 우리 사이에 놓여 있는, 햇빛 아래 마냥 순수해 보이는 파란색과 노란색의 공 위로는 그녀의 왼팔이 얹혀 있었다.

하인즈가 커다란 유럽 지도를 펼치더니 바닥에 깔았다. 그러고는 빨간 색연필로 영국의 플리머스에서 시작해서 파리와 취리히를 거쳐 이탈리아의 트리에스테를 연결하는 선을 그었다.

"그게 뭐야?" 내가 물었으나, 그는 곧바로 대답하는 대신 그저 선 위의 부분에는 I이라고 표시하고, 선 아랫부분에는 II라고 적었다. 그러므로 I은 영국, 프랑스 북부, 네덜란드, 벨기에, 룩셈부르크 그리고 스칸디나비아 반도였고, II는 프랑스, 에스파냐, 포르투갈, 스위스, 이탈리아 그리고 유고슬라비아였다.

"전술." 그가 말했다. "이건 간단히 전술 문제야. 너는 I이고 우리는 II야. 너는 I에서 찾고 우리는 II에서 찾는 거지."

당찮은 소리라고 나는 생각했다. 난 어디든 내가 원하는 곳으로 가서 찾을 것이다. 그러나 그가 정해 준 지역으로 못 갈 이유도 없었다. 그래서 나는 그냥 좋다고 승낙했다.

하인즈의 배낭은 헐겁고 납작한 물건으로, 돈키호테를 연상시켰기 때문에 배낭 주인에게 썩 잘 어울렸다. 그는 혀끝으로 마른 입술을 적시고는 말했다. "친구여, 안녕." 연이어 그는 마치 무언가 하고 싶은 말이나 하고 싶은 일이 더 있는 것처럼 손짓을 해 보였으나 실행에 옮기지는 않았다. 그는 느릿느릿, 마치 짊어진 짐이 상당히 무거운 듯한 걸음으로 집 앞 차도를 벗어났다. 그는 사르곤이 오는지 살피기 위해, 한 번 뒤를 돌아봤다. 그는 이른 새벽처럼 해쓱해 보였다.

"사르곤, 안 나올 거야?" 그가 물었다.

"난 얘한테 할 말이 아직 더 남았어." 사르곤이 외쳤다.

"아니." 내가 말했다. "난 이제 너희들과 같은 일행이 아냐. 나는 I이고, 너희들은 II이니까. 쟤가 직접 그렇게 정해 놨잖아. 나는 이제 더 이상 너희들 말을 들을 필요가 없어."

그런데도 그는 내 팔을 붙잡고선 나를 살살 끌어당겼다. "큰길까지만, 응?" 그가 사정했다. 큰길이 나올 때까지 그의 크고 붉은 입과, 부석부석 부어오른 잿빛 얼굴 속에 파묻혀 거의 보이지 않는 그의 눈들이 사르곤에 대한 이야기를 들려주었다. 그렇다, 그는 한동안 시를 썼으나, 결국엔 그 일을 그만둬 버렸다고 했다. 그가 종이 위에서 발견할 수 있었던 건 자기 자신과, 혼란에 빠진 자아였기 때문이다.

"철학, 그것도 내 딴에는 해 보려고 했어." 그가 말했다. 그리고 그런 식으로 그는 이야기를 계속했다. 그의 이야기는 끝날 줄을 몰랐다. 나는 토마스 아퀴나스와 신에 대한 그의 다섯 가지 증거에 대해 들었다. 물론 자명한 이치라고, 그는 확신했다고 했다. 그러나 창조자에 대한 쇼펜하우어의 지나칠 만큼 단순화된 부정이 그를 혼란스럽게 만들었다고 했다. 그리고 다른 모든 철학자들도 그를 혼란스럽게 했는데, 서로 팽팽하게 대립하는 철학자들 간의 확고부동한 사상들로 인해 그는 도저히 갈피를 잡지 못할 정도로 갈등과 방황을 되풀이했다고 했다. 그런가 하면 그는 비록 그들의 저서에 대해 개론적인 이해 이상으로 더 깊이 들어가지는 못했지만 거기에 쓰인 인용구들이 그에게 큰 감명을 주었기 때문에 그는 진실의 드높은 향취로서 그것을 만끽하기도 했다고 했다.

"난 이젠 체념 상태야." 그가 말했다.

"사르곤." 하인즈가 불렀다. 그는 이제 우리 앞에 저만치 떨어져 있었다.

"자, 이젠 돌아가 봐." 사르곤이 일렀다. 우리는 작별 인사를 나눴고, 나는 페이에게로 되돌아갔다.

"걔네들 다 갔어." 내가 말했다. 그러자 그녀는 나도 떠나야 할 시간이 왔다고 말했다. 나는 위층으로 올라가 배낭을 챙겼다. 그러나 내가 아래층으로 내려왔을 때, 그녀는 내게 작별을 고하기 위해 거기서 기다리고 있지 않았다. 아마도 그녀는 다시 담장을 넘어 가 어디선가 지금 꽃을 꺾고 있거나, 아니면 공놀이를 하고 있는지도 모른다. 하지만 나로서는 정확히 알 수가 없었고, 그래서 나는 그곳을 떠났다. 그리고 나는 I이었기에 북쪽으로 향했다. 마스 강과 그 지류인 발 강이 흐르는 땅으로 돌아온 나는 그사이 돈이 다 떨어졌기 때문에 한동안 버찌 따는 농장에서 잡일을 도왔다.

우리는 찌르레기들을 쫓느라 딸랑이를 흔들어 대면서 과수원을 빙빙 돌아다녔다. 우리는 후아우후아우후아우 하며 고함을 치기도 했고, 딸랑이를 흔들거나 빈 깡통을 때리기도 했다. 그런 식으로 버찌 추수가 끝난 후, 나는 네덜란드 최북단의 텍셀 섬으로 갔다. 그리고 거기서 가지치기 작업을 하고, 이후에는 알뿌리 식물을 캐내는 농사일을 거들었다. 그곳에서 지냈던 생활은 기억에 그리 많이 남아 있지 않다. 단지 토양이 아침에는 축축했고, 해가 중천에 벌겋게 뜬 날의 오후에는 굳은 돌처럼 마냥 척박하기만 했다는 것 이외는.

우리는 땅바닥에 무릎을 꿇고 앉아서 손으로 일일이 알뿌리들을 파냈다. 그렇게 파낸 알뿌리들을 커다란 체에 담고 흔들어 흙덩이들이 떨어져 나가도록 했다. 그리고 이따금 비가 내렸던 것이 기억난다. 그럴 때면 우리는 마치 우리가 땅을 사랑하는 것처럼, 땅의 품으로 다시 돌아가기를 염원하는 것처럼 끝없이 펼쳐진 벌판 위에 몸을 웅크리고 누워 있곤 했다. 어쩌면 그게 사실이 아닐지 몰라도, 우리 대부분은 가끔 우리가 어느 여인의 몸에서 나왔다기보다는 땅으로부터 생성되었다고 느끼기 때문이다.

여행 경비를 벌기 위해 나는 여러 가지 잡일을 했다. 그녀를 찾아 여행을 계속하고 싶었기 때문이다. 그리고 나는 그렇게 했다. 네덜란드에서, 그리고 독일에서. 그러나 그녀를 찾지 못했다. 그리고 그런 식으로 어느덧 9월이 되었고, 어느 이른 아침에 나는 덴마크를 향해 국경을 넘었다.

여권 검사를 마친 후에 나는 거기에 찍힌 도장을 보았다. 그리고 그 단어를 발견했다. 크루사아(KRUSAA), 입국.

나는 주위를 둘러보았다. 그리고 그녀가 정말로 거기에 서 있었다.

5장

지금 이 순간 크루사아에서 여권 검사소를 막 통과한 사람
은 어쩌면 아직 날 볼 수 있을지도 모른다. 거기 도로의 오른
편 관목 옆에 서서 내가 그녀에게 말하고 있기 때문이다. "안
녕, 너를 찾아 모든 곳을 헤매고 다녔어."

그녀는 통이 좁은 코듀로이 바지에 검은 벨벳 재킷을 걸쳤
고, 끈이 달린 작은 여학생용 구두 속에 맨발을 하고 있었다.
"춥지 않니?" 내가 물었다. "어떻게 그렇게 맨발로 다니지?
여긴 벌써 가을이 되었잖아."
"그래." 그녀가 대답했다. "우리 코펜하겐에 가서 양말을 사
도록 하자."
"어쩌면 그 이전에 구할 수 있을지도 몰라. 만약 우리가 곧
장 코펜하겐으로 직행하지 않는 차를 얻어 탈 수 있다면 말이
야. 하지만 그때까지는 우선 내 거라도 신어."

내 발이 그녀의 것보다 더 많이 크지 않았기 때문에, 그녀는 그렇게 했다. 그런 다음 우리는 여로에 올랐다. 그녀는 왼손에 폭이 좁고 납작한 여행 가방을 두 개 들고 있었다. 가방 손잡이들을 한데 모아 구두끈으로 꽁꽁 묶어 놓았기 때문에, 그녀는 가방들을 쉽게 들 수 있었다. 그녀의 오른손에는 옷가지와 먹을 것이 든 작은 가방이 들려 있었다.

우리는 첫 번째 편승으로 아번라까지 갔고, 거기서 양말을 샀다. 그리고 어느 술집에 들어가 카드놀이를 했다.

"하데르슬레브까지 갑니다." 다음으로 얻어 탄 차의 운전사가 말했다. 그러나 그는 우리를 코펜하겐까지 데려다 주었다. 그가 우리를 그곳까지 데려다 준 이유를 말하지 않았기 때문에 우리로서는 그가 왜 그랬는지 알 도리가 없었다. 그가 우리를 태워 줄 때는 오후였는데, 코펜하겐 변두리 한쪽 끄트머리에 우리를 내려 줄 때는 밤이었다.

그가 한마디도 말을 꺼내지 않았기 때문에, 우리 역시 서로 아무 말도 나누지 않았다. 그가 우리를 내려놓고 간 뒤에도. 우리는 배 난간에 기대서서 물 위로 배가 지나간 흔적을, 그리고 뉘보르 항구에 켜진 불빛을 바라봤다.

"넌 뭘 즐겨 하니?" 그녀가 물었다.

"독서. 그리고 그림 보는 것도 좋아해. 그리고 또 저녁이나 밤에 버스 타고 돌아다니는 거. 우리 안토닌 알렉산더 삼촌네 집에서 파티 할 때 하던 것처럼."

"그리고 또 없어?"

"물가에 앉아 있는 거." 내가 대답했다. "그리고 빗속을 거닐고, 가끔 누군가와 뽀뽀하는 거. 그럼 너는?"

그녀는 잠시 생각에 잠겼다가 입을 열었다. "길거리에서 노래하거나, 아니면 길가에 죽치고 앉아서 나 자신한테 말 걸기, 아니면 쏟아지는 비 때문에 울기. 하지만 이걸 한꺼번에 다 할 수는 없어. 길가에 앉아서 혼잣말을 중얼거릴 수가 없어. 사람들이 미친 사람으로 취급하기 때문에 그 자리를 얼른 피해야 하니까."

"또 뭘 즐겨 하니?"

"내가 우리 할머니를 꼭 빼다 박았다고 믿는 거."

너의 할머니가 어땠는데? 나는 속으로 되물었고, 그걸 내가 미처 입 밖에 꺼내기도 전에 그녀가 대답했다. "때때로 우리 할머니는 나한테조차 좀 서운하게 대하시곤 했어. 독신으로 너무 오래 사셔서 아이들을 다루는 게 서툴렀기 때문이지."

넌 할머니가 없잖아, 나는 생각했다. 지금 네 말은 사실이 아니야. 만약 그게 사실이라면 마반테르 씨가 미리 내게 귀띔해 주었을 테니까.

"할머니는 이제 너무 늙으셨어. 그렇지만 아직 정정하시지. 대개 우리 같은 아이들한테 화를 내시곤 해. 그럴 때마다 우리는 깜짝 놀라곤 하지. 세상 사람들이 모두 할머니의 생활 방식을 비난하는 게 난 여간 슬프지 않아. 우리 할머니의 인생이 마치 평생 동안 외진 구석에서 고난과 싸우면서 살다가 거기에서 생을 마쳐야 하는 야생 동물의 삶과 같다는 걸 이해하는 사람이 아무도 없어. 난 우리 할머니가 11월과 가장 닮았다고 생각해 왔어. 다른 사람들을 통해 들은 이야기로는, 할머니의 다리는 숲 속 나무뿌리에 차이고 그루터기와 가시에 할퀴고 긁힌 상처들로 성한 곳이 없대. 할머니는 항상 혼자서 한 손에

낫을 들고 몇 시간이고 산책을 하곤 했거든. 언젠가 한번은 할머니의 뒤를 밟은 적이 있어. 할머니는 야생 동물 같았어. 마치 홀로 죽을 만한 마땅한 자리를 찾아 헤매는 야수처럼 말이야."

나는 이 이야기를 그녀가 지어낸 영상이라고 생각했다. 앞으로 나이가 든 그녀의 모습을 상상한 것이라고 말이다. 물론 틀림없이 그렇다고 장담할 수 없긴 하지만.

우리의 발아래에서 물이 거품을 일으켰고, 우리는 그것이 배를 자기 곁에 그대로 잡아 두기를 갈망하는 달과 옥신각신하는 유희를 바라보았다. 그리고 밤이 이슥해진 도시에서 바야흐로 우리들의 유희가 태어났다. 너무 늦어 버렸기에 우리는 차라리 뜬눈으로 밤을 새웠기 때문이다. 우리는 전차를 타고서 물을 바라보던 장소로 되돌아갔다. 그곳의 지명은 니하븐이었다.

"저기에 작은 보트 한 척이 있어." 그녀가 말했다. 우리는 배낭을 풀어 부둣가에 내려놓고, 배로 가서 앉았다.

"네 이름은 뭐니?" 내가 물었다. 하지만 난 그녀가 마르셀이라는 걸 이미 알고 있었다. 마반테르 씨가 내게 알려 주었기 때문이다.

"네가 내 이름을 지어 줘." 그녀가 말했다. 그러더니 아주 날렵하게 내 쪽으로 몸을 돌렸다. 보트와 물이 약하게 동요했다. 그녀의 해묵은 상아빛 얼굴이 내 눈에는 다소 낯설고 정지된 것처럼 보였다.

"네가 이토록 가까이에 있다니." 내가 속삭였다. "네 얼굴을 내 손으로 감싸 봐도 될까?" 그녀가 아무런 반응을 보이지 않왔기에 나는 손으로 그녀의 얼굴을 감쌌다. 애초에 그렇게 하기 위해 손이 만들어진 것 같았다. 그녀의 볼록한 광대뼈가 내 손바닥 안에서 달아올랐다. "자, 눈 감아." 내가 속삭였다. 나는 그녀에게, 그녀의 눈꺼풀에 키스하고 싶었다. 그녀의 눈꺼풀은 꼭 감긴 채 파르르 떨고 있었고, 남쪽 지방의 늪 가장자리에서 이따금 눈에 띄지만 이름을 기억할 수 없는 그런 꽃들처럼 보랏빛이 돌았다.

"널 양송이라고 부를 거야." 내가 말했다. 그러고는 조심스레, 행여 내 손이 그녀의 얼굴을 아프게 할까 봐 조마조마해하면서 그녀를 놓아주었다. 그러나 그녀는 갑작스레 방긋 웃어 보였다. 그녀의 해사한 얼굴이 사랑스러움으로 뒤덮였다. 햇살이 그녀의 치아에서 즐겁게 장난을 치면서, 시원스럽고 여전히 가늠할 수 없는 눈망울 밑에서 숨바꼭질을 하고 있었다.

"그 가방 안엔 뭐가 들었니?" 내가 물었다. 그녀는 자기 이름조차 밝히려 들지 않았기 때문에, 나는 그녀가 대답을 해주지 않을 거라고 생각했다. 그러나 그녀는 손잡이를 묶은 구두끈을 풀더니 가방을 열었다.

"이게 내 수종들이야." 그녀가 말했다. "알현 의식을 베풀 예정이야." 그러더니 그녀는 공주로 변모되었다. 가방 안에는 레코드 원반들과 함께 작은 축음기가 들어 있었다.

"그리고 이것도 역시 내 수종이야." 그녀가 재킷의 한쪽 자락으로 삐죽 튀어나온 작은 책을 가리키며 말했다. "수종들을 부를까?"

'물론, 그래야지.' 난 속으로 되뇌었다. 그리고 나서 찬성한다고 말했다. "그래, 불러 봐."

"그러면 너도 이따 네 수종들을 다 불러 와야 해."

나에겐 수종들이 없다고 말하려 했으나, 나는 마반테르 씨가 그녀에 대해서 들려준 모든 것들을 기억하고는 말했다. "나도 수종들을 다 부를 계획이야. 그럼, 그렇고말고."

"너, 시집 가지고 다니지?"

"응." 내가 대답했다. 대부분의 사람들이 시 읽는 걸 흔히 이상하게 생각할지라도, 어쩌면 그녀는 그걸 비웃지 않을 거라 생각했기 때문이다. 나는 항상 갖고 다니면서 좋아하는 시를 그때그때 기록하곤 하는 작은 노트를 그녀에게 보여 줬다.

"좋아." 그녀가 고개를 끄덕였다. "내 것하고 똑같아. 이건 정말 훌륭한 수종이야. 고결한 행렬. 너, 빗 가지고 있니?"

나는 그녀에게 빗을 건넸다. 그녀는 머리를 빗고 옷매무새를 바로잡더니, 나에게도 똑같이 하라고 말했다.

"왜?" 내가 물었으나 그녀는 대답하지 않았다. 대신 그녀는 우리가 지금 있는 장소가 어딘지 알고 싶어 했다.

"어느 보트 안이지." 내가 말했다. "코펜하겐의 니하븐 부둣가에 있는."

"그렇구나." 마치 그게 아주 중요한 정보라도 되는 것처럼 그녀가 대답했다. "자, 이렇게 머리도 단정하게 가다듬었으니, 이제 수종들을 맞이할 준비가 다 된 것 같아." 그녀가 축음기에 음반을 올려놓았다. 도메니코 스카를라티의 소나타에 나오는 행렬을. 과꽃과 체꽃으로 울긋불긋 치장된 세 개의 선박이 하븐가드로부터 항해해 오는 정경은 참으로 기묘한 분위기를 자아냈다. 가을의 색깔을 입은 깃발들로 장식된 첫 번째 배에는 관현악단이 부동자세를 취한 채 앉아 있었다. 가발의 은빛 머리카락 혹은 앞가슴의 주름장식이 전등불 아래서 언뜻언뜻 움직이는 듯했지만, 그건 중요하지 않았다. 쳄발로 연주자가 행렬을 연주하는 동안 그들은 모두 동상처럼 꼿꼿하게 앉아 있었다.

"저기 스카를라티 씨께서 몸소 쳄발로를 연주하셔." 그녀가 속삭였다. 나는 그가 언젠가 안토닌 알렉산더 삼촌의 집을 방문한 적이 있으며, 실제로 만나 보지는 못했지만 내가 소개받은 적이 있는 바로 그 사람이라는 것을 기억해 냈다!

"다른 사람들도 전부 다 저기에 참석해 있는 거야?" 내가 그녀에게 물었다. 그러나 그녀는 그녀가 가지고 있는 음반의 작곡가들만 그 자리에 모여 있다고 대꾸했다.

"저 뒤에 빨간 머리 보이지? 저 사람이 비발디야." 그녀가 그를 가리켰다. 그리고 그 순간 그가 그녀에게 묵례를 보내자, 그녀 얼굴이 일시에 홍당무로 변했다.

배들이 우리의 보트로 다가왔다. "네 책을 들여다보면 저 사람들을 모두 알아볼 수 있을 거야." 그녀가 말했다. "자, 책을 좀 읽어 봐." 그녀는 책을 펼치더니 그녀의 무릎 위에 올려놓았다. 나는 그들이 가느다란 목소리로 즐겁게 이야기를 나누고 있는 광경을 바라보았다. 그들 중에는 아주 오래되어 이제는 잊혀져 버린 시대의 의상을 차려입은 사람들도 있었고, 노쇠하고 무척 피곤해 보이는 사람들도 있었는데, 그들의 표정에는 한결같이 고색창연한 정취가 어려 있었다.

"저 사람이 폴 엘뤼아르야." 그녀가 나를 쿡 찔렀다. 나는 그를 바라보면서 그녀에게 소곤댔다. "그런데 프랑스 초현실주의를 대표하는 저 시인은 왜 여기에 와 있는 거니?"

그녀는 그녀의 책을 가리켰다. 바람이 불빛을 휙 집어삼켜 버리지 않는 잠깐의 틈을 이용하여 나는 책에 쓰인 인용문을 힐끗 읽어 낼 수 있었다.

그대의 눈을 통해 변화되리라, 달을 통해 변화된 것처럼

그리고

내가 왜 이토록 아름다우냐고요?
스승께서 손수 나를 씻어 주시기 때문이라오.

시인이 우리에게 악수를 청했고, 잠시 동안 우리 곁에 앉아 대화를 나누었다. 그런 식으로 그날 밤 나는 많은 사람들과 이야기를 나눴다. 그리고 나는 내 수종으로서 나들이 나온 사람들을 그녀에게 소개했는데, 예를 들어 미국의 '잃어버린 세대'의 문인 커밍스의 경우는 그가 "내가 여행해 본 적이 없는 어딘가에서, 우리의 체험이 미치지 않은 희열 속의 피안 세계에서, 당신의 눈이 그들의 침묵을 담고 있습니다."라고 시작하는 전위 시를 썼기 때문이며, 그리고 그 시가 "그대 눈망울에 어린 음성은 장미꽃들을 모조리 합친 것보다 더 심오하고, 누구도, 심지어 비조차도, 당신처럼 그토록 자그마한 손을 가지고 있지 않답니다."라고 끝을 맺었기 때문이다.

아, 그렇다. 내로라하는 문학계의 다른 대가들도 거기에 모두 모여 있었다. 내게는 역시 "보물을 지키는 나의 무기는 감수성"의 에스파냐 서정 시인 베케르였고, 그녀에게는 "내 언제

그녀를 만나 볼 수 있을까, 앞이 캄캄하거늘, 만리타향 서로 동떨어진 우리들이기에."라고 프로방스어로 구가하던 시인이었다. 그녀는 바로 그 사람과 담소를 나누고 있었는데, 내가 전에 셰실베스트르 호텔에서 들었던 사투리를 쓰고 있었다. 그의 옷차림으로 보아 나는 그가 트루바두르가 틀림없다고 생각했다. 그는 역시 조프레 뤼델이었으며, 그의 옆에는 다른 음유 시인들, 아르노 다니엘과 베르나 드 방타두르도 함께 자리하고 있었다.

그렇게 불가사의한 밤에, 도시는 우리 뒤에서 묵묵히 침묵하고 있었다. 관현악단이 연주를 멈춘 사이, 우리의 작은 보트를 U자형으로 빙 둘러싸고 떠 있던 세 척의 배에 탄 남자들이 서로 이야기를 주고받았다. 다시 은밀하게 흐르는 음악을 향해 한스 로데이전이 소곤거렸다.

나는 다른 집에 거주하고 있습니다.
때때로 우리는 서로 마주치곤 합니다.
나는 늘 당신 없이 잠자리에 들며
그리고 우리는 항상 더불어 삽니다.

게다가 벨기에의 다다이즘 시인 폴 반 오스타이언도 그 자리에 참석해 있었다. 진부한 폴카에서 낚아채어 온 그의 창조물 남녀 한 쌍인, 연초록색의 아를레키노와 빛바랜 핑크색의 콜롬빈너를 동반하고서.

그렇듯 그녀는 그날 밤 니하븐에서 알현 의식을 베풀었다. 먼동이 희끄무레 밝아 오기 시작하는 새벽녘에 이르러 배들이 떠났고, 우리는 물을 따라 되돌아 걸었다. 인적을 찾아서.

그녀와 지낸 지 약 일주일이 넘은 후에도 무슨 이유에선지 나는 그녀에게 사랑한다고 고백하지 않았다. 나는 그동안 태양 속의 그녀를 보았다. 아무개라 불리는 해풍이 가져다준 빗속의 그녀를 보았다. 그리고 우리가 뜬눈으로 밤을 지새운 첫날 새벽의 찬기에 덜덜 떨면서 나지막하게 속삭이던 그녀를 보았다. 나는 밤에도 그녀와 함께 시간을 보냈고, 스웨덴을 향해 질주하는 트럭의 숨 막힐 듯한 후덥지근함 속에서 내 어깨에 기대 졸고 있는 그녀를 보았다. 또한 햄릿의 성을 등지고 헬싱외르에서 출항할 때에도, 창연한 신비스러움 속에 드리운 밤의 불길한 그늘 뒤에 말썽꾸러기 신 로키가 도사리고 있으리라 추측했던 스웨덴의 베네른 호수 기슭의 숲 속에서 머물 때에도, 우리는 그렇게 줄곧 함께했기 때문에 친밀한 사이가 되었다.

이윽고 내가 그녀에게 그 말을 비친 건 스톡홀름에서였다. 누가 알겠는가, 만일 그 순간 비가 내리지 않았다면 어쩌면 그때마저도 기어코 그 말을 꺼내지 않았을지도 모르는 것을. 왜냐하면 내가 보기엔 그녀는 날 사랑하지 않았고, 그리고 그렇다면 그 말을 군이 꺼낼 필요가 없다고 생각했기 때문이다. 그러나 비가 부슬부슬 내렸고, 늘 물가를 찾아다녔던 우리는 비를 피해 그날도 역시 쿵스브론 강가의 다리 밑, 도로와 원만한 곡선을 그리며 아치형으로 내려오는 다리 사이의 공간을 은신처로 정했다.

차들이 우리의 머리 위에서 질주하고 있었고, 나는 그녀에게 말했다. "사랑해." 그러나 그녀는 눈을 크게 뜨고는 내 얼굴을 어루만지더니, 대답을 하기 전에 내 얼굴을 한번 휙 쓸어내렸다. 그런 다음에야 대답 비슷한 반응을 보였다. "물론."

그리고 나서 우리는 아주 오랫동안 침묵을 지킨 채로 누워 있었다. 그녀가 다시 입을 뗄 때까지.

"내가 떠날 거라는 거 알았니?"

"아니." 내가 말했다. "몰랐어." 나는 내가 이 게임에서 패자가 될 거라는 사실을 직감적으로 알았다. 왜냐하면 내가 그녀를 사랑했기 때문에, 우리는 한 쌍의 손처럼 서로에게 꼭 맞았기 때문에, 그리고 그녀는 누가 뭐라든 자기의 길을 떠날 것이기 때문에.

"그거 아니?" 그녀가 물었다. "삶이란 사랑을 위해 마련된 기회라는 걸?" 그러나 내가 미처 반응을 보이기도 전에 그녀는 하던 말을 계속했다.

"내가 볼 때 넌 앞으로도 끊임없이 최소한의 확실성을 추구해 나갈 거야. 끊임없이 어떤 사람들에게 정을 주고 어떤 장소들에 애착을 느끼고, 그리고 무엇보다도 넌 끊임없이 세상을 아름답게 보는 사고방식을 고수할 거야. 왜냐하면 넌 이제껏 늘 그렇게 살아왔으니까.

너처럼 나도 그래. 비록 나 자신의 정체도 제대로 모르고, 내가 왜 여기에 있는지에 대해서는 더더욱 모를지라도 말이야. 어쩌면 그저 나 스스로를 깜짝 놀라게 하기 위해서, 그리고 다른 사람들을 만나기 위해서, 그리고 삶 자체가 하나의 위안임을 알기 위해서 내가 존재하는 게 아닐까 싶어. 이 세상은 지극히 사악하고 절망적이고 비극적이며 파멸 지향적이지만, 바로 그로 말미암아 그토록 경이롭고 연민을 자아내고 그리고 극도로 사랑스럽고 아름답다는 신념을 가질 때에만 비로소 그 점을 인지할 수 있게 되리라 믿어."

그녀는 침묵으로 빠져들었고, 나는 그녀를 약간 위로 끌어당겨서 그녀가 내 팔의 움푹한 부분을 배게 삼을 수 있도록 했다. 비는 그칠 줄 몰랐고, 진열장의 그림처럼 우리가 은신한 공간 앞에서 꽃을 피웠다. 그리고 난 상념에 잠겼다. 세상의 아름다움은 모든 사람들과 함께 다시 시작된다고, 그리고 그건 콕 집어 설명할 수 있는 것이 아니라고, 나아가서 그건 나의 안토닌 알렉산더 삼촌이 언젠가 들려줬던 "낙원은 가까운 곳에 있다."라는 말과 상통한다고. 나는 우리 또한 경이롭고 연민을 자아낸다는 사실을 깨달았다. 인간은 상처받기 쉬운 실격된 신들인 까닭에 누구 할 것 없이 승부를 겨뤄 보기도 전에 이미 패자이기 때문이다. 그러나 우리는 언제나 경기에 임할 수 있다. 누구든지 경기에 임할 수 있다.

그녀를 사랑한다는 게, 누군가를 사랑한다는 게 어색하고 이상하게 느껴졌다. 일찍이 누구를 사랑해 본 적이 한 번도 없었기 때문이다. 나는 그녀에게서 모든 것을 지각했다. 마치 내가 그걸 새롭게 다시 창조하는 양 때때로 내 손을 통해 느끼는 그녀의 얼굴에서 나는 모든 걸 지각했다. 그녀가 말하는 것과 말하지 않는 것에서, 머리를 빗고 작은 붓으로 입술을 물들이는 등 그녀가 알현 의식을 베풀기 위해 자신의 매무새를 가다듬는 행동 하나하나에서도 나는 모든 걸 지각했다. 그럴 때마다 그녀의 태도는 어른들의 소지품을 가지고서 소꿉놀이를 하는 아이처럼 사뭇 진지할 따름이었다. 그 의례적인 준비의 마지막 순서는 언제나 내가 그녀의 귀 뒤의 부드러운 살결에

카번의 마 그리프 향수를 살짝 스치듯 발라 주는 거였다.

다음 날 우리는 살천 만 쥐르고덴 섬의 육중한 떡갈나무 아래에서, 발트 해를 오가는 선박들을 하염없이 바라보면서 하루를 보냈다. 우리의 머리 위에서 까마귀들이 날카롭게 울어댔다. 그들은 겨울이 다가오고 있음을 목청껏 포고하고 있었다. 우리가 북쪽을 향해 떠나는 그 다음 날들에도 육지 도처에서 가을이 그 목소리를 수그리려 들지 않았기 때문이다.

이윽고 내가 그녀를 떠나보내야 할 시간이 임박했다. 폭풍이 유난스레 기승을 부리던 밤이었다.

스칸디나비아 반도의 최북단인 라플란드 지방을 관통하여 북상한 우리는 노르웨이의 해안을 끼고서 다시 남쪽으로 내려가다가 노르피오르에 이르렀다. 산맥들이 이 협만 앞에 이르러 사나운 짐승으로 돌변하여 웅크리고 있다가, 폭풍을 향해서 우르르 쾅쾅 고함을 치며 으름장을 놓기도 했다. 우리는 바닷물의 처절한 절규를 들었다. 비가 우리를 내려쳤고 우리는 서로의 팔짱을 낀 채 길에서 미리 눈여겨봐 둔 마구간을 향해 뛰었다.

나는 손전등을 켰다. 그리고 나를 바라보는 그녀를 바라보았다. 그녀의 눈망울에서 벽옥의 불그레한 빛깔을 발견한 건 아마도 그때가 처음이었던 것 같다.

그녀는 언젠가 스웨덴 북부 아비스코 근처에서 몸이 약간 불편했을 때 날 보던 것과 같은 눈빛으로 나를 물끄러미 바라보았다.

"어디 아파?" 그때 내가 물었다. "아님 그저 슬퍼서 그러는 거야?" 그러나 그녀는 미소를 지으며 대답했다. "아냐, 왜 있잖아, 너도 알다시피 여자들이 매달 좀 불편을 겪어야 하는 거."

이번엔 그녀가 말했다. "지금 우리는 슬퍼."

"맞아." 내가 말했다. "네가 떠날 테니까."

우리는 약간의 간격을 두고 서로 떨어져 서 있었다. 그녀가 불쑥 내 품으로 달려들었다. 나는 그녀를 얼싸안아 올린 후 다시 내려놓았고, 그녀에게 키스를 했다. 그녀가 떠날 거라는 걸 알았기 때문이다. 나는 이미 알고 있었다. 내가 그녀를 찾아 헤매고, 그녀를 발견하고, 그녀와 함께 시간을 보내고, 그리고 결국에는 그녀가 다시 홀로 떠나게 되리라는 것을.

꼭 끌어안은 채로 그녀가 내 등을 애무했고, 나는 그녀의 머리카락을 입술 사이에 넣고는 그것을 음미했다. 우리는 오랫동안 그렇게 누워 있었다. 나는 그녀를 잃어버리고 있었고, 그녀는 나를 떠나가고 있었다.

"자, 난 이제 일어나야 해." 그녀가 가늘게 속삭였다. "떠날 시간이 됐어."

"안 돼." 내가 말했다. "그럴 수 없어. 비가 내리고 있잖아. 비를 맞아 병이라도 나면 어떡해?"

"내가 떠난다는 걸 넌 알고 있어." 그녀가 말했다. "내가 혼자 있어야만 한다는 걸 넌 알고 있잖아. 난 다른 사람들 곁에 있을 수도, 다른 사람들과 함께 살 수도 없다는 걸 말이야."

"그래도 내 곁은 괜찮잖아." 내가 말했다. "나와는 함께 살 수 있잖아. 나와 함께 자유롭게 활동할 수 있잖아. 난 너를 위해 모든 걸 안전하게 보호해 줄 수 있어. 우리 지금까지, 여행하는 동안 내내, 함께 행복했잖아."

"나도 알아." 그녀는 내 손을 꼬옥 쥐었다. "내가 만약 누군 가와 같이 살게 된다면 네가 나의 유일한 상대라는 걸. 하지만 난 그러고 싶지 않아. 난 혼자 있고 싶어. 그리고 너도 그걸 알 고 있잖아."

그래, 나는 생각했다. 네 말대로 나도 그걸 알고 있어.

"돌아올 거니?" 내가 물었다. 그녀는 돌아오지 못할 거라고 말했다.

나는 그녀를 가도록 놓아주었다.

나는 울었다. "비가 내려." 내가 말했다. "비가 내려." 그러나 그녀는 더 이상 아무 말도 하지 않았다. 그녀는 양손으로 내 목덜미를 꼭 붙든 채, 그녀의 입술을 내 입술 위에 포갰다. 오 래오래. 그리고 나서 그녀는 밖으로 걸어 나갔다. 나는 두 손 으로 문을 끌어안은 채 서서 그녀가 사라지는 걸 지켜봤다. 이 따금 후미에 떼구름을 거느리고 나온 달이 그녀의 위를 비춰 주었다. 그럴 때면 그녀는 마치 달에서 왔다가 향수병을 이기 지 못해 귀향하는 소녀처럼 보였다.

나는 그녀의 뒷모습을 바라보았다. 그리고 외쳤다. "다시 돌 아와야 해. 돌아와. 어딜 가다 다 마찬가지거든." 나는 그녀가 더 이상 보이지 않을 때까지 외쳤다. 그리고 난 그렇게 혼자가 되었다.

오랜 시간이 흐른 후에, 아니면 그리 오래 지나지 않은 후 에, 나는 알렉산더 삼촌에게로 돌아갔다.

"너냐? 필립이냐?" 내가 정원에 발을 들여놨을 때 그가 물 었다.

"네, 삼촌." 내가 대답했다.

"빈손으로 왔어?"

"네, 삼촌." 내가 말했다. "삼촌 드리려고 아무것도 가져오지 못 했어요."

1954년 6월에서 9월까지

작품 해설

  '히딩크 영향력'이라는 유행어가 나돌던 것과 유사하게 한 때 '노터봄 영향력'이 화젯거리가 된 적이 있다. 네덜란드 히딩크 감독이 한국에서 돌풍적인 인기를 누린 것만큼이나 네덜란드 작가 노터봄이 1980년대 독일 문학계의 총애를 독차지한 현상을 가리키는 말이다. 미국에서 외국 작가들을 대상으로 수상하는 페가수스 상이 그때까지만 해도 전혀 '무명의' 작가였던 노터봄에게 수여되기로 결정된 직후 독일 비평계의 관심이 단숨에 그에게로 집중되기 시작하여, 일약 네덜란드 최고의 소설가로서 주목받게 되었다. 하물며 노터봄의 그 같은 성공을 계기로 하여 네덜란드 출신의 다른 작가들도 더불어 부상되었고 이윽고 독일어 지역의 독자층을 확보하기에 이르렀다는 견해가 나올 정도이다.

  이처럼 독일을 비롯하여 다른 여러 나라에 가장 널리 알려진 네덜란드 작가인 노터봄의 작품은 그간 약 삼십여 개국의 언어로 번역되었을 뿐만 아니라, 작가 또한 수차 노벨 문학상 후보로 거론되고 있다. 그는 그간 수많은 국내외 문학상과 훈장을 받았는데, 미국의 페가수스 상(1982)을 위시하여 유럽 문학상(1993), 독일의 괴테 상(1992), 네덜란드의 페이 세이 호프트 상(2004), 나아가 프랑스의 레지옹 도뇌르 훈장(1991), 문학예술훈장(2003) 등이 그 실례이고, 베를린 예술 아카데미, 미국 현대 어문 협회의 회원으로 임명되었는가 하면 벨기에와 네덜란드 대학 등지에서 명예박사 학위를 받은 바 있다.

노터봄은 시와 소설, 에세이와 여행기, 희곡과 신문 시사평론, 샹송의 작사와 번역에 이르기까지 여러 장르를 두루 다루며, 논픽션과 픽션의 경계선을 자유자재로 넘나드는 다재한 작가이다. 무엇보다도 그의 깊은 통찰력과 관찰력 및 철학적 사색과 문학적 기지는 물론 역사적, 예술사적인 소재에 드러난 광범위하고도 전문적인 지식 역시 찬사를 받고 있다. 나아가 뒤틀렸으면서도 지혜로운 묘사와 서술, 날카로우면서도 우아한 필치, 신랄한 풍자와 해학에 뛰어난 문장가로서도 주목을 받고 있다.

영국 작가 A. S. 바이어트는 노터봄을 현존하는 세계의 소설가 중에서 최고 권위자 중 하나로 손꼽았는가 하면,《워싱턴 포스트》는 그를 한편으로는 철학적이고 명상적이며 다른 한편으로는 개성적인 관찰로써 객관적인 시대상·사회상을 그려 내는 균형 있는 기록문학의 거장으로 평가한 바 있다. 서양 문명의 지침서로 일컫는 노터봄의 최근 작품을 애호하는 국내외 독자들이 작가의 과거로 소급해 가는 경향이 심화된 요즘 미국, 프랑스, 러시아 등지의 출판계에서는 작가의 초기 작품들로 시선을 모으고 있어, 일종의 '노터봄 재발견'의 물결이 선풍적으로 일고 있는 실정이다.

노터봄의 작품들이 주변의 여러 유럽 국가 및 미국에서는 그동안 계속 인기를 유지해 왔음에도 불구하고, 네덜란드 국내에서는 그다지 큰 호응을 받지 못했다. 그의 데뷔작 『필립과 다른 사람들』(1955)(이후 『필립』으로 약칭함)로 안네 프랑크 상(1957)을, 그리고 소설 『기사는 죽었다(De ridder is gestorven)』로 반데르 호호트 부부 상(1963)을 받은 이래 거의 이십 년 동안 노터봄에 대한 평론은 잠종비적한 상태였다. 그간 발표된 그의 기행문은 대부분의 비평가들로부터 외면을 당하기 일쑤였고, 다른 작품들은 국내의 어느 문학적인 조류에도 소속되지 않은 채 문학계의 핵심으로부터 소외되어 왔기 때문이다. 그의 창작보다는 번역 작품이 오히려 더 높은 평가를 받았다고 할 수 있다.

그러다가 1980년대에 들어서 소설 『의식(Rituelen)』이 발표되고 나서야, 외국에서의 드높은 평판에 부응하여 국내에서도 다시금 주의를 끌고 폭넓은 독자층을 형성하기에 이르렀다. 그리하여 페르디난드 보르드베익 상(1981)에 이어 네덜란드 최고 권위의 문학상인 멀타툴리 상(1985)과 페이 세이 호프트 상(2004)을 받았다.

그러나 여전히 비평계 일각에서는 그의 작품 속에 만연된 현실 도피적 경향과 유행에 동조하는 일시성을 지적하고, 현대적·문학적 기교에 너무 치중한 나머지 내용적인 신중성을 상실했다는 비난을 가하고 있다. 그의 작품은 대체로 작가가 주지하는 바가 애매모호하고 내포된 진의를 포착하기 힘든 대목이 많아 번역에 어려움을 주는 것도 사실이다.

예의 배경으로 미뤄 보아 노터봄은 네덜란드 영토를 벗어나 국외에서 더 높은 명성을 떨치고 있는 유럽의 대표 작가이자 코즈모폴리턴적인 작가라 할 수 있다. 암스테르담, 메노르카, 베를린과 같은 유럽 각처에 거주지를 두고 있는 것과, 타 대륙의 어느 호텔 방 혹은 길 위에서 반생을 보내다시피 하며 여전히 정처 없이 떠돌아다니는 작가의 생활양식이 이를 다시금 증명해 주고 있다. 다시 말해 이는 표박에의 충동, 방랑에의 충동을 시사하며, 어느 한곳에 정착하지 못하고 떠돌아 다녀야만 하는 일종의 역마살이 든, 근본적으로 방랑벽을 가지고 있는 작가의 본질적인 문제들이 그의 작품 속에 배어 있는 것이다. 나아가 그의 작품 세계는 일반적으로 가상과 현실의 대립, 삶의 무상함, 죽음, 추억, 역사의 기능 등이 주요 테마를 이루고 있으며, 초기 작품에는 실험적 요소가 두드러졌으나, 후기 작품은 보다 더 구조적이고 체계적인 특색을 띠게 된다. 또 우주 만물을 형성하는 기본 요소인 불, 물, 바위, 해, 얼음 등이 작품 소재로 선호되는 동시에 은유, 역설, 대립과 같은 수사법이 자주 사용된다. 『필립』은 이 같은 작가의 모든 특성을 지니고 있는 작품이라고 할 수 있다.

『필립』은 무엇보다도 먼저 방랑 소설의 초시라는 점에 의의가 깊다. 『필립』은 미국의 소위 비트 제너레이션을 대표하는 A. 긴즈버그의 장편시 『울부짖음(Howl)』(1956)과 J. 케루악의 『노상(On the Road)』(1957)보다 한발 앞서 발표된 작품이다.

로맨티시즘의 한 변형이라고도 볼 수 있는 이 비트 제너레이션은 현대의 산업사회로부터 이탈하여, 원시적인 빈곤을 감수함으로써 개성을 해방하려고 하였다. 방랑 소설은 특별한 목적도 없이 떠도는 비트족들의 에피소드들, 즉 술, 음악, 성교, 약물 중독, 과속운전 등등으로 경험할 수 있는 도취를 일련의 맥락 없이 묘사하는 산만한 구성을 특징으로 한다. 사회적으로는 무정부주의적이고, 반문명적이며, 반체제적 자세를 고집하여 개인주의의 색채가 짙고 형식이나 기교에 구속되지 않은 창작을 주장한다는 점도 방랑 소설의 특색이다. 부정(否定)에 입각하여 새로운 정신적 계시를 체득하려고 들며, 동양적인 선(禪)을 추구하여 몰아지경, 즉 '지복(至福, beatitude)'의 경지에 도달하려고 한다는 점에서도 『필립』은 방랑 소설의 대표작이라 할 수 있겠다.

이처럼 방랑적인 삶에 대한 관심, 기초적이고 원초적인 감흥인 방랑에의 충동이 기조를 이루고 있는 『필립』은 작가의 실제 경험을 바탕으로 엮은 자서전적인 색채가 농후한 작품이기도 하다. 또한 『필립』은 낭만적인 생활에 대한 욕망, 인생의 인연, 그 인연을 이어 주는 매개의 상징, 자연과 동양 철학을 바탕으로 한 허무주의적인 밑바닥에 인간 본연의 사랑에 대한 향수를 짙게 깔고 있는 작품이다.

『필립』은 고등학교를 갓 졸업한 주인공 필립이 그의 사랑의 화신인 중국인 소녀를 찾아 유럽을 배회하면서 겪는 모험과 그 여행길에서 부딪히는 '다른 사람들'의 인생 이야기를 담은 여행기이다. 그것을 회고담 형식으로 풀어 나가는 1인칭 화자인 필립은 때 묻지 않은 순박한 청소년이면서도, 다른 한편으로는 인생이 해피엔드가 아님을 일찍이 간파한 조숙하고 이

지적인 성격의 소유자이다. 바깥세상에 대한 호기심이나 동경심에서, 그리고 감각적 자기만족을 위해서, 그리고 자기 정체성을 찾아서, 또는 방랑벽을 만족시키려고 여행길에 나선 필립은 곧 시인 기질이 다분한 사춘기 청년 시절의 작가 자신의 모습과 일치한다.

필립의 인생담은 그의 정신적 지주인 삼촌과의 관계로부터 시작하는데, 삼촌은 기성 사회와 기존 윤리에 대한 아웃사이더로서 문화적으로나 사회적으로 비순응주의적인 태도를 대표하는 인물이다. 인지상정으로 인간이 내면에 지니고 있는 방랑에의 충동이, 즉 '나그네'라는 주요 모티프가 삼촌에게서는 행동으로서가 아니라, 심정으로서 재현되고 있음을 본다.

나아가 필립이 길 위에서 만나는 여러 '다른 사람들'도 그런 비순응적인 면에서는 공통성을 보이고 있으며, 작중 인물들이 주는 예언적인 암시는 곧 현대 사회에 대한 격렬한 탄핵이라 할 만하다. 한편 필립이 만나는 '다른 사람들'은 굳이 타인이라고 규정짓기보다는 도리어 제각각 작가의 자전적인 요소를 내포하고 있는 작가의 분신들이라는 편이 더 적절하다. 그리하여 『필립』은 자서전 요소와 문학적 환상이 뒤섞인 소설이면서도 여행기이고, 산문이면서도 시라 하겠다.

작가가 제임스 조이스를 인용하여 고백한 적이 있다. "어느 작가든지 일생을 통해 단 한 권의 책을 남기게 되는데, 다른 작품들은 바로 그 한 권의 책의 변형에 불과하다."라고. 그리고 작품 간의 차이는 클지라도, 작가는 자신의 다른 모든 작품들의 출처로서 『필립』을 내세운다. 완전한 무의식 속에서 『필립』이 완성되었으며, 그 무렵에는 문학적 형식과 관련된 문제 제기라든지, 자신의 행위에 대한 철학적인 사유 등이 결핍되어 있었던 단계였음에도 불구하고『필립』이라는 묘판 위에 이미 씨앗을 뿌려 놓은 셈이다. 예를 들어 두 번째 소설인『기사는 죽었다』는『필립』의 순박함에 대한 반작용이다. 이 작품에서 기사의 죽음, 즉 주인공의 자살은 상징적인 죽음이다. 이는 다시 말해 글을 쓴다는 게 얼마나 고통스러우며, 얼마나 삶 깊숙이 파고드는 작업인지를 터득하게 된, 그래서 결국은 쓰기를 거부하는 자의 이야기이기 때문이다. 그러나『필립』에서는 글을 쓴다는 것에 대해 아직 선입견이 없고 솔직하고 때 묻지 않고 꾸밈없으며, 동시에 어설프고 숫되며 청초한 상태에 있다.

이 같은 순수함의 상징은 작품의 주제와도 직결되는데, 이는 곧『필립』이 작가의 예술 세계의 모태가 될 만한 중요한 근거를 제공한다는 것이다. 작가의 세계는 허상과 실상이 엇갈리는 세계이며, 이야기 속에서 다시 이야기 속으로 들어가며, 픽션 속에서 무엇이 픽션이고 무엇이 픽션이 아닌가가 간접적으로 토론되며, 그 토론 자체가 또 하나의 픽션이 된다. 이러한 가상과 현실의 혼재는『필립』에 역력히 드러나 있는데, 먼저 마반테르라는 작중 인물들을 통해 이 같은 문학과 삶에 대해 문제가 제기된다. 필립이 어디로 가느냐고 묻자, 그는 "어디긴 어디겠어, 바로 이야기한테로 가야지."라고 대답한다. 그는 필립에게 들려줄 이야기를 지니고 있는, 아니 오로지 이야기를 들려주기 위해 존재하는 인물이다. 나아가 사춘기 청년인 필립이 지향하는 이상형인 동양인의 얼굴을 한 소녀도 역시 이야기의 화신이다. 상징 교구 목사가 그녀에게 밤에 혼자 다니면 무서운 생각이 들지 않느냐고 묻자, 그녀는 무섭지 않다고 하면서 "나는 이야기를 만들어 내거든요."라고 한다.

작가에게 픽션이란, 즉 이야기를 꾸민다는 것의 의미는 현실의 반영이 아니며, 또한 기존 세계의 복사여서도 아니 된다. 현실의 창조, 존재하지 않는 뭔가를 창조해 내야 한다. 그 창조 작업에는 필연적으로 한계가 따른다는 사실을 작가 자신도 단연코 터득하고 있는 바이다. 없는 걸 꾸며 내는 행위인 창조는 진실일 수 없으며, 그런 의미에서 이는 거짓이고 타인의 눈을 현혹시키는 사기성이 다분한, 사실에 대한 조작 행위이다. 반면 이런 창작 과정은 신비롭기 이를 데 없다. 방금 전까지만 해도 이 세상에 존재하지 않던 그 무언가가 종이 위에 엄연히 존재하게 되며, 불가능해 뵈던 일이 일시에 가능해진다. 그러므로 창작이란 새로운 우화적인 세계의 시작이며 불가능에 대한 도전이고, 또 무엇보다도 가상과 현실을 오가는 유희, 놀이, 게임이다. 그리고 이 유희에 대한 개념이 바로 노터봄이라는 작가의 예술 세계의 본질을 이루고 있다고 봐야 한다.

작가 연보

1933년   7월 31일 네덜란드 헤이그에서 출생. 성은 노터봄, 이름은 코르넬리스 요한네스 야고부스 마리아이며 약칭 세스로 불림.

1943년   아버지가 노터봄을 키워 준 젊은 유모와 눈이 맞아 가출.

1944년   제2차 세계 대전이 끝나기 바로 직전 영국군이 헤이그 시내 한복판에 터트린 폭탄에 맞아 아버지가 사망.

1948년   어머니가 독실한 가톨릭 신자와 재혼. 의붓아버지에 의해 가톨릭 수도원에서 경영하는 기숙사 학교에 입학. 그러나 사춘기에 접어들면서 가출을 일삼는 등 혼란스러운 시절을 보냄. 이때부터 작문과 시작을 즐기는 문학적 기질이 두드러짐.

1952년   신변 사정과 적응 문제로 여러 학교를 전학해 다니다가 마침내 위트레흐트에 있는 김나지움에서 고등 교육을 이수.

1953년 병역 면제를 받고 파리로 직행. 파리에 소재한 유네스코 본부에서 한동안 근무하다 곧 사직하고 여행길에 오름. 그 후 이 년 동안 유럽 전역을 정처 없이 방랑.

1955년 유럽 기행을 바탕으로 한 소설『필립과 다른 사람들(Philip en de anderen)』출간. 이 작품으로 안네 프랑크 상을 수상하면서 스물두 살의 젊은 나이에 일약 문단의 스타가 됨.

1956년 첫 번째 시집『죽은 자들이 고향을 찾는다(De doden zoeken een huis)』출간. 언론사 기자로 활동, 파롤 신문사의 해외 특파원으로 헝가리의 반란을 취재하고 보도.

1957년 뉴욕에서 프랜시스 디아나 리히트벨트와 결혼하였으나 몇 년 후에 이혼. 《엘저피어》에 기행문 연재 시작.

1958년 소설『사랑에 빠진 죄수(De verliefde gevangene)』, 희곡『템스 강의 백조들(De zwanen van de Theems)』출간.

1959년 시집『차가운 시들(Koude gedichten)』출간.

1960년 폭스크란트 신문사로 이직. 시집『까만 시들(Het zwarte gedicht)』출간.

1961년 소설『왕은 죽었다(De koning is dood)』출간.

1963년 여행기『부루아에서의 어느 오후(Een middag in

Bruay)』 출간. 소설 『기사는 죽었다(De ridder is gestorven)』로 반데르 호흐트 부부 상 수상. 이후 거의 이십 년 동안 소설을 발표하지 않음.

1964년   시집 『잠긴 시들(Gesloten gedichten)』 출간.

1965년   여행기 『투네지아에서의 하룻밤(Een nacht in Tunesië)』을 출간하여 평단의 호평을 받음. 1965년부터 1979년까지 네덜란드 샹송 가수 리스베스 리스트와 동거하면서, 그녀를 위한 작사를 맡기도 함.

1968년   여행기 『바히아에서의 아침(Een ochtend in Bahia)』을 출간하고, 「파리 소동(De Parijse beroerte)」 등의 기사를 발표. 《에버뉴》에 고정 칼럼을 쓰기 시작.

1970년   시집 『조작된 시들(Gemaakte gedichten)』 출간.

1971년   여행기 『쓸쓸한 볼리비아/달의 나라 말리(Bitter Bolivia/Maanland Mali)』 출간.

1978년   시집 『조개처럼 열리고, 돌처럼 닫힌 시들(Open als een schelp, dicht als een steen)』의 발표와 함께 얀 캄페르트 상 수상. 여행기 『이스파한에서의 밤(Een avond in Isfahan)』 출간.

1980년   소설 『의식(Rituelen)』 출간. 이 작품으로 그간 주목받지 못했던 네덜란드 문학계의 관심을 받게 됨.

1981년   『의식』으로 페르디난드 보르드베익 상을 수상. 소설 『그림자와 실물의 노래(Een lied van schijn en wezen)』 출간.

1982년   미국의 모빌 페가수스 상을 수상.

1985년   네덜란드의 멀타튈리 상을 수상.

1986년~1987년　　미국 캘리포니아 버클리 대학에서 객원 교
　　　　　　　　수로 활동. 단편소설 「울타리 뒤의 부처-차오프라
　　　　　　　　야 강가에서(De Boeddha achter de schutting-Aan de
　　　　　　　　oever van de Chaophraya)」 발표.

1990년　　여행기 『베를린 수기(Berlijnse notities)』 출간.

1991년　　프랑스의 레지옹 도뇌르 훈장을 받고, 베를린 예술
　　　　　아카데미의 회원으로 임명됨. 소설 『다음 이야기
　　　　　(Het volgende verhaal)』 출간.

1992년　　전 문학 활동에 대해 네덜란드 문학상인 콘스탄테
　　　　　인 하위헌스 상 수상. 독일과 네덜란드 간의 문화
　　　　　교류에 대한 공헌 훈장을 받음. 여행기 『산티아고로
　　　　　가는 길(De omweg naar Santiago)』 출간.

1993년　　기행 작가, 수필가, 시인으로서의 활동에 대해 독일
　　　　　의 휴고 발 상 수상. 소설 『다음 이야기』로 유럽 문
　　　　　학상 수상.

1994년　　이탈리아의 그린자네 카브르 상에 이어 『다음 이야
　　　　　기』로 더크 마텐스 상을 수상.

1996년　　『산티아고로 가는 길』로 오스트리아 티롤 주의 기
　　　　　행문 상을 받음.

1997년　　미국의 현대 어문 협회의 명예 회원으로 임명.

1998년　　벨기에 브뤼셀 가톨릭 대학에서 명예박사 학위를
　　　　　받음. 소설 『모든 영혼들의 날(Allerzielen)』 출간.

2002년　　전 문학 활동에 대해 독일의 괴테 상 수상. 수필집
　　　　　『노터봄의 호텔(Nootebooms hotel)』 출간.

2004년　　전 업적을 대상으로 하여 네덜란드 최고 권위의 문

학상인 페이 세이 호프트 상을 받음. 소설 『실낙원 (Paradijs verloren)』 출간.

2005년   여행기 『신의 이름의 소리-이슬람 세계를 여행하면서(Het geluid van Zijn naam-Reizen door de islamitische wereld)』 출간.

2006년   네덜란드 남부 도시 네이메헌의 라드바우드 대학에서 명예박사 학위를 받음.

세계문학전집 **194**

필립과 다른 사람들

1판 1쇄 펴냄   2008년 11월 21일
1판 17쇄 펴냄   2022년 4월 11일

지은이   세스 노터봄
옮긴이   지명숙
발행인   박근섭, 박상준
펴낸곳   (주)민음사

출판등록   1966. 5. 19. (제 16-490호)
서울특별시 강남구 도산대로1길 62(신사동) 강남출판문화센터 5층 (우편번호 06027)
대표전화 02-515-2000   팩시밀리 02-515-2007
www.minumsa.com

한국어 판 ⓒ (주)민음사, 2008. Printed in Seoul, Korea

ISBN 978-89-374-6194-1 04800
ISBN 978-89-374-6000-5 (세트)

세계문학전집 목록

세계문학전집은 계속 간행됩니다.